Anna Jansson

FÖRST NÄR GIVAREN ÄR DÖD

Månpocket

Denna Månpocket är utgiven enligt överenskommelse med
Norstedts, Stockholm

Omslag av Norma Communication
Omslagsbilder: Folio bildbyrå/Jenny Lindhe/Norma Arkivet

Utgiven enligt överenskommelse med Grand Agency

Tryckt hos ScandBook AB, Falun 2010

ISBN 978-91-7001-774-2

Får jag lämna några blommor – ett par rosor i din vård,
och du må ej varda ledsen, min kära.
Ty de rosorna är komna från en konungagård,
det vill svärd till att komma dem så nära.
Den ena den är vit,
och den andra den är röd,
men den tredje vill jag helst dej förära.
Den blommar inte nu,
först när givaren är död
– den är underlig den rosen min kära.

–––

Den blommar inte nu,
först när givaren är död
– men då blommar den rätt länge, min kära.

NILS FERLIN

I

Sedan Helges kista sänktes ned i mullen på Roma kyrkogård har Frida Norrby burit ovissheten ensam. För var dag drar den henne allt längre bort från den verklighet andra människor lever i. Det viskas att hon har blivit förvirrad. Jodå, hon har nog hört hur det talas bakom hennes rygg. Ibland i halva meningar eller i samtal som tystnat för att sedan fortsätta när hon kommit utom hörhåll. Struntprat! Hon har inte alls blivit oredig. Hon har bara tankarna på annat håll.

Var det rätt att inget säga? Löftet hon gav Signe vid Helges sjuksäng var heligt, lika heligt som äktenskapslöftet. Stunden var full av allvar. Det man svurit vid en dödsbädd får man aldrig bryta. Då kan man drabbas. Vad kan straffet bli? Säkert så gruvligt att man inte kan tänka ut det ens under en hel livstid. Själva ovissheten är ett straff i sig. Men rättvisan då, har inte rätten och sanningen ett eget värde? frågade Frida sig. Det som har hänt har hänt, och förr eller senare kommer historien att uppdagas. Det var hennes övertygelse. Om inte förr så på domedagen då vi alla ska stå till svars för våra liv och möta oss själva i de gärningar vi gjort. Allt kommer tillbaka, som vågorna på havet. Hur tungt väger ett svek? Skulle det vara ett löftesbrott om hon hjälpte sanningen lite på traven? Hon måste ju få veta om det verkligen kunde vara så ohyggligt som Signe sagt.

Därför var hon tvungen att smyga ut i nattmörkret när alla andra sov. Månljuset föll över det daggvåta gräset och fick dropparna att glittra som silverpärlor. Frida såg på sina rynkiga händer. Skulle kraften i dem räcka? Hon greppade hårt om spadens skaft, trampade till och lät sedan bladet skära ned i den fuktiga jorden. Grästuvan var seg och det tog emot. Hon måste få se det själv, se det som Signe berättat om med egna ögon. Inte för att hon misstrodde den häxan. Inte så, men Signe kunde ha misstagit sig. Så ohyggligt som det hon berättat om kunde ingenting vara. Om Signe tagit fel skulle Frida känna en sådan lättnad. Då skulle hon slippa älta och fundera och kunna ägna sina sista dagar åt något annat. Som sina rosor till exempel, de underbara gamla sorterna, som inte förädlats sönder till plastblommor utan doft. Då skulle hon kunna ta sticklingar och dela ut till släkt och vänner så att rosorna bevarades åt eftervärlden. Det skulle ge livet en sorts mening, också nu när Helge inte längre fanns. Men livet blir inte alltid som man önskar. Ibland styrs man, som av en osynlig hand, mot sin vilja. Drivs att göra det som inte alls är till gagn för en själv, bara för att man måste få veta sanningen.

Månljuset var starkt och klart, men färgerna hade försvunnit. De hörde dagen till och om natten fanns bara gråtonerna kvar. De stora fången av gula vildtulpaner i diket hade blivit ljusgrå, och jorden i gropen hon grävt var svart som en vidöppen käft mot underjordens innandöme. Varsamt nu. Frida la sig på knä och grävde med fingrarna i den hårda jorden. Naglarna brast, men hon märkte det inte i sin iver. Den fanns här, hela den ohyggliga sanningen fanns under hennes nariga händer. Nagelbanden revs sönder och blödde. Hon torkade svetten ur pannan med koftärmen och ansiktet fick svarta strimmor. Ett ljud fick henne att frysa i rörelsen. Det kom en bil på vägen. Det hade hon inte räknat med. Hon skyndade sig att huka under en enbuske och gömde sitt bleka ansikte i koftärmen. Billyktorna lyste för en stund upp marken framför henne. Hon höll andan och blundade. Blev hon upptäckt? Hjärtat bultade oroligt i bröstet. Hon ångrade sig nu. Ångrade nyfikenheten. Kunde hon inte ha nöjt sig med Signes ord och slagit sig till ro? Ingen skulle få veta, ingen behövde få veta … Men bilen stannade inte. Den fortsatte mot kyrkan och svängde av i korsningen mot Visby. Ljudet avtog och ersattes av naturens egna viskningar, vindens lek i gräset, prasslet av smådjuren och ett sorgset sus i lindarna. Klockan var två på natten. Vinden från land var ännu ljum och förde med sig doften av försommarblommor, fuktig jord och nyslaget gräs. Hon böjde sig ned, strök det långa vågiga håret ur ansiktet och fortsatte att gräva. Händerna värkte av det ovana arbetet, men hon gav sig inte. Inte när hon kommit så här långt. Oavbrutet grävde hon vidare medan tankarna for som de ville genom tiden.

På den här åkern hade militären haft ett bränsleförråd under kriget och allt blev sedan lagt under sekretess, nedtystat i ett hemligstämplat arkiv och bortglömt. Helge hade varit så stilig i sin uniform. Rak och smärt med vaxad mustasch … Hon hade blivit alldeles skakig när han såg på henne. Så vansinnigt nyförälskad och upprymd. Det gick ännu efter sextio år att känna hjärtevärmen, den första förälskelsens virvlande lycka som fick allt annat att förblekna. De hade växlat ringar i Kärleksporten i muren utanför Botaniska trädgården. Hans arm hade funnits om hennes axlar när han presenterade henne som sin fästmö. Stoltheten. Min man. Min älskade. Hon mindes hur han trött och smutsig efter militärövningen hade lyft upp henne i sin famn. De underbara kyssarna. Ömheten hon kände för honom när han somnade på filten i gräset den dyrbara tid då han hade permission. *Men det gör det samma för han är min soldat, någonstans i Sverige.* En svensk tiger. Hon hade trott att han inte hade några hemligheter för henne, att de delade allt. Otrohet kan ha så många ansikten. Det är inte säkert att det är den rent fysiska som smärtar mest. Kåtslag och förvillelse som byts i omedelbar ånger skulle ha gått att uthärda lättare än hans långsamma plågsamma längtan efter det hon aldrig kunde ge honom. Det som gjorde mest ont var att han hade en annan värld vid sidan om, dit hon inte ägde tillträde. En värld han var beredd att skydda från insyn om det så innebar att han tvingades ljuga henne rakt upp i ansiktet.

Uppskakad hade Signe berättat om det ohyggliga hon sett och pekat ut platsen. Först hade Frida inte velat tro henne. Sedan kom insikterna en efter en. Hade inte Helge vaknat på natten, genomsvettig av sina onda drömmar och Frida hade lugnat honom i sin famn? Smekt honom varligt över ryggen, vaggat honom som ett barn. Berätta för mig, berätta vad du drömt ... Gud give att det bara hade varit drömmar ... Och han hade berättat en osammanhängande historia om onda andar och huvudlösa väsen från en annan tid. Lugnande lögner i stället för sanningen. Vaggad i hennes famn, där hon låg tätt bakom hans rygg, hade han slutligen fått ro i sitt sinne och kunnat somna om. Han, men inte hon. Det var något mörkt och hemskt som tryckte honom under den senare delen av deras liv tillsammans. Hon hade sökt efter brister hos sig själv. Känt sig otillräcklig och värdelös när han inte var lycklig. Mardrömmarna plågade honom i åratal. Hon hade bara inte velat se att de kunde ha en grund i verkligheten.

Ibland hade han försvunnit mitt i natten med en spade över axeln. Hon hade väntat, oroligt spanande ut genom fönstret. När han sedan kom hem i gryningen hade han inte velat prata om det. Det räckte för honom att hon fanns där som en trygg famn. Åren flöt förbi. Hemligheten drog honom bit för bit ifrån vardagen och gemenskapen med vänner. Tog hans tid och hans engagemang i det levande livet. Hans svar blev enstaviga. Blicken försvann bort, ut genom fönstret när de hade gäster. Som om de upptog hans dyrbara tid i onödan och han önskade dem därifrån. Gång på gång fick hon kalla honom tillbaka. *Du svarar mig inte, Helge, jag ställde en fråga.* Folk tyckte att han blivit lite besynnerlig. Men så var det egentligen inte. Tvivlet kan vara tungt att bära ... det kräver sina offer. Hans hår blev vitt, ryggen kröktes och i pannan blev fårorna allt djupare.

Frida höll upp benbiten hon grävt fram mot månljuset. Var det ett av benen i en arm eller ett mycket litet lårben? Försiktigt nu. Där fanns ett till och ett bäckenben och den lilla skallen. Skelettet av ett litet barn. Frida riste till i hela kroppen av vrede och bestörtning. Det var alltså sant! Ett barnskelett, precis som Signe hade sagt. Häxan hade sett Helge gräva fram det och han hade tvingat henne till ett tystnadslöfte som blev för tungt att bära efter hans död. Ett dåd så obegripligt grymt också för den som aldrig fött ett barn och känt moderskärlek. Vad kan få en förälder att offra sitt barn och överge det på ett så onaturligt sätt? Det fanns ingen defekt på benen. Inga krosskador på den runda lilla skallen. Hon smekte den varsamt och greps av en stor ömhet. Här i den kalla jorden kunde inte barnet få ligga. Hon måste bädda åt det hemma i kammaren, i värmen. Ge det all den kärlek det inte hade fått i sitt jordeliv. En mjuk säng och rena lakan. Du lilla, du lilla älskade barn som inget ont gjort.

Beslutsamt gjorde hon ett veck på sin långa yllekjol och samlade barnets kvarlevor i tyget innan hon började sin vandring hemåt i natten. Tyst. Vad var det där? Frida blev stående och lyssnade. Det lät som steg bakom henne på vägen.

”Helge, är det du?” Hon stod alldeles stilla. Det hände att han följde med henne på promenad, som när han var i livet, mest av gammal vana. Hon brukade kunna känna hans arm om sina axlar, handen som greppade ett par gånger och släppte taget, när han ville prata om något viktigt. Den förtroligheten var bruten nu. All den kärlek och det förtroende de byggt sitt gemensamma liv på låg i spillror vid hennes fötter. Om han följde efter henne nu var det inte längre behagligt. Då var det inte längre en kärleksfull omfamning utan en ond mans vilsna ande som jagade henne i natten. Men det var inte Helges släpande steg, dem kände hon så väl. De här stegen var kortare och lättare. En levande människas steg. Verandadörren stod lite på glänt. Dörren hade inte gått igen riktigt. Det såg hon när månljuset föll och återspeglades i metallkolven. Någon hade varit inne i stugan medan hon var borta. Tanken gjorde henne så upprörd att hon inte visste till sig. I sitt hem måste man få vara trygg när världen utanför är obegriplig och ond. Tänk om det fanns någon kvar där inne, någon som anade vad hon höll på med.

Signe hade inte vetat vems barnet var. Det hade hon bedyrat. Hon hade sagt att det kanske fötts i lönndom och att man sedan valt att göra sig av med det. Frida böjde sig ned och öppnade försiktigt vedlåren under spisen. Hon la ned den lilla kroppen. Nästan ljudlöst. Sedan tog hon ett djupt andetag och tände det elektriska ljuset. Kontrollerade rum för rum, varje skrubb och under sängen och i det stora klädskåpet att ingen fanns där innan hon låste ytterdörren bakom sig och sedan dörren ned till källaren. Varför hade Helge varit så hemlighetsfull? Vem skulle förlora på att sanningen kom i dagen? Om han bara hade levat skulle hon ha krävt ett svar. Men nu var det för sent att fråga honom.

2

Inbäddad i gammaldags doftande rosenbuskar låg Frida Norrbys gulmålade stuga öster om Roma kyrka. I rabatterna fanns inte ett ogräs, flaggstången lyste nymålad och kritvit och gången var prydligt krattad. Distriktssköterskan Ingrid Bogren drog cykeln på gräset för att inte göra märken i gruset. För en vecka sedan hade fru Norrby sökt på vårdcentralen för diarré och allmän trötthetskänsla. Gumman var 82 år gammal och det var i sig inte konstigt om hon kände sig trött och sliten. Det hade tagits en del prover. Hon hade ingen feber och Ingrid hade gissat på matförgiftning. När pensionen ligger på gränsen till existensminimum måste man hushålla med pengarna. Genom att leva på gammal mat kan man halvera sina matkostnader. Med åldern avtar förmågan att känna lukt och fler än Frida hade genom åren blivit dåliga av skämd mat. Det skulle säkert gå över på någon dag, men Ingrid ville ändå titta till henne för att se att hon hade repat sig. Tanten svarade inte i telefon. Det var bekymmersamt. Syster Ingrid hade arbetat i Roma i över tjugo år och när hon nu tänkte efter kunde hon inte erinra sig att Frida sökt läkare en enda gång under alla de åren. Hon var en krutgumma som cyklade omkring på samhället. Hon hade till och med tagit cykeln till Visby förra sommaren. Tant Frida var helt enkelt kärnfrisk och förbluffande spänstig. Och påfrestande egensinnig, sa de som kände henne närmare. Frida Norrby litade till sina egna kunskaper om örter och läkeväxter och misstrodde läkarvetenskapen. Det gick många historier på bygden om hennes dekokter och tinkturer.

Salvor som härsknat och grötomslag som möglat. De hade skrattat åt henne, men Ingrid gissade att det fanns mer visdom i de gamla kunskaperna än de flesta begrep. Innan penicillinet uppfanns kanske man någon gång hade lyckats pricka rätt mögelsvamp i mjölet till sårvård och det läkte.

Att Frida ringt upp distriktssköterskemottagningen berodde nog mest på att hon kände sig ensam. Hon behövde någon att prata med. Det hade hon sagt rent ut. Det blev väl tomt efter Helge. Och ändå kände Ingrid denna morgon en malande oro grundad på mångårig erfarenhet, en maggropskänsla bara. Frida var inte frisk. Hyn var gråblek. Ögonen matta. Hon rörde sig långsammare och orden var lågmälda och kraftlösa. Annars brukade de bruna ögonen lysa av entusiasm och repliken var ofta snabb och giftig. Hon hade väl reda på sig och vad som hände i världen och var inte sen att kommentera det och jämföra med hur det var förr.

”De jamsar för mycket med barnen nu för tiden”, brukade hon säga. ”På fyrtiotalet bestämdes det att barn var mogna att börja i skolan när de var sju år – då ansågs de kunna klara att gå en mil i vardera riktningen. I dag klemar föräldrarna bort dem och skjutsar dem dit de ska. Och vad händer? De blir ynk! Annat var det förr”, kunde hon säga och sätta hakan i vädret. ”Annat var det på min tid. Dagens ungar är bortskämda. Och inte vill de ha potatis med skal på och inte vill de rensa fisk och vems fel är det att de blir som fisförnäma fröknar på kurort?”

En jordig spade stod lutad mot dörrposten. I Frida Norrbys ordningsamma värld var det ytterligare ett tecken på att allt inte stod rätt till. Ingrid bankade på dörren. Inget svar. Hon tryckte ned handtaget och dörren gick upp. Det luktade friskt och rent av såpskurade golvbrädor och nytvättade gardiner. Pelargoniorna blommade överdådigt i rött, vitt och rosa på verandan mellan blå porslinskatter. Ingrid steg in i det ljusgula förmaket och ropade. Fortfarande inget livstecken. Hon fortsatte in i köket. På spisen stod en stor gryta med rabarber, ännu varm. Det kände hon med handen på locket. Det händer ibland att gamla människor börjar vända på dygnet. Ingen fara i det så länge de mår bra, men det kan också vara tecken på ett begynnande förvirringstillstånd. Bredvid den trave tidningar på diskbänken, som Frida brukade torka ur slasken med, stod ett glas vatten med en skimrande nästan självlysande vätska. Två silverstavar var kopplade till tre hopsatta niovoltsbatterier och bredvid stod en flaska destillerat vatten, konstaterade syster Ingrid lätt förundrad. Vad höll tanten på med? Var det någon form av kemiskt experiment? Ingrid kunde inte räkna ut det och det retade henne. Troligtvis fanns det ingen vettig förklaring alls, som när man hittar löständer i en fågelbur eller glasögon i en degbunke. Antagligen höll tanten på att bli förvirrad. Det vore rimligt, sådant som ibland händer gamla människor när de förlorar sin livskamrat. Verkligheten blir för svår och de väljer att lämna den och försvinna till en säkrare plats där de själva kan bestämma vad som sker. En del går i barndom och söker trygghet i den tid där det fanns en kärleksfull mor och lekkamrater.

Sängkammardörren stod på glänt. Hon kikade in i rummet som låg i halvdunkel bakom den neddragna rullgardinen. Frida låg under ett rosenblommigt lapptäcke i den smala imperialsängen med bruna krusiduller och spiror. Ingrid smög försiktigt in för att se hur det stod till. Den gamlas ögon var slutna, ansiktet stramt och stelt. Inte den minsta rörelse visade att hon kunde vara vid liv. I det blåaktiga ljus rullgardinen släppte igenom fick huden en gråblå ton och läpparna tycktes alldeles vita. Var hon död? Ingrid lutade örat närmare för att lyssna om tanten andades. Hon lyfte försiktigt på täcket för att se om bröstkorgen hävde sig och befarade det värsta.

”Ännu är jag inte död! Vad vill du?” Frida satte sig kapprak upp i sängen och glodde på inkräktaren med sina runda bruna ögon. I ett huj hade hon kastat benen över sängkanten och rusat mot toaletten med handen på magen.

”Hur är det med tant Frida, har magsjukan inte gett med sej ännu?” Ingrid stod rådvill utanför toalettdörren och funderade på nästa steg. ”Vi kanske skulle be doktorn titta på dej i morgon. Kan du ta dej till vårdcentralen i morgon eftermiddag?”

”Vad ska han titta efter då?” hördes Fridas stönande röst från den andra sidan av dörren.

”Jag tror det skulle vara bra med en allmän genomgång”, sa Ingrid undvikande och rösten var mycket mild.

”Pah!” Frida skakade på huvudet där hon satt på klosetten. Vad visste den pojkspolingen om läkekonst? Han var knappt torr bakom öronen och fastlänning var han också, värmlänning. En värmlänning kan inte inge respekt och det måste en läkare kunna göra. Själva den värmländska språkmelodin var så kittlande att man var nödd och tvungen att härma den. Inte högt förstås, men inne i huvudet. *Hur står det till här då? Frida ser lite hängig ut. Skulle det int vara schööönt å vile lite?* Vilken träffsäker diagnos; ser lite hängig ut ... Frida kunde själv konstatera att hon var sjuk. Mattheten och magen som var i uppror, sängkläderna som var blöta av svett när hon vaknade och förmågan att tänka som blivit allt mer grumlad. Hennes tidsuppfattning höll på att gå förlorad. Hade det gått en timme eller en hel dag, var det morgon eller kväll? De skulle säkert vara rörande eniga om att hon var sjuk, Värmlandsdoktorn och Frida. Vad de skulle bli oense om var boten. För säkerhets skull hade Frida börjat tillverka sitt eget antibiotikum. Ett glas silverjoner morgon och kväll. Det var så man botade syfilis förr i tiden. Kolloidalt silver hjälpte mot det mesta i infektionsväg och det var konstigt att inte läkarvetenskapen kommit på hur effektivt det var och hur billigt att tillverka. Hade hon någonsin behövt söka hjälp för urinvägsinfektion, hade hon det? Där sprang Signe i Möllebos och Agnes på Järnvägsgatan till doktorn stup i kvarten med sina upproriska blåsor, men Frida höll sin i schack. Hon hade faktiskt aldrig behövt besvära någon läkare med en sådan sak. Helge hade hävdat att det inte fanns någon ekonomisk vinst för läkemedelsindustrin i silverjoner. Silver är ett grundämne. Det går inte att ta patent på det och därför är det inte intressant att tillverka även om det är enkelt och billigt och kunde bota många. Läkarna går lydigt i koppel för att inte bli bestraffade med pappersexercis, menade han. Om Socialstyrelsen skulle få nys om att någon avviker från gängse förfaringssätt kan det bli ansträngande att fylla i alla blanketter. Har de stressade läkarna nu för tiden alls tid att vara nyfikna? Men vem vet, när virus och bakterier har överlistat de antibiotika vi har så kanske vi tvingas söka oss tillbaka och ta hjälp av gammal kunskap. Helges sanningar. Det var nödvändigt för henne att reda ut allt och försöka förstå … försöka försona sig med tanken på att hon levt med en lögnare. En charmig och begåvad lögnhals som hon nästan hade helgonförklarat. Den farligaste lögnen är den som blandats med sanningen. Hur vet man då vad som är sant?

”Hur är det? Hur går det för dej där inne?” Ingrids röst lät riktigt orolig nu. ”Du har inte svimmat av?”

”Jag ska väl sätta på kaffepannan?” Frida skruvade på varm- och kallvattenskranen och blaskade av händerna. Så öppnade hon dörren och rättade till kjolarna. ”Det finns lite rabarberpaj och vaniljsås om det skulle smaka syster Ingrid.”

De slog sig ned i trädgården under gråpäronträdet. Marken ångade efter nattens regn, och dofterna av jord och narcisser blandade sig till en sövande drog. Ingrid lutade sig bakåt och lät solen värma ansiktet. Hon sparkade av sig de för trånga skorna under bordet och suckade av välbehag. Jobbet som distriktssköterska på hembesök var inte så illa sådana här soliga försommardagar.

”Jag såg en spade här utanför. Förlåt att jag är nyfiken.” Ingrid la ned dessertskeden på tallriken och såg Frida i ögonen. ”Vad är det Frida är ute och gräver efter?”

Frida ryckte till. Frågan kom så plötsligt och när hon dröjde svarade Ingrid tjänstvilligt på sin egen fråga.

”Vad var det som var värt ett sånt besvär? Finns det ännu någon sorts gammaldags rosor Frida inte har i sin trädgård?” Frida drog en lättnadens suck och därefter började de tala om skadeinsekter. Ingrid hade några små larver som kröp in i de nya skotten och fick rosorna att torka ihop och förtvina. Och så var det bladlöss förstås och några andra små bruna flygfän. Ingrid visste inte namnet på dem och Frida hade villigt delat med sig av sin kunskap, och sedan pratade de om Helge och det som varit.

”Å, vet syster Ingrid, varenda lördag köpte han rosor till mej. Fastän jag sa att det var oskapligheter att lägga pengar på slikt, så blev jag ändå så glad åt dem. Fast jag låtsades vara sur. Det ångrar jag nu.”

”Det var så fint att se hur mycket ni älskade varann. Nästan så man blev lite avundsjuk”, sa Ingrid och fick något tjockt i rösten.

När distriktssköterskan skumpat iväg på sin cykel låste Frida dörren. Händerna skakade av anspänning. Hjärtat bultade som om det ville tränga ur kroppen. Hur hade hon kunnat vara så oförsiktig? I natt hade hon ställt spaden mot dörrposten för att hon inte orkade ställa in den i redskapsboden. Så hade hon burit in den lilla kroppen i kammaren. Letat efter lakan och bäddat. Tur att hon hade låst ytterdörren, och dörren till kammaren stod på glänt. Vad skulle ha hänt om syster Ingrid travat rakt in till den lilla? Det skulle ha blivit polissak förstås, en massa rännande till ingen nytta. Vad skulle de göra åt saken? Det som hade skett kunde inte göras ogjort. Livet kan aldrig vända åter.

Frida tog fållen på sin kjol och torkade bort en tår ur ögonvrån. Det var så ensamt och så tyst i stugan utan Helge. När saknaden var som värst kunde hon knappt andas. Den låg som ett tryck över bröstet. Jag kommer till dig snart, min vän, brukade hon säga. Och i samma stund blev hon rädd för den andre Helge, den hon anat sig till efter hans död. Det var som i Hitchcocks film med de båda tvillingarna. En ond och en god, och det var omöjligt att skilja dem från varandra om man inte visste tecknet. Kanske var det så komplicerat att Helge var både ond och god, tänkte hon till slut. Hjärtegod och ändå kapabel till det hemskaste av brott. Om bara Signe hade tigit vid hans dödsbädd hade Frida kunnat få leva på de vackra minnena av sin man. Då skulle det ha funnits en eftervärme. Så fort jag vet hur saker och ting förhåller sig kommer jag till dig, Helge, och då måste du svara mig ärligt. Då måste jag få en chans att förstå hur du kunde göra något så ohyggligt. Vems barn var det? Svara mig! tänkte hon för sig själv. Var det ditt? Vem är det mer som har något att frukta? Det händer så konstiga saker i mitt hus, Helge. Någon försöker förgifta mig. Potatismoset jag hade stående på trappan för att svalna innan jag satte det i kylskåpet luktade bittermandel. Och min fläderblomssaft har jag hällt ut. Jag kände inte igen den på lukten. Någon vill mig ont, Helge, och jag är rädd. Inte för att dö, men för att lämna jordelivet utan att veta hela sanningen. Jag törs inte längre dricka den oöppnade mjölken, för någon kan ha sprutat gift genom pappförpackningen med en kanyl, kanske syster Ingrid. Jag är så trött, så oändligt trött. Håll om mig och ge mig av din styrka om du är oskyldig. Jag älskade dig så mycket och vill inte tro dig om ont.

Frida öppnade dörren till kammaren och steg in. Sedan hakade hon upp fönstret och släppte in lite frisk luft. Spetsgardinen svajade i det lätta vinddraget och alla majblommor hon fäst i tyget genom åren följde med i gardinens rörelse och rasslade som tvestjärtarna brukade göra när hon hämtade tidningen i brevlådan på sensommaren.

Du lilla barn, vad gjorde de med dig? Varför fick du inte leva? Hon böjde sig ned och strök med sina krökta fingrar över den lilla skallen som vilade på ett örngott med hemvirkad spets. Du lilla, lilla barn …

3

Koden! Hon måste minnas koden. I halvdvala satte sig Camilla Ekström upp i mörkret. Det var bråttom. Koden fanns där i det undermedvetna och gick inte att plocka fram ... om hon bara kunde komma åt knapparna skulle fingrarna kanske minnas rörelsen. Nu satt hon i sin säng och kände paniken växa. Andetagen var så snabba att hon blev yr. Katastrofen närmade sig. Den enda räddningen var koden. Allt hängde på att hon kunde minnas. Hon måste hitta rätt siffror ... kvisttomater 4664, gurka 4593, galiamelon 4326, gul lök 4666 ... Men vad hade purjolök för kod? Häftet med de varukoder hon hade att plugga på inför sommarjobbet i kassan på Ica låg på nattduksbordet. Dröm och verklighet blandades och hon försökte upprepa koderna medan kön av irriterade människor i Ica-affären växte i drömmen och arga röster uppmanade henne att minnas koden, koden, koden ... Lösgodis 1363, lättmjölk hade streckkod ... Men vad var koden för purjolök? Hon måste minnas den för att undgå det ohyggliga som hon ännu inte kunde sätta ord på.

Camilla skulle just tända lampan när hon såg en skugga röra sig utanför fönstret. Någon gick utmed vägen, mitt i natten. Hon såg på klockan. Den var närmare två. En bil hade just passerat och i strålkastarljuset hade hon sett skuggan av en böjd liten gumma med en spade över axeln. Gumman försvann in i ett enrissnår och uppslukades helt av mörkret när bilen passerat. Det var så osannolikt att Camilla måste stiga ur sängen för att kontrollera om hon hade sett rätt. Kanske hade hon pressat sig så hårt med inlärningen av koder att hon inte var riktigt tillräknelig.

Länge spanade Camilla ut i mörkret. Just när hon beslutat sig för att det hela var ett spratt av en överansträngd hjärna och tänkte krypa ned i sängen igen såg hon den svarta skuggan röra sig mot vägen. Med spaden i ena handen och ett stadigt tag om kjolen med den andra vandrade den gamla kvinnan förbi det lilla torpet som Camilla hyrde över sommaren. Märkligt. Camilla tänkte för ett ögonblick att det kunde vara någon gamling som förirrat sig ända hit upp till kyrkan från demensboendet vid vårdcentralen. Sådant händer ju, och det var synd om både den gamla och de anhöriga om inte gumman kom till rätta. Hon kunde bli överkörd eller ramla och slå sig fördärvad. Säkert var den lilla tanten alldeles översiggiven och rädd. Camilla drog en tröja över nattlinnet och klev i sina gymnastikskor utan att knyta upp dem och följde efter den gamla damen på avstånd för att se vart hon skulle ta vägen. Det gick undan värre. När Camilla såg att gumman med målmedvetna steg gick mot det gula grannhuset och öppnade ytterdörren, kunde hon ha släppt det hela och vänt om. Tanten hade hittat hem. Camilla kunde ha gått och lagt sig igen för att få den sömn hon så väl behövde. Men så blev det inte. Hon var klarvaken nu och hennes nyfikenhet väckt. En lampa tändes inne i det gula huset. Som på en upplyst scen kunde hon följa den gamla från fönster till fönster mot vardagsrummet. Kvinnan höll kjolen som en påse framför sig och stannade till alldeles vid det fönster där Camilla stod gömd bakom ett stort buskage. Sedan släcktes alla lampor i huset. Det dröjde en liten stund innan en fladdrande låga lyste upp vardagsrummet. Den unga kvinnan lutade sig fram för att se bättre och flämtade till när hon såg vad som plockades ur kjolen. Spillrorna av en människokropp. Ett litet kranium låg på symaskinsbordet alldeles vid fönstret. Det var en gammal Singer, där maskinen kunde fällas in i bordet.

Precis en sådan symaskin Camilla hade varit på väg att köpa på en auktion förra lördagen. Det var så hon beskrev saken för en kund senare samma dag när hon satt i kassan på Ica. Kön var visserligen lång, men handlaren hade särskilt uppmanat henne att småprata med kunderna. Även om det var mycket att göra, skulle inte kunden behöva känna sig jagad. Kvinnan hon just expedierat var distriktssköterska och arbetade på vårdcentralen, syster Ingrid hette hon. En stabil kvinna på drygt femtio. Hon såg väldigt tråkig ut i sina illasittande lågprisjeans och sin noppiga postordertröja i något billigt syntetmaterial, men skenet kan bedra. Syster Ingrid var en sådan där Jeopardymänniska som kunde precis allting och lite till. Hon kunde vara riktigt rolig att prata med och framför allt brydde hon sig om andra människor än sig själv. Nu när de träffats ett par gånger kunde Camilla nästan tycka att hon var vacker, kanske därför att hon letade efter det vackra i stället för efter brister att reta sig på när distriktssköterskan var så trevlig.

”Det är besvärligt så här i lövsprickningstider”, kunde Ingrid säga när Camilla fick en rad serienysningar. Hon satt ju i kassan vid dörren med hela försommarens pollenyra utanför. Andra kunder blev irriterade och tyckte att hon borde ha stannat hemma för att hon snörvlade och nös, men Ingrid kom i stället med goda råd och förståelse. Det märktes att hon blev bekymrad av det Camilla berättade om sin granntant.

”Var skulle hon ha fått ett barnskelett ifrån?” frågade sköterskan misstroget. ”Kan du inte ha sett fel?” Det här med Frida gav Ingrid Bogren en del att tänka på. När hon betalat glömde hon kvar sina varor på bandet och Camilla fick ropa henne tillbaka för att hämta dem. Så kom en kvinna mot kassan med en hel kundvagn full med rökta kalkonlår. Det var dagens lockvara och de kunder som skulle komma senare på dagen kunde se sig i stjärnorna efter kalkon. Camilla blev bekymrad när hon tänkte på hur sura folk skulle bli när kalkonklubborna var slut, och kände en viss skadeglädje när en annan kund började plocka ur kvinnans kundvagn. Det blev en dispyt och det piggade upp lite i enformigheten, i alla fall när man själv slapp bli inblandad i själva konflikten.

4

När Ingrid Bogren skulle cykla hem från affären med två stora matkassar var hon märkbart skakad över det Camilla berättat. I nästan hela sitt liv hade hon känt tant Frida och haft stor respekt för den bestämda gamla damen. Det fanns något i Fridas genomträngande bruna blick som gjorde det omöjligt att förställa sig. Om man försökte göra sig till det minsta kunde hon sticka hål på det med en enda replik. Inte av illvilja eller för att skada, utan för att Frida bara kunde tåla sanningen. Hon var aldrig rädd för att möta det pinsamma eller obehagliga. Kanske blir det så när man är gammal och har upplevt det mesta och överlevt. När de satt i bersån och pratade hade Frida plötsligt sagt:

”När ska du bli vuxen, Ingrid?”

Då hade Ingrid stirrat ned i bordet. Det var smärtsamt att någon satte fingret på det så tydligt, även om det inte var obekant för någon. Hon hade försökt skämta bort det och sagt att hon skulle sluta köpa smågodis på lördagarna. Men den gamla hade vägrat låta henne komma undan.

”När ska du ta dej själv och ditt liv på allvar?”

”Jag vet inte.” Jag kan inte. Jag törs inte. Det går inte. Jag vill inte för det skulle bli katastrof.

”Vad skulle hända då? Vad är det värsta som kan hända?” sa Frida som om hon hade hört den inre monologen. Hon väntade in svaret. Väntade tills Ingrid kände tystnaden som en bultande puls i innerörat.

”Signe skulle hata mej då.”

”Är det så mycket sämre än att vara osynlig? Jag ska säga dej, att i Signes värld kommer först Signe och sen kommer ingenting och sen ingenting och sen ingenting. Hon har aldrig älskat någon och kommer aldrig att älska någon annan än sej själv. Det vet du. Ditt liv är ditt och din lycka måste du själv ta ansvar för. Du kan inte vara passopp åt henne hela livet. Då blir du bitter och inarg.”

När Ingrid nu var på väg hem brände orden fortfarande på hennes kinder. Det var inte bara ansträngningen när hon cyklade i motvind som fick dem att blossa, det var ren upprivenhet. Kravet på att göra det som borde ha gjorts för så länge sedan. Det märkvärdiga var att Frida i ena stunden kunde vara så klok och i den andra skvatt galen, som när hon gav sig ut mitt i natten med en spade. Vad handlade det egentligen om, det där Camilla i affären hade sagt? Ett barnskelett? Först hade Ingrid inte riktigt kunnat ta in det. Det var ju helt absurt. Skulle Frida ha haft ett barnskelett liggandes på sitt symaskinsbord? Sakta kröp det hemska påståendet in i medvetandet. Så kunde det inte vara. Det fick inte vara så. Tanken gav henne yrsel. Ingrid tvingades stiga av cykeln och andas djupt. Flickungen måste ha sett fel. Den enda belysning som fanns när hon såg benbitarna var det svaga skenet från ett stearinljus. Det kunde vara en gammal docka hon sett. Frida hade nyligen målat dockhuvuden i porslin och skänkt till syföreningens sommarförsäljning. Lösa armar och ben och ett porslinshuvud, som man sedan sydde en kropp till och stoppade med vadd. En sådan docka måste det ha varit, med stora blå ögon, ren ljus hy och en liten rosenmun. Precis så som Camilla i affären såg ut, en docka med korkskruvslockar. Ingrid kände ett litet styng av avundsjuka när hon tänkte på det. En gång hade hon själv varit ganska söt, inte som Camilla, men hon hade ägt den fräschör som ungdomen ger. På den tiden hade hon kanske varit värd att älska. Om det inte hade varit för det svarta hålet inuti, tomheten och oförmågan att ge sig hän. Hur döljer man den? Hon hade aldrig vågat älska någon, aldrig vågat lita på att bli älskad, inte fullt och helt. Kärlek förtjänar man. När man inte klarar det måste det finnas en reservutgång, en väg ut ur överkraven. Det måste finnas en möjlighet att stänga av och stänga ute när ens egen överlevnad hänger på det.

Vad hade Frida grävt fram egentligen? Skulle hon våga fråga henne om det även om det ledde till motfrågor? Eller skulle hon i stället konfrontera Signe med det som Camilla i affären sagt? Hon kanske visste vad det handlade om. Tänk om det verkligen var skelettet av ett barn hon såg där i dunklet? Vad skulle då den upptäckten innebära?

Ingrid satte sig på huk i dikeskanten och drog in den friska luften i djupa andetag. Hon hoppades att ingen såg henne nu. Då skulle de tycka att hon skämde ut sig, vuxna människan. Illamåendet satt som en klump i halsen när hon på vingliga ben ledde cykeln allén fram. Ovanför hennes huvud slöt sig trädkronorna som ett valv av ljusgröna blad. Det kändes som att hon ville gråta och skrika ut det skrik som så länge riktats inåt. I den stunden fattade hon ett beslut. Det var nu eller aldrig. I kväll skulle hon prata med Signe. Lugnt och sansat skulle det ske. Hon fick inte bli liten och rädd. Inte drunkna i skulden. Hon måste kunna samla ihop sig och säga det som måste bli sagt, utan att sedan ta tillbaka det. Det var där det brukade fallera. Så fort hon fick mothugg blev hon ängslig och orden krympte och blev inget att bry sig om. När Signe blev förorättad kände Ingrid sig ond och elak och backade fast de krav hon ställt tycktes rimliga alldeles nyss. Den här gången skulle hon inte ta tillbaka. Det fanns bevis på de elakheter Signe sagt. Hon hade börjat spela in dem på sin mobil. För sin egen skull. För att träna på att stå emot och göra sig hård.

Ingrid satte sig på cykeln igen. Medan hon trampade hemåt övade hon på orden hon skulle säga. Antingen flyttar du eller också flyttar jag. Jag orkar inte ta hand om dig längre. Så skulle hon säga. Och stå kvar vid det även om hon skakade inuti. Fast väggarna darrade, fast Signe var så talför, fast hon var så skicklig på att manipulera att hon snart skulle smula sönder varje argument. Ingrid skulle säga det och inte ändra sig. Flyttar du – eller jag? Du eller jag? sjöng det i tramporna när hon med bestämda kliv trampade mot grinden. Det finns händelser som binder människor samman fast de hatar varandra. Säkert skulle Signe dra nytta av det om det ställdes på sin spets. Hemligheter som borde få vila i jorden.

Det stod en röd Volvo Amazon parkerad vid ingången och all den beslutsamhet Ingrid lyckats uppbåda inför mötet med Signe var som bortblåst. Främmande. Sommargäster. Det var Mirja som var här igen. Signe hade fått anstånd med deklarationen och Mirja, som hade ett eget företag i Stockholm, hade lovat hjälpa henne att fylla i papperen. Det märkliga var, när Ingrid rannsakade sig själv, att hon såg Mirjas hjälpsamhet som ett hot och ett intrång. Hon borde vara jublande glad att Signe bad någon annan om hjälp. Men så var det inte. Mirja var en inkräktare. Det finns en sorts bekräftelse i att vara behövd. Små smulor av kärlek bara och hon stod där som en tiggare utanför dörren. Ingrid insåg det just då, i den stunden, när hon stirrade på dem där de satt vid köksbordet. Mirja hade till och med haft fräckheten att sätta sig på Ingrids plats närmast fönstret.

5

Torsdagskvällen led mot sitt slut. Frida Norrby satt vid sitt köksfönster i skymningen och blötte förstrött en skorpa i kaffekoppen tills den löstes upp till en gulbrun gegga. Hon fångade den vant med skeden och spanade ut i mörkret. Ännu var det för tidigt att bränna lyse. Flickungen, som hyrde torpet bredvid hade inte kommit hem ännu. Vem vet, det kanske fanns någon liten vän i viken. Hon var riktigt näpen med sitt målade dockansikte och långa ljuslockiga hår. På morgonen hade hon gått mot samhället med lätta steg och en stor bag slängd över axeln. Trots tyngden hade hon tagit ett par danssteg ute på vägrenen. Frida hade sett en skymt av det förväntansfulla ansiktet och smålett lite för sig själv. Nog var hon förälskad, unga fröken. Sådant går inte att dölja. Ju äldre man blir, desto mer tid tillbringar man sittande vid fönstret. Där ute lever andra människor sina liv och man kan inte låta bli att fundera över hur de har det och vad som händer dem. Det var så roligt att se någon så förälskad. Så upp över öronen lycklig.

Själv hade Frida varit i stan på banken under förmiddagen och sedan legat i sin säng större delen av dagen. Magen var i olag. Inte kunde hon ta sig till vårdcentralen i det här skicket. Det orkade hon inte. För att få vård måste man vara frisk och rörlig. Vid den här åldern räcker det utmärkt väl med ett ärende om dagen. En sak i taget i lugn och ro. Den kvinnliga juristen på begravningsbyrån hade sagt att de måste gå igenom bankfacket för att kunna göra en bouppteckning efter Helge. Helge hade aldrig berättat att han skaffat sig bankfack i stan. Det förbryllade henne. Det var bara en slump att hon hittat nyckeln. Juristen hade erbjudit sig att göra det på egen hand, men Frida litade inte på henne och sa att det fick anstå. Tänk om han vunnit på tipset och lagt pengarna där i valvet. Hur skulle hon då kunna veta hur mycket det var? Den där juristmänniskan med sitt guldhalsband och sina stora örhängen kanske ville ha mera glitter att hänga i julgranen. Vad skulle kunna hindra att hon plockade fickorna fulla ur bankfacket och redovisade en struntsumma? Nej, så fick det inte gå till, i anständighetens namn icke. Finns möjligheten så nog finns tjuven, så resonerade Frida. Man kan inte lita på någon.

Bussfärden in till Visby hade varit mycket ansträngande. Men hon måste se i bankfacket själv utan främmande som blandade sig i. Helges nyckel hade hon hittat underst i en burk med blyertspennor och kortet att sätta i dörren också. Men det fungerade inte. Med gråten i halsen läste hon att det behövdes en kod. Vad kunde han ha tänkt ut för kod? Efter ett helt liv tillsammans var hon den som bäst borde ha kunnat gissa sig till den. Fyra siffror skulle det vara. 1361, brandskattningen av Visby? 1645, Brömsebrofreden då Gotland blev svenskt? Hon provade med både sitt och Helges födelseår och året då barnet skulle ha fötts om det hade blivit fullgånget. Sedan kom tårarna och en snäll kvinna i mörkblå dräkt som hade ett ärende på banken frågade om hon kunde hjälpa till. Hon hade dragit sitt kort i läsaren och slagit sin kod och Frida hade fått passera. Hon sa inget till bankmänniskan bakom disken om att Helge dött. Då skulle hon inte ha fått tillgång till bankfacket, det kunde hon ju räkna ut. Tanken på vilka hemligheter Helge kunde ha att dölja hade gjort henne yr. Det var inget hon ville dela med en främmande begravningsmänniska eller bankfolk. Varför hade han inte berättat för henne att han skaffat bankfack? De ägde ingenting av materiellt värde, inte vad hon visste. Vad kunde vara tillräckligt värdefullt att förvara på banken i stan? Lagfarten till huset och pantbreven låg i mittersta skrivbordslådan hemma i sovrummet. Vad kunde han ha som var mera värt än det?

Frida steg in i valvet och såg sig omkring. Bankfacket var högst upp i sin rad och det värkte i axlarna så att hon höll på att tappa andan när hon skulle nå att vrida om nyckeln. Lådan var tung. Men hon lyckades få ned den och ställa den på ett litet skrivbord och där kunde man dra för ett draperi och titta på innehållet i avskildhet. Det fanns ett stort igenklistrat brunt kuvert i den grå plastlådan. Inget annat. Hon ställde tillbaka lådan och låste facket. *Att öppnas av min hustru i händelse av min död*, stod det med Helges korthuggna handstil. Hon skulle just sprätta upp kuvertet när hon hörde steg. Hon lyssnade spänt och lät det glida ned i plastkassen. Om hon skulle kunna läsa och begripa vad det stod behövdes lugn och ro. Det gick inte att koncentrera sig när det sprang annat folk här nere i valvet och hon kände sig som en brottsling som olovandes tagit sig in. Frida kände trycket över pannbenet växa till en blixtrande huvudvärk och magen mullrade. Hon måste hem.

De sista stegen över gruset knäade hon sig fram och när hon skulle låsa upp dörren var hon tvungen att ta stöd mot dörrposten för att hålla sig upprätt. Dörren var olåst! Nog hade hon låst efter sig när hon gick till bussen? Hon var säker på att hon vridit om nyckeln och sedan lagt den i handväskan. Frida raglade in och föll ihop på sängen. Om någon hade kommit och klubbat ned henne i den stunden hade hon inte ens orkat skrika på hjälp. Helt förbi av utmattning såg hon skuggorna dansa och bli till kroppar utan huvuden som grävdes ned under golvet. Hjälp mig! Helge, kom och hjälp. Yrseln var förlamande. Helge, hjälp mig. Det var bara en tanke, men det behövdes inga omvägar via telefon när man levt ihop så länge. Hon kände att han kom och höll henne i sin famn. Hans trygga doft fanns runt omkring henne och hon kunde känna hans bröstkorg som hävde sig andetag för andetag, och i den tryggheten hade hon somnat. Men strax var det färdigt igen och hon måste ta sig upp till toaletten. Då hade tankarna varit hos det lilla barn som grävts ned i jorden och hon ville slå honom och sparka honom för det han gjort. Hur kunde han? Och hon hatade honom, hatade honom, hatade ... Så som man bara kan hata den man älskar.

När hon nu satt vid köksbordet med det bruna kuvertet framför sig kändes magen lite bättre. Men händerna darrade när hon sprättade upp det med en kökskniv. Dörrarna till huset var låsta och ljuset var släckt. Bara den lilla lågan från stearinljuset i den stake Helge hade svarvat i björkträ lyste upp rummet. Hon hade styrkt sig med en kaffetår och nu var koppen tom. I samma stund hon druckit ur den tänkte hon att någon kunde ha haft gift på själva porslinet, doppat det och sedan låtit det torka som de gjorde i ”Romarrikets fall”, en teveserie för länge sedan. Hon hade känt med fingret på insidan av koppens kant. Nog kändes det klibbigt. Det kunde förstås vara imma från det heta kaffet, men det var inte säkert. Fanns det inte något främmande i lukten? Inte hade hon vågat äta av rabarbern hon kokat heller. Den kunde mycket väl vara förgiftad. Bibbi Johnssons hund hade blivit förgiftad och nästan dött och de var närmaste grannar. Det fanns någon som ville dem ont. Varför försöker man förgifta en hund? För att den inte ska varna och ge skall så klart. Frida tog ett djupt andetag. Hon måste läsa brevet nu. Bekännelsen fanns säkert här – förklaringen på det som tärt honom så. Kanske skulle det också finnas en vädjan om förlåtelse och försoning. Fridas händer skakade. Skulle hon få veta namnet på den kvinna han haft ett barn med? Var det någon hon kände? Tänk om han hade fler barn på bygden, då skulle hon kanske inte få behålla stugan om de hade rätt att ärva. Då kanske de skulle tvinga henne att flytta in på något hem med senila åldringar. Fattighus där man dör av leda för att man inte längre tillåts delta i det levande livet. Kunde det vara så grymt? Det borde finnas lagar som skär av självbestämmandet och den juridiska handlingsfriheten för dem som sår sin vildhavre i sinnesförvirrat tillstånd, tänkte hon och rynkade ihop sitt annars så släta ansikte och öppnade kuvertet.

Två torkade pressade rosor föll ur kuvertet. En röd och en vit. Frida kunde inte omedelbart bestämma vad det var för sorter. Doften fanns kvar, om än svag. Det var en hälsning. Till och med efter sin död gav han henne rosor. Och sorgen kom över henne på nytt. Hon började nynna på en gammal melodi sig själv till tröst. Orden kom efterhand. *Den ena den är vit, och den andra den är röd, men den tredje vill jag helst dej förära. Den blommar inte nu, först när givaren är död – den är underlig den rosen min kära.*

Med besvikelse och kanske ändå en viss lättnad vek hon ut de solkiga pappersarken över köksbordet. Det var inget brev. Det var kartor fullklottrade på baksidorna med Helges nästan oläsliga handstil, och ett stort ark med en text på latin som framträdde ur svärtan efter ett kolstycke som gnuggats mot underlaget. Hon hade undrat vad han hade gjort av de kartskisser han satt böjd över om kvällarna och trott att han bränt upp dem i kaminen när hon inte hittat dem. Och här var de. Frida kunde inte hjälpa tårarna av harm. Hur kunde han vara så hårdnackad att han inte ens efter sin död ville berätta för henne om barnet? Hur kunde han lita på att Signe skulle tiga? Frida kände sig sviken och förrådd och känslan blev inte mindre när hon inte visste vem hon skulle frukta och varför. Signe hade inte heller fått några egna barn. I detta bar de en sorts systerskap, fast de annars inte tyckte särskilt mycket om varandra. Om Signe ändå hade haft den goda smaken att tiga med det hon visste. Det gjorde så ont.

Frida skakade till i hela kroppen av olust och trängde undan den förbjudna tanken. Anta att det var Signes barn … Nej, då skulle hon aldrig ha berättat om den lilla i jorden. Aldrig att hon skulle givit Frida en sådan trumf på hand. De var mer konkurrenter än vänner. Hon lutade sig över köksbordet och försökte koncentrera sig på kuvertets innehåll. Det fanns fyra kartor. Den första kartan föreställde Hunninge gård i Klintehamn, som han yrat om i sina feberdrömmar om det avhuggna huvudet. Den andra var över Möllebos där Signe bodde och på den tredje kartan kunde man se Roma Kungsgård med ruinen av Cistercienserklostrets kyrka och intilliggande byggnader. På en översiktskarta över hela mellersta Gotland fanns en triangel utritad mellan Atlingbo kyrka, Kulstäde och abbotens hus på Roma Kungsgård. En helig triangel, hade han skrivit med sin omisskännliga handstil och ett frågetecken efter. Kristet land inom triangeln och hednaland utanför. Han hade yrat om att hon skulle gräva i historien efter en man utan huvud. Vad skulle hon hitta? Johannes Döparens huvud på ett fat? Fler skelett av spädbarn? Nyligen hade hon läst i tidningen om en sekt som förde bort och dödade småbarn i Södertälje. Inga barn hade rapporterats försvunna, ingen hade sett något och ändå sa rykten att det fanns en massgrav, och polisen tvingades ut för att jaga spöken. Om det hade försvunnit barn måste någon ha saknat dem. En mor släpper inte ifrån sig sitt barn utan att riva upp himmel och jord. Så länge Frida kunde minnas hade det inte försvunnit något barn i Romatrakten.

Frida såg på klockan. Några minuter i elva. Vart hade dagen tagit vägen? Ljudet av en annalkande bil fångade hennes uppmärksamhet. Frida lutade sig fram och såg bilen svänga av mot kyrkan och där stannade den. Det lyste i kyrkvaktmästarens fönster. Han brukade väl aldrig vara uppe så sent. I år hyrde han ut till sommargäster som vanligt. När de träffades i affären hade han berättat att hyresgästerna fått in myror. De promenerade rakt genom huset och över dubbelsängen. Det spelade ingen roll vad man försökte göra åt det. Salt eller Myrr, det verkade bara pigga upp dem. Det var Mirja Fredlund och hennes man som hyrde av Lennart Björk i år igen. De var här för att vila upp sig. Gunnar hade svårt att sova. Frida hade funnit det ofantligt lustigt att de rest till Gotland för att lägga sig på en autostrada av myror för att vila upp sig. Hon småskrattade fortfarande för sig själv och med skrattet gav den värsta ängslan vika. Kanske hade också kaffeslurken gjort sitt till, för hon kände sig lite starkare nu. Med förnyade krafter tog hon sig an Helges ritningar och fattade sedan ett beslut. Det fick kosta vad det ville. Hon måste ta reda på vad han hållit på med som varit så hemligt.

Frida satte sig vid telefonen i hallen och slog numret till taxi. Om de frågade vad hon skulle göra i Hunninge mitt i natten kunde hon ju alltid säga att hennes syster blivit sjuk. Spadens blad la hon ned i plastkassen och skaftet stödde hon sig på som käpp. Så behövde det inte pratas om den saken som det gjorts sist när hon hade med sig en spade.

På väg ut till taxin såg hon flickungen som hyrde torpet bredvid. Hon var alldeles vid tomtgränsen. Vad gjorde hon ute mitt i natten? Kunde hon ha sett genom fönstret när Frida satt med sina kartor? Var hon utsänd av någon eller handlade hon på eget bevåg? Frida gick runt huset och fram till buskaget vid köksfönstret och böjde sig ned. Det fanns märken i det fuktiga gräset och en liten kvist hade knäckts och fallit av. Hade flickungen stått precis utanför fönstret och glott på henne? Det var en uppskakande tanke.

Taxichauffören var en stilig men bitter ung man som ondgjorde sig över staten och det skitsamhälle han tvingades leva i. Med de jävla skatter vi har i Sverige kan ingen leva, sa han för att i nästa stund berätta att han inte alls kunnat leva på sitt socialbidrag och att bostadsbidraget morsan fått när han bodde hemma var i snålaste laget och att det var ett jävla skit att bli tvingad att arbeta och köra taxi och betala skatt till bidrag åt alla slappa idioter som inte kunde skaffa ett jobb. Frida förstod inte hans logik på alla punkter, även om det så småningom infann sig ett visst samförstånd efter en lång diskussion om vilka befattningshavare man inte ville vara beroende av om de rökt på, till exempel hjärnkirurger, taxichaufförer och tandläkare. När hon väl hade blivit accepterad visste hans välvilja inga gränser. Han envisades med att följa henne ur bilen och ville vänta tills han såg att hon utan problem klarade trappan till det hus de stannat utanför. Frida fann det väldigt besvärande eftersom hon inte hade någon avsikt att besöka främlingarna i huset. Hon hade bara använt sig av deras adress för att chauffören skulle hitta vägen och inte ställa frågor om hennes egentliga ärende. När han nu ville hjälpa henne upp för trappan blev hon irriterad och fräste åt honom att hon minsann klarade sig själv och att det var kränkande att ha någon som uppträdde som överförmyndare mot henne. Även om man är gammal och skulle kunna bryta benen av sig är det bättre att ramla och slå sig än att bli kränkt och fråntagen sitt självbestämmande. Vem trodde han att han var som försökte styra hennes steg? Hon blev rädd att hon inte skulle kunna slutföra sitt uppdrag, innan krafterna helt ebbade ut. Och nu skulle han nog inte glömma henne i första taget. Kanske skulle han berätta för de andra chaufförerna vilken bitsk gammal häxa hon var, och han skulle antagligen också minnas adressen. Det var inte bra, inte bra alls.

Det var en lättnad när hon såg billjuset försvinna bakom träden. Han hade tagit om hennes arm alldeles för hårt och vridit om den så att det knakade i axelleden när hon avvisade honom. Det fanns så mycket ilska i den unge mannen. Ett tag trodde hon att hennes sista stund var kommen. Man inbillar sig så lätt saker när man känner sig hotad. Ljuset tändes i köksfönstret i huset på andra sidan vägen. Natten var tyst och himlen stjärnklar och alldeles nära. Hon tog upp sin ficklampa ur kappfickan och satte på sig läsglasögonen. Hit hade Helge farit flera gånger för att gräva i skydd av mörkret. På kartskissen fanns datum och utfall av hans nattliga arbete. Den markerade platsen låg vid foten av ett träkors. Vad var det han grävde efter? Den lilla barnkroppen hade hon ju funnit direkt på den plats som Signe pekat ut på ängen nära kyrkan. Det hade praktiskt taget bara varit att lyfta grästuvorna från marken. Någon hade varit där förut. Frida huttrade där hon stod i sin tunna bomullskappa i den kyliga natten. Handen som vilade på spaden skakade lätt när hon lät det vassa bladet skära ned i marken. Det fanns inte längre så mycket för henne att förlora i den här världen. Helge var död och själv betraktades hon redan som en gammal toka. Det enda hon kunde hoppas på var att i dödens stund veta om hon ville återse sin man på den andra sidan eller för evigt slippa hans uppenbarelse.

6

Kriminalinspektör Maria Wern fick höra om villabranden öster om Roma kyrka tidigt på fredagsmorgonen när hon passerade receptionen i polishuset. Det hade inte blivit av att hon lyssnat på nyheterna på morgonen. Tystnaden kändes nödvändig efter månader av känslomässig turbulens sedan hennes älskade Per blivit skjuten i tjänsten. Det låg ett sorl i luften i polishuset. Det var uppenbart att något hade hänt under natten. Kollegan Tomas Hartman mötte henne i korridoren och de följdes åt in i konferensrummet där de flesta redan hade samlats. Jesper Ek, som tjänstgjort de senaste tolv timmarna, stod framme vid tavlan och ritade en snabb kartskiss över området där branden brutit ut.

”Mordbrand kan inte uteslutas även om den gamla damen som bodde där, Frida Norrby, började bli lite … vad ska vi säga – egendomlig. Det kan förstås också vara en olycka, någon elektrisk apparat som löpt amok eller en platta som fått stå på. Hon var i alla fall inte rökare.

Hennes granne, Lennart Björk, som vi talade med i natt sa att Frida Norrby var en skärpt kvinna, inte särskilt glömsk på det sättet, inte vad han märkt. Däremot hade hon på sistone frågat konstiga saker och svarat underligt på andra frågor, som om det inte riktigt fungerade med hörseln, berättade han. Ni vet, människor som hör dåligt försöker ibland dölja det med att prata själva hela tiden.”

”Skulle du kunna ta det från början?” Hartman slängde en blick på klockan. ”Hon är inte riktigt åtta ännu, men jag tror att alla är här nu. Till och med Erika Lund. För er som inte träffat henne tidigare, kan jag berätta att hon vikarierar som kriminaltekniker. Välkommen till vackrare trakter, Erika.”

”Tack, här kommer man för att få en smula semester på ön som lovar bad och sol och lättja, och så kastas man direkt in i hetluften. Jag ska till branden i Roma så fort vi är klara här. Jag tänkte bara lyssna in vad Ek har att säga om det som hänt under natten, om han kan koncentrera sej och komma till skott. Ta inte alla detaljer är du snäll, det räcker med en sammanfattning.” Erika sträckte sig över bordet och kramade Marias arm. ”Du och jag måste pratas vid sen.”

Maria nickade. Det gick inte att komma undan, fast hon inte ville blanda ihop privatlivet med tjänsten. ”Jag följer med i din bil”, bestämde Erika.

”Erika Lund jobbar här över sommaren i stället för Knutsson”, inflikade Hartman och vände sig mot Ek för att få höra resten av nattens händelser.

Ek väntade in allas uppmärksamhet och samlade sig, trött efter en natts hårt arbete. Han gäspade stort, bad om ursäkt och visade med hel hand på sin kartskiss.

”Klockan 04.17 i natt fick vi ett larm om brand i ett bostadshus i Roma norr om Kungsgården, nära Roma kyrka. Anmälan kom från en granne, Bibbi Johnsson, som vi haft en del att göra med tidigare. Hon skulle ha varit en självskriven kandidat för strålpärmen om den funnits kvar. Det är till stor hjälp om man kan avfärda alla tokar direkt och slipper kontrollera vilka ufon som smyger på ringmuren och sprider strålning.” Han log brett och såg sig omkring för att få medhåll. ”Fru Johnsson har vid flera tillfällen anmält en annan granne, Lennart Björk, för att försöka förgifta hennes hund. Något blandrasmonster som inte tar ett nej för ett nej tydligen. Vad vi vet lever den ännu i högönsklig välmåga, till skräck och förtret för bygdens folk. Hon har också anmält samme granne för att ha blottat sig i vardagsrumsfönstret. Vid 23-tiden tisdag för en vecka sen och då var lampan inte ens tänd. Själv hävdar han att han gick i bar överkropp för att hämta sej ett glas mjölk i köket. Hon måste ha legat på pass i granhäcken för att kunna observera en sådan sak, menade han. Senaste veckan har hon ringt inte mindre än fyra gånger för att flickan som hyr granntorpet, Camilla Ekström, spelar osedlig musik på hög volym. När vi fick in larmet om branden i natt trodde vi alltså inte att det låg så mycket bakom det. Det har blivit för många höns av några ynka fjädrar på senare tid och nu har hönshuset brunnit ned." Ek rynkade pannan medan han funderade på om formuleringen höll ända ut eller inte.

"Kom någon människa till skada i branden?" frågade Maria. Ek såg verkligen trött ut. Om han skärpte till sig och inte flöt ut i ovidkommande utläggningar skulle han komma fortare i säng.

"Dessvärre tror vi det. De håller på och släcker som bäst nu. Troligen låg den gamla damen och sov i sin säng. Vi vet inte så mycket mer just nu. Bibbi Johnsson säger att hon vaknade vid fyrataget för att hundfan skällde. Hon gick upp för att få tyst på honom och tittade ut genom sitt köksfönster och då såg hon Frida Norrbys hus stå i lågor. Eldsflammor slog ut ur fönstren på nedre botten. Vi har ingen uppfattning om hur länge det kan ha brunnit innan dess. Men huset var alltså övertänt. Om branden påskyndats av någon accelerator vet vi inte än. Det får teknikerna ta reda på. Vi knackade på hos den närmaste grannen, den unga damen som spelat osedlig musik, men hon hade inte märkt något."

"När det gäller Frida Norrbys mentala status är det kanske bäst att tala med distriktssköterskan som brukar gå hem till henne", fortsatte Eriksson som suttit tyst tills nu. "Hon heter syster Ingrid. Vi har inget efternamn, men hon arbetar inom hemtjänsten i Roma. Bibbi Johnsson sa att hon brukade cykla runt och titta till en del gamlingar. Distriktssköterskans cykel hade legat slarvigt och livsfarligt slängd på gräset utanför Frida Norrbys hus så sent som i går eftermiddag. Precis så sa hon. Slarvigt och livsfarligt slängd. Bibbi undrade om det fanns något straff för vållande av fara."

När mötet avslutats tog Hartman Maria avsides. Han hade bestämt träff med åklagaren och undrade om hon kunde fara till Roma i förväg för att på ett tidigt stadium samla så mycket uppgifter som möjligt. Vittnen glömmer fort. Folk pratar med varandra. Ju tidigare man får uppgifterna dokumenterade, desto pålitligare är de.

Erika Lund fattade hårt om Marias arm så snart de hade satt sig i bilen. De hade sett varandra i ögonen under konferensen i samförstånd. Men det hade inte varit läge att prata då. Nu var stunden inne för förtroligheter.

"Hur går det för dej, Maria? Jag har undrat så."

Marias ögon blev blanka. Hon snörvlade till och drog med handen över ansiktet.

"Jag kan inte berätta om det utan att börja gråta." Hon såg vädjande på sin kollega. Det kändes inte som om hon skulle orka tala om det, inte en gång till. Det rev och slet i henne varje minut hon inte lyckades tränga undan det. För det fanns inget hon kunde göra. Hur hon än vände och vred på det fanns det ingen väg ut. Per låg där han låg efter skottdramat och det som hade hänt hade hänt.

"Gråt du! Det gjorde mej så ont när Hartman berättade. Vem som helst, men inte Per. Det får inte vara Per, tänkte jag när vi fick in larmet. Jag tycker så mycket om honom, han är den bästa kollega man kan ha. Men ni har ett alldeles speciellt förhållande? Du älskar honom, eller hur?" När Maria inte svarade fortsatte Erika. "Varför skulle det behöva hända? Man hör ibland om poliser som blir skjutna, men det känns ändå alltid avlägset, som om det inte skulle kunna drabba just en själv. Man kanske måste leva i illusionen att man är odödlig för att klara av det här jobbet. Om man hela tiden var rädd skulle man kunna bli farlig av den anledningen. Skjuta först av rädsla för att annars bli skjuten. Hur mår han nu? Vet du något?"

”Jag var hos honom på sjukhuset innan helikoptern kom. Han vaknade upp en kort stund. Han sa inget, men han såg att jag var där och hans fru var också med. Vi gick in på salen tillsammans. Rebecka ville det. Han kände igen mej när jag tryckte hans hand. Jag skjutsade Rebecka till Uppsala när han fördes dit.”

”Var det så klokt ... jag menar ... klarade du det?” Erikas röst var bara en viskning.

”Jag vet att jag inte borde ha kört. Jag var inte alls i skick för det. Men just då var ingenting annat viktigt. Jag var bara tvungen att vara hos honom. Det gick inte att tänka förnuftigt. Det fanns förstås inget vi kunde göra. Inte ens Rebecka som är läkare kunde hjälpa honom.”

”Nu då”, frågade Erika. ”Hur är det med honom nu?”

”De kan fortfarande inte säga hur det kommer att gå. Han har vaknat upp. Det är oförändrat stabilt, säger Rebecka. All information jag får går genom henne. Hon är formellt sett fortfarande hans fru och dessutom läkare. Läkarna pratar inte med mej utan hänvisar till henne. Det är så svårt. Jag kan ju inte ringa henne flera gånger om dagen som jag skulle vilja. Hon har sagt att han inte kan ta emot besök. Jag vet inte i vilket skick han är. Det känns som att hon inte berättar sanningen för mej. Hon svarar inte på hur skadad han är.”

”Så du vet ingenting mer än att han överlevt?”

”Nej, och jag vet inte vad han tänker om oss två och om framtiden. Antingen vill han inte eller så kan han inte prata om det.”

”Vet Rebecka om dej och Per?” Erika släppte blicken från vägen och såg på Maria. Såg rakt in i ömtåligheten – just i den stunden såg den annars så beslutsamma och starka Maria Wern ut som en liten ängslig skolflicka.

”Rebecka visste att Per tänkte lämna henne för min skull. Och hade han inte lämnat henne skulle hon ha begärt skilsmässa själv. Hon har en annan, en arbetskamrat på sjukhuset. Deras förhållande har pågått ett halvår eller mer. På det sättet finns det egentligen ingen skuld att betala. Vi är inte ovänner. Jag tror att hon kunde vara så generös mot mej för att mitt förhållande till Per gjorde att hon slapp känna skuld för att hon varit otrogen. Vi pratade om det när vi reste hem. Ganska märkligt egentligen, men det kändes bra."

"Jag är så ledsen att jag inte kunde komma till dej och krama om dej. Jag ville så gärna, men jag hade tid för en operation." En snabb skiftning i Erikas ansikte fick Maria att befara att det var något farligt. Men Erika lugnade henne.

"Åderbråck bara. Man börjar bli en gammal kärring. Efter fyrtio ger kroppen igen för att man varit ovarsam med den. Jag borde ha använt stödstrumpor, men hur snyggt är det? Jag hade väntat i evigheter på den operationen och så fick jag en tid. Jag ville få den gjord så jag kunde komma hit och se efter hur du mådde och få en chans att jobba ihop med dej under sommaren."

"Hur går det nu då?" undrade Maria.

"Jag får ha dem lindade. Blir det ingen infektion i dem så är det väl bra antar jag. Men jag behöver röra på mej och inte bara sitta stilla. Så du kan ju säga till om du vill ha sällskap på dina kvällspromenader. Jag känner mej liksom inte riktigt mogen för att gå ut på lokal och dansa. Inte ännu."

7

”Allt tyder på att branden var anlagd”, sa Erika Lund när Maria, som talat med de närmaste grannarna, satte sig bredvid henne på den grönmålade trädgårdsbänken vid uthuset. Framför dem låg de nedbrända resterna av det gamla trähus Frida Norrby bott i. Endast murstocken stod kvar. Solen gassade. ”Branden har startat på flera olika ställen samtidigt och själva brandutvecklingen har skett snabbt.” Erika visade på detaljerna.

”Fanns hon där inne? Blev Frida Norrby innebränd?”

”Sovrummet var beläget där …” Erika pekade mot husgrundens norra del. ”Det är ännu för varmt för att undersöka den delen. Så vi vet inte med säkerhet – men det är troligt. Vi har också gjort ett annat fynd – något som förbryllar oss mer. Vi har hittat ett barnskelett i det som enligt husritningen var vardagsrum.”

”Vad sa du? Ett barn! Så fruktansvärt! Vad kan det ha varit för ett barn?” undrade Maria.

”Ett spädbarn. Frida Norrby hade, vad vi vet, inga barnbarn. Det finns inte heller något barn i den åldern som anmälts försvunnet, enligt Ek. Inte på Gotland. Han håller just nu på och checkar med övriga landet.”

Det blev tyst en stund medan Maria lät informationen sjunka in. Hon letade efter en rimlig förklaring, men kom inte på någon. Om ett litet barn plötsligt försvann skulle det ge eko i hela mediavärlden … Såvida det inte vistades i Sverige illegalt.

”Jag önskar att vi hade något mer att gå på för att identifiera barnet. Det finns inte rester av något annat än ben, inga mjukdelar eller tygfibrer som kunde hjälpa oss på traven. Barnet hade ännu inte fått tänder. Vi ligger väldigt, väldigt lågt med informationen utåt tills vi vet mer. Hartman är mycket bestämd på den punkten. Vill du se fyndet mer detaljerat får du vänta på bilderna." Erika strök med handen över korsryggen. "Man börjar bli för gammal, definitivt för gammal för att krypa på alla fyra och leta spår."

Parkeringen utanför Roma kyrka var fullpackad och flera bilar stod utmed vägen. Brandröken var stickande. Utanför avspärrningen som upprättats runt Frida Norrbys hus hade det samlats grannar och andra intresserade som önskade vara behjälpliga med information. Branden hade dragit till sig nyfikna och när sedan området spärrats av gick djungeltelegrafen varm. Det gick inte att ta miste på vem som var Bibbi Johnsson. Hennes rökhesa röst hördes lång väg när hon skrek på Sixten. Hunden, av obestämd ras, drog i kopplet. Bibbi själv gestikulerade med yviga armrörelser framför Hartman som höjde handflatorna i en gest av försvar medan han oavbrutet skakade på huvudet. Så fort han höjde rösten det minsta var hunden färdig att flyga honom i strupen.

"Håll tyst! Tig Sixten!" skällde Bibbi tillbaka, men hunden tog ingen notis om det. I samma tonläge som hon haft för att tygla sitt monster fortsatte hon vänd till Hartman. "Jag kräver att få beskydd. En egen bodyguard. Det är någon som vill ha bort oss härifrån! En efter en ska vi väck för att någon vill köpa våra fastigheter billigt sen och bygga nytt och sälja vidare, det är vad jag tror. Jag kommer inte att kunna sova i mitt hus. Vem betalar om jag tvingas bo på hotell i Visby? Hur ska man kunna bo på en plats där närmaste grannen blivit innebränd av en galning som fortfarande går fri?"

"Jag förstår att det här känns skrämmande. Men beskydd är inget vi kan ställa upp med i nuläget. Då måste det vara en tydligare hotbild. Har någon hotat dej personligen?" Hartman backade ett par steg när Bibbi Johnsson avancerade framåt.

”Min hund har blivit förgiftad och nu har min granne blivit dödad? Är inte det en tydlig hotbild? Jag tror inte det är sant! Jag kommer att kontakta tidningen! Er nonchalans är oförsvarlig. Ursäkta mej, men jag bor på en mordplats! Min granne har blivit mördad av en psykopat. Och se på poliskvinnan där borta …” Bibbi slängde med sin långa hårman som nödtorftigt färgats i rött för cirka fyra centimeter sedan. Hon pekade mot Erika Lund, som lagt upp benen på trädgårdsstolen framför sig för att lindra smärtan i de nyopererade vaderna. ”Polisen gör ingenting! Sitter av sin arbetstid i solen. Det är under all kritik och det ska folk bli varse!”

”Vi vet vad vi gör. Du kan lugnt låta oss sköta vårt arbete.” Hartman såg uppgivet på Maria. Gav henne en blick som betydde, ta tanten härifrån så att vi får arbeta ifred. Jag blir galen!

Maria tog Bibbi avsides och gav henne hela sin uppmärksamhet.

”Om vi nu i stället koncentrerar oss på branden. Du upptäckte alltså att det brann i Frida Norrbys hus och då var klockan strax efter fyra på morgonen. La du märke till något annat den kvällen eller natten? Luktade det bränt? Såg du någon rök?” Maria föreslog att de skulle gå hem till Bibbi. Hon lösgjorde den vilda besten och de började vandra bortåt vägen.

”Nej, men Lennart, kyrkvaktmästaren alltså, satt uppe och såg på teve till klockan elva. Det kunde jag se för det lyste så där blåaktigt i fönstret. Eller också kanske han tittade på video. Det vet man ju vilka filmer som hyrs ut … Det är inget man tittar på i dagsljus.”

”Iakttog du några andra som var ute den kvällen? Någon främmande bil, någon som cyklade eller promenerade förbi?”

”Jo, när du säger det så.” Bibbi tog ett par steg i sidled för att kunna peka ut läget. Det var en bil som stannade till vid kyrkan strax efter elva på kvällen. Jag såg när den körde in. Mitt köksfönster var öppet så jag hörde hur det rasslade på grusplanen och när bildörren slogs igen för vinden låg på hitåt. Sen var det tyst. Jag såg inte vem som steg ur."

"Uppfattade du vad det var för färg på bilen, var den stor eller liten? Några andra ljud?"

"Jag såg inte vad det var för färg, men förresten ... när bilen bromsade in tjöt det om den." Bibbi skrattade och visade en tandrad med långa missfärgade tandhalsar.

Maria fortsatte att fråga när rethostan som direkt följde på skrattet hade klingat av. "Frida Norrby var alltså din närmaste granne. Hur länge har ni känt varann?"

Bibbi slog sig ned på verandaräcket till sitt hus och tände en cigarett. Lutade huvudet bakåt och blåste ut röken medan hon funderade.

"Hon var svår att komma in på livet. Vi har varit grannar de senaste tjugo åren och hon har aldrig varit hemma hos mej, fast jag bjudit in henne otaliga gånger. Jag har varit inne i hennes hall vid några tillfällen, längre än så blev man inte insläppt."

Maria funderade på om det gällde alla eller bara Bibbi Johnsson.

"Hon hade inte så stort umgänge, menar du?"

"Precis så menar jag. Hon och Helge levde helt för varann. Vet du, jag tror inte att det är bra. Det är en väldig börda att lägga på en annan människa, att vara livets hela mening, tycker du inte?"

Maria tänkte efter och höll med. Det var klokt sagt. Oväntat klokt.

"Efter Helges död tycker jag att hon har blivit konstig. Jag har försökt komma med blommor eller en sockerkaka och tagit en sväng förbi för att fråga hur det är. Jag har försökt bjuda in henne på mat. Jag har ringt. Jag har erbjudit henne mina sömntabletter om hon kanske sover dåligt eller en liten whiskey för att pigga upp. Men hon släpper ingen jävel över bron. Min sorg är min, sa hon. Sist slog hon igen dörren mitt framför ögonen på mej. Det känns inte trevligt när man försöker vara snäll. Jag hade köpt en bok åt henne om en kvinna som fick cancer och dog – och en annan liten tankebok som hette *Ut ur sorgen, mot ljuset*. Jag la dem i brevlådan, för hon vägrade ta emot dem. Är inte det ganska oförskämt?"

Maria svarade inte. Tänkte bara. Frida Norrby hade väl nog med sin egen sorg. Hon ville antagligen inte bli bombad med andra människors elände på samma tema. Bibbi verkade inte vara en särskilt inkännande person.

"Hade Frida dålig hörsel, vet du det?" frågade Maria.

"Nej då, hon hörde allt hon ville höra. Jag tycker snarare att hon skärmade av sej. Stängde ute det som hon inte ville veta av. När det handlade om trädgård eller ännu hellre om läkeväxter eller gammaldags rosor kunde hon prata hur mycket som helst. Då hörde hon allt om det så var på latin." Bibbi skrattade och skrattet övergick i en ny hostattack. "Man kan ju undra vem som tänt på hennes hus. Oss emellan tror jag det kan vara Lennart Björk. Han ville köpa Fridas hus som sommarstuga att hyra ut till turister, men hon ville inte sälja. Han försöker köpa upp all mark här omkring." Bibbi sänkte rösten till en viskning. "Och ..." Hon nickade menande åt sitt eget påstående. "... jag har sett vilka blickar han ger Camilla Ekström som jobbar i Ica-affären. Hon hyr det röda huset bredvid Frida Norrbys stuga av honom. När män sitter uppe på nätterna och ser såna där filmer, kan de lätt få för sej saker. Inte skulle unga tösen titta åt en sån gammal gubbe som han", skrockade hon. "Jag tänkte att han kanske har gjort något han inte borde, tafsat eller så och så har Frida råkat få syn på det ..." Bibbi blev riktigt exalterad av sin nya teori. När hon såg Marias tvivlande min dämpade hon sig något. "Jag säger inget så har jag ingenting sagt, men jag tycker ni borde kontrollera vad han hade för planer för Fridas hus. Jag har funderat på det hela morgonen. Man ska söka mördaren i offrets närhet. Och sen vet jag inte om du hört att han försökte förgifta min hund. Jag har inga bevis, men jag vet det ändå för han har hotat Sixten. Koppla hunden eller jag gör korv av honom. Så hemska saker hotar han med. Sixten blev så sjuk och slö så jag fick fara med honom till djurkliniken och veterinären sa att hunden nog ätit något olämpligt. Jag har papper på det. Polisen har en kopia. Jag tycker inte du ska gå dit som ensam kvinna. Det måste väl finnas någon som kan följa med dej när du ska prata med honom? Jag har till exempel inget särskilt för mej just nu." Bibbi fick något lystet i blicken. "Han kanske bjuder dej på något att dricka och lägger sömnmedel i glaset och sen är det fritt fram ... Jag följer med dej! Vi kvinnor måste hålla ihop."

8

Kyrkvaktmästare Lennart Björks hus såg inte ut att vara bebott av en ungkarl. Egentligen är det märkligt att man har sådana fördomar, tänkte Maria. Hon öppnade grinden och såg de prunkande blomsterlådorna, de färgsprakande rabatterna med påskliljor och scilla och amplarna med himmelsblå violer som sakta svängde i försommarbrisen. Bibbi Johnsson hade erbjudit sig att följa med till honom, men Maria hade först tagit en snabblunch med Erika Lund och kommissarie Hartman innan han reste tillbaka mot stan.

Lennart Björk öppnade dörren redan vid första ringsignalen som om han väntat henne. Han var oklanderligt klädd i ljusa byxor och tennisströja med ett litet reklammärke på fickan. Det askblonda håret var prydligt kammat i sidbena. Hans röst var så lågmäld att Maria fick luta sig närmare för att höra vad han sa när han föreslog att de skulle sitta ute i trädgården och talas vid. Det var ju så vackert väder.

”Det är obegripligt att man kan tända på ett hus och låta en gammal människa brinna inne. Fasansfullt. Hur kan man leva vidare med sånt på sitt samvete och tänka på hur hon förgås där inne i lågorna?” Han ryckte till i hela kroppen som om han kände lågorna sveda huden. ”Varför? Ge mej en enda vettig anledning till att någon skulle göra en sån sak. Vad finns det för orsak att ta livet av en rar gammal människa som alltid velat alla väl? Hon var så klok och välmenande, fru Norrby.”

”Ja, det är hemskt och vi gör vårt bästa för att få klarhet i vad som hänt. Jag skulle vilja veta om du såg något speciellt under kvällen i går eller under natten?"

"Vi hade körövning i kyrkan till klockan var en bit över nio på kvällen. Jag låste och släckte efter dem. Nej då – tro inte att jag sjunger. Det kan jag inte. Jag fick vara tyst i skolan när det skulle sjungas. Lennart är tyst när vi andra sjunger, sa alltid min fröken." Han log ett inåtvänt leende. "Jag låste som sagt efter kyrkokören och gick hem. Det lyste i köksfönstret hos Frida, men jag såg henne inte. Men den rödhåriga människan, Bibbi Johnsson, var ute i sin trädgård med hunden. Hon är inte riktigt riktig. Du har säkert redan tagit del av de anklagelser hon kommit med mot mej. Det är så absurt att man blir yr. Har du träffat henne?"

"Jo, jag hörde om hundförgiftningen", bekräftade Maria. "Vad handlar det om egentligen?"

"Jag har funderat mycket på det och ärligt talat tror jag att det bottnar i att jag avvisade henne. Hon var påflugen redan när jag flyttade hit och jag gjorde väldigt klart för henne att jag inte ville inleda någon relation. Det är förstås svårt att bli avvisad, men jag hade önskat att hon tagit det bättre. Jag hade inte på något vis givit henne några förhoppningar. Verkligen inte, men när jag fick höra vad som stod på 'löpsedlarna' i Ica-affären var jag tvungen att prata med henne om det. Hon hade sagt till Gun i charken att vi var ett par och att vi skulle resa utomlands tillsammans. Vi hade visserligen talat om resor. Hur härligt det kan vara att möta våren i Paris eller Italien när mimosan blommar, och jag mitt dumhuvud förstod inte att jag inkorporerades i resplanerna. Sen kom Frida och frågade om mitt hus var till salu. Lite märkligt när jag erbjudit mej att köpa hennes om hon skulle flytta till serviceboende med tiden, eller hur? Hon hade hört att jag tänkte sälja. Elsa i Björke hade hört att Bibbi hade sagt till Gun att vi inte kunde ha två hus, att det var för mycket att se efter. Jag menar, hur värjer man sej mot sånt prat?" Lennarts röst fick en hårdare klang och han hade säkert haft väldigt mycket mer att säga om sin granne om inte Maria vänligt men bestämt lett honom vidare i samtalet om gårdagskvällen.

”Det kan kännas kränkande att bli misstolkad”, bekräftade hon. ”Vad gjorde du resten av kvällen i går?”

”Jag stekte pannkakor och åt medan jag såg på teve. Sen hade jag hyrt en film. Ett segt relationsdrama, som en av damerna i kören rekommenderade. Jag slumrade nog till ett par gånger under filmen. Den var mer som ett teaterstycke än som en film.”

”Vad var klockan när den slutade?” Maria lutade sig tillbaka och såg en blå Saab parkerad på gårdsplanen bakom huset, delvis skymd bakom syrenbersån.

”Elva kanske. Jag kom på att jag tänt några ljus när vi fikade och funderade på om jag hade släckt dem. Så jag tog bilen upp till kyrkan. Men det var ingen fara. Antingen hade jag gjort det själv eller så hade någon annan varit aktsam nog att göra det. Man blir så stressad av allt arbete. Till slut minns man inte vad man gör. Du småler du, men det finns nog inget jobb i världen som är så stressigt som att vara kyrkvaktmästare. En del dagar kan vi ha tre begravningar i rad. Tre omgångar med gråtande människor. Kyrkan ska dekoreras och sen ska alla blommor bort och in med nya för att nästa sällskap ska ta plats och psalmböcker läggas ut och siffror skyltas om och vill folk sitta kvar och sörja får man försöka locka ut dem och säga att de får se alla blommorna ute. Vilken press! Det är hemskt att behöva skynda på dem, men ännu hemskare om nästa sällskap får stå där ute och vänta med kista och allt. Och så måste man kontrollera att ett hål verkligen blivit grävt i jorden och att det är på rätt ställe. Jo, du! Jag ska säga dej att det är inte alltid det är grävt på den överenskomna platsen, och det kan bli ett fruktansvärt liv om någon gumma sänks ned bredvid en annan man än den lagvigde. Och sen har vi bröllop. Det är nästan ännu värre. Där kan bruden bli tveksam eller fastna hos frissan. Brudgummen hittar inte ringen och någon moster kan vara fördröjd från fastlandet om båten är sen. Och nästa bröllopssällskap måste ju komma in och dekorera för sin vigsel. Förr i tiden knatade de in med sin bukett och akten genomfördes kort och gott, men i dag ska hela kyrkorummet pyntas med rosetter och pappersbollar och plastduvor i taket och sidenskynken i fönstren. Par som ska gifta sej tror ofta att de är de enda viktiga varelserna i hela universum och att alla planeter kretsar runt just dem. Och sen ringer det hela tiden på min mobil när jag är ledig. Jag jobbar varannan helg som kyrkvaktmästare och varannan kör jag taxi. Men de tror att jag alltid är i tjänst i kyrkan. En inventarie. Så det är inte märkligt om det slår slint ibland och man glömmer släcka ljusen."

"Såg du någon annan ute den tiden?" lyckades Maria flika in när han drog efter andan. Det var inte lätt att avbryta vaktmästaren när han halkat ned i sitt djupaste hjulspår.

"Nej, jag kan inte minnas att jag såg någon. Det lyste i fönstret hos Bibbi. Och hunden skällde som den gör så fort någon rör sej här ute. Ibland skäller den helt oprovocerat där den står i sin hundgård. För att den är uttråkad antagligen. Den är ett missfoster och det är hennes fel. Jag har ett stort behov av tystnad för att kunna koncentrera mej när jag läser, eller bara för att koppla av till musik efter min arbetsdag. Mina hyresgäster störs också av den. En hund måste ha trygghet och konsekvens. Hon borde inte få ha hand om djur."

"Såg du om det lyste hos Camilla Ekström i går kväll?"

"Nej, det var släckt. Jag såg henne inte på hela dagen. Hon hyr ju av mej, och så äger jag huset bakom den här fastigheten också. Den har jag just nu uthyrd till ett par från Stockholm. De är här för att vila upp sej. De ville inte bo vid en strand eller inne i Visby där det kan vara stimmigt. Frun behöver arbetsro. Hon driver ett stort företag. Mannen har haft lite trassel med nerverna. Han lider av sömnproblem. Jag tror förresten Frida och han talades vid. Han var hemma hos henne och fick något örtte för att sova bättre."

”Vad heter de?” Maria fann det besvärande att kyrkvaktmästaren talade så tyst. Hon var tvungen att komma närmare än vad som kändes naturligt för att kunna höra vad han sa. Hans andedräkt var som en pust från en jordkällare med halvrutten fjolårspotatis.

”Mirja och Gunnar Fredlund. Han är professor i arkeologi och hon har ett företag som säljer vård till bemedlade. Jag har själv ett brinnande intresse för arkeologi, så han och jag har en del att tala om. Man skulle kunna tänka att det var hon som behövde vila upp sej, men det är full fart på henne. Om du ställer dej här borta på verandan kan du se dem. Hon gör qigong på gräsmattan och han sitter i solstolen med en näsduk knuten om pannan. Ett verkligt omaka par. Har du talat med dem?” Maria skuggade ögonen med handen för att kunna se dem. En kvinna med långt mörkt hår och ett något indianskt utseende sträckte händerna mot himlen så att de långa vida ärmarna på hennes morgonrock fladdrade som svanvingar i brisen.

”Inte än, men min kollega, Jesper Ek, har varit där och tagit en del uppgifter”, sa hon. ”Jag funderade på en sak, hur mycket kör du taxi?”

”Varannan helg som sagt, men också någon vardagsnatt ibland. Kyrkvaktmästeriet är på sjuttiofem procent. Jag skulle egentligen ha arbetat natten som gick, men det var en yngre kille som erbjöd sej att ta det. Jag pratade med honom alldeles nyss och natten hade varit lugn. Ja, bortsett från att han hade blivit utskälld av en äldre dam han försökt hjälpa upp för en trappa. Det är smällar man får ta när man försöker vara artig. Folk kan vara så misstänksamma ibland. Jag brukar fråga hur natten varit när någon ställer upp i mitt ställe så att jag vet om jag ska mysa över att ha sluppit skiftet eller inte. Ibland när man hämtar på krogen kan det vara väldigt stökigt, men det vet säkert du som är polis. Och vissa nätter händer det inget och man har väldigt svårt att hålla sej vaken. Klockan fyra får man nästan bita sej i armen för att inte slockna. När jag tänker efter så sa han att han hade hämtat damen här i Roma … i närheten av kyrkan. Klockan var tolv på natten … Det bor inte så många äldre damer just här … Det skulle kunna vara Frida. Ja, tanken slog mej precis nu, att det kunde vara hon. Men vad skulle hon göra i en taxi mitt i natten?"

"Har du telefonnumret till den här taxichauffören?"

"Ja, men han sover nu. Han har ett par nätter till att jobba så han sover nog till bortåt fem skulle jag tro. Jag menar, jag vet ju inte om det var Frida. Det verkar väldigt långsökt. Det enda jag kan tänka mej är att hon kan ha blivit sjuk och han skjutsade in henne till lasarettet i Visby … Vad skulle hon annars göra ute mitt i natten?"

"Finns det en trappa där, menar du?" Maria hade sjukhusets entré i gott minne och där fanns det inga trappor. Inte heller vid akutmottagningen. Taxichauffören hade sagt att han hjälpte henne upp för en trappa.

"Nej, det är ju konstigt. Jag kanske skulle ringa honom. Han får väl somna om igen om han kan." Kyrkvaktmästaren drog i kragen på sin tennisströja som om han inte riktigt kände sig bekväm med situationen.

"Om jag får hans namn så kontaktar jag honom själv." Ju mindre vittnen talar med varandra, desto bättre. Hon tackade för sig när hon fått de uppgifter hon behövde och gick utom hörhåll för att ringa. Det var upptaget och genom fönstret kunde hon se att kyrkvaktmästaren lyft sin telefon och talade med någon. Minuten efteråt stod han på trappan och viftade med den lediga handen.

"Jag fick tag på några av dem som arbetar just nu. De sitter i fikarummet. Damen som hämtades här i Roma blev skjutsad till Hunninge gård i Klintehamn. Klockan tolv i natt. Hemadressen stämmer med Frida Norrbys. De säger att Joakim, taxichauffören alltså, var förbannad när han lämnade bilen i morse. Det var något med en tjej han stämt träff med i går kväll. Han hade visst försökt byta passet med någon av de andra och det hade inte gått. Han sa inget till mej om det, men desto mer till de andra. Jag menar efter tio i går kväll hade jag kunnat köra även om jag var trött. Jag vet inte jag. Du får väl prata med honom själv."

"Hämtade samma chaufför upp Frida Norrby sen?" Om den gamla damen hade övernattat någon annanstans skulle hon fortfarande kunna vara vid liv.

"Nej, han fick ingen mer körning åt det hållet. Ingen annan heller på vårt taxibolag." Maria avslutade samtalet och återvände till Erika som outtröttligt fortsatte sitt arbete vid brandplatsen.

"Kyrkvaktmästarens sommargäster var precis här", sa Erika. "Ett udda par. Som singel kan jag aldrig låta bli att fundera på hur gifta par har det tillsammans, egentligen. Det är inte säkert att de har det så mysigt som man lätt tror när man själv inte har någon. Jag tror jag försöker slå hål på myten om att det lyckligaste är att ha någon att leva med. Surt sa räven, du vet."

"Mmm." Maria väntade på resten av utläggningen som inte lät vänta på sig.

"Jag var bara tvungen att kolla på Mirja Fredlunds fötter. Hon hade träskor och hälarna var som intorkade ostkanter, grova och spruckna och fulla av gräsfläckar. Och då tänkte jag: den här kvinnan har inte en man som eldigt kysser hennes vrister, för då är man mera mån om att fila och sköta sina fötter. Det avslöjar en hel del, eller hur? Och så kände jag mej oförklarligt ledsen å deras vägnar, för att de inte har varann på det sättet. Vilket slöseri med lyckan! Undrar hur mina fötter kommer att se ut om tio år. Tror du jag har gett upp då och blivit en ärkenucka med fula spruckna hälar?"

Maria skrattade. "Nej, det tror jag inte. Jag tror att du har hittat en pigg och ständigt förälskad yngling som kysser dina vrister och hålfötter så fort han får chansen. Vad ville Mirja och Gunnar Fredlund?"

"De var väl nyfikna som alla andra. Men det var inte bara det där med hennes fötter jag tänkte på. Han korrigerar henne på ett irriterande sätt, märker ord liksom. Jag skulle inte stå ut en kafferast med en sån besserwisser. Han avbryter henne hela tiden. *Nej, nu tar du fel lilla vän, vi var i Grötlingbo på auktion inte i Gothem och vasen vi köpte var inte antik utan rent skräp, men när du prompt skulle ha en sak till i vårt övermöblerade hem så fick jag väl hala upp plånboken då. För du kan inte hålla i några pengar du. Haha. Du ska inte bry ditt lilla huvud …* Och vet du vad karln säger när jag trodde att hon skulle dräpa honom med paraplyet: *Vad söt du är när du är arg …* Och vad gör hon då? Hon ger honom inte svar på tal. Hon smockar inte till honom. Hon fnittrar som en skolflicka. Fattar du? Hon kapitulerar helt och står där och fånflinar. Det är sånt vi kvinnor måste sluta med om vi vill ha respekt!"

"Fick du uppfattningen att de brukar hyra av kyrkvaktmästaren varje sommar eller är det första gången?" Maria tog fram sitt block och gjorde en anteckning.

"Nej, de bodde i Visby förra sommaren men dessförinnan har de bott många somrar i Roma. Stan var alldeles för stökig för hans smak. Hon trivdes däremot utmärkt med att kunna gå ut på kvällen och ta ett glas vin och äta en god köttbit. Nu har hon tråkigt, så långtråkigt att det syns på kilometers avstånd." Erika gjorde en härmande min. Knep ihop ögonen och lät underkäken hänga. "Vad ska du göra nu?"

"Jag ska till Roma Kungsgård på akvarellkurs."

"Varför i all världen då?

"Jag behöver det. Det är mitt enda andningshål."

9

Maria Wern doppade penseln i vattenglaset och lät den blågröna färgen flöda över akvarellpapperet, vått-i-vått, en vågbrytning med skummande vitt havsvatten och cirklande måsar. Horisonten som en anad linje under oroshimlen tonade i dramatiskt grålila. Hur fångar man ljuset? Det skira ljuset som strilar ned mellan molnen. Inte för mycket, som på en altartavla med ett förklarat ljus över de heliga. Nej, ett skimmer bara för oss vanliga dödliga. Det lilla hopp som gör skillnaden mellan att vilja leva och att ge upp.

Den sista tiden efter Per Arvidssons skottskada hade varit en balansgång på slak lina. Så nära avgrunden. Plötsligt och oväntat fanns bråddjupet där. Fler komplikationer. Misstag som inte borde få hända. Om hon inte hade haft barnen och sitt arbete, som krävde en närvaro, skulle hon ha blivit galen av oro. Det finns en stor fara i att låta någon bli ens livs hela mening, hade Bibbi Johnsson sagt. Även om det var väldigt lätt att reta sig på henne, var det inte desto mindre sant. Det blir också en belastning för den man älskar. Per var inte livets hela mening, men en mycket större del än hon vågat inse. Oron för framtiden fanns där hela tiden som en molande värk i mellangärdet. Det syntes inte utanpå. Hon pratade som vanligt, arbetade, körde bil. Kroppen gjorde allt det vanliga alldeles av sig själv, medan hon iakttog det från andra sidan glasväggen. Hade det inte varit för stunderna när hon tvingades vara närvarande skulle hon ha lagt sig på sängen och vägrat möta en ny dag. Flera gånger när hon sprungit ut i skogen på joggingtur hade hon skrikit som en galning när hon kommit utom hörhåll. Tillåtit sig den djupa gråten. Det fanns en befrielse i de stunderna. Men hur hon än önskade och ville skulle inget få Per att komma tillbaka fortare. Kanske skulle det aldrig bli som vanligt igen. Han var liksom inte sig själv, inte riktigt med, hade Rebecka sagt när de talades vid i telefon. Gång på gång hade hon upprepat orden för sig själv och försökt förstå dem.

Kursen i akvarellmålning på Roma Kungsgård var egentligen Hartmans idé. Han hade mer eller mindre tvingat henne att känna efter vad som skulle vara meningsfullt att göra. När barnen var små hade hon längtat efter ensamtid, tid att få sitta på en sten vid havet och tänka och måla. Han hade påmint henne om det. Nu hade hon chansen. Kursen hade startat redan efter jul, men den var inte fulltecknad och Maria hade fått plats utan problem.

De var inte många deltagare kvar fram på vårkanten. En distriktssköterska som hette Ingrid, fast hon var inte med i kväll, och Mirja Fredlund som hyrde av kyrkvaktmästaren, hon med hälar som intorkade ostkanter. Nej, så får man inte tänka. Maria kunde ändå inte låta bli att snegla på Mirjas bara fötter och skämdes för det. Det kändes väldigt privat efter det Erika sagt om okyssta vrister. Sedan var det Simon, som var kursledare, en skäggig kedjerökande karl med en vid murarskjorta à la sjuttiotal som spände över magen. Han skrattade åt det mesta på ett varmt och bullrigt sätt och skämtade avväpnande om sina tillkortakommanden i köket. Maria undrade om det möjligen kunde vara någon sorts invit. Hushållerska sökes? Sedan var det Gun som jobbade i charken i Ica-affären i Roma och en kille från stan som gömde halva ansiktet bakom en lång korpsvart lugg som han hela tiden kastade åt sidan. Han hette Ubbe, tänkte tatuera fladdermöss på ena skuldran och jobbade som in- och utkastare på den nyöppnade danskrogen i det gamla sockerbruket, hade han berättat. Just nu målade han en krigsscen mellan kentaurer och pantrar, inte helt utan talang. Han nyttjade bara svart och använde hellre snören och svampar än penslar.

Gun i charken bet på sin blyertspenna och såg upp när Simon passerade. Hon vände sig sedan till Maria.

”Det är ju fruktansvärt det som hänt. Jag fattar inte att det är sant. Jag har känt Frida i hela mitt liv. Man undrar vem som kan ha gjort det, om det är någon härifrån Roma eller en fastlänning? Eller en utlänning. Om det inte brann direkt i sovrummet måste hon ha torkat ihop i värmen. Man vet ju vad som händer med skorpor som står över natten i hundra grader. Det måste nästan vara värre än att bli stekt. Vad säger du som är polis?”

Maria blundade och önskade sig tio mil bort. Hon var inte i tjänst och hade så väl behövt en frizon, en liten stund av återhämtning innan morgondagen vräkte sig över henne med nya krav.

”Jag kan inte berätta något om polisens arbete medan vi utreder, det hoppas jag att du förstår.”

”Men för fan ... var lite hygglig nu, vi skvallrar inte för någon. Det är klart att ni måste ha någon misstänkt. Det är en seriemördare, va? Men ni har inga bevis.” Ubbe stoppade snörändan i munnen medan han vek papperet för att dubblera sin konst. Han slängde undan luggen och blinkade åt Maria så att hon skulle förstå sarkasmen, men Gun uppfattade inte det finstilta utan kände sig uppmuntrad att fortsätta.

”Björk, kyrkvaktmästaren, har kastat blickar på tösen när hon suttit i kassan. Jag menar Camilla, hon som bor bredvid Norrbys. Hon jobbar hos oss. Har ni kontrollerat om Björk har något alibi? Oss emellan är han en riktig kvinnokarl ... Och om Frida har fått se något så kanske han ville röja henne ur vägen ... och så vill han åt hennes stuga. Bibbi Johnsson säger att ...”

”Bibbi Johnsson säger väldigt mycket man inte borde lyssna på”, avbröt Mirja. ”Du vet inte vad hon säger om dej, va?”

Gun blev högröd i ansiktet och drog in luft. Näsborrarna vidgades. ”Vadå? Vad finns det att säga om mej? Du, jag ska säga dej att det är inget mot vad hon säger om dej.”

Maria Wern och Ubbe utbytte blickar. Ubbe la armarna som skydd över huvudet och flinade. ”Mera blod ...” viskade han i ena mungipan.

”Okej, berätta.” Mirja gick fram till Gun och gungade med handen på höften samtidigt som hon höll sin pensel som om den var en cigarett i ett långt svart munstycke. Hon kastade det mörka håret bakåt i en utstuderad gest. ”Säg det! Säg det nu då, jag är beredd att höra dagens lögn.” Hon trampade lätt med foten mot golvet, kände in takten och väntade på Guns inhopp.

”Du får fråga henne själv”, retirerade Gun för att sedan tillägga: ”Vad säger hon om mej då?”

”Det är inga fina saker. Jag vill inte ta dem i min mun. Det är naturligtvis inte alls sant, så det är inget jag skulle föra vidare. Eller ens lyssna på eftersom det inte angår mej. Om var och en sköter sej själv blir det liksom lite enklare att umgås. Trivsammare. Lättare att andas, eller hur?” Hon gav Gun ett sista förintande ögonkast, blåste ut den fiktiva röken ur ena mungipan och återvände till sin plats.

Det sprakade till i kakelugnen och knakade i golvplankorna när Simon gick över golvet och la sin stora hand på Guns axel.

”Om du inte använde blyertspennan så mycket utan vågade lita mer på din egen spontana förmåga skulle jag köpa dina tavlor direkt. Det finns en passion där inne och den måste vi förlösa.” Det ryckte lite i Guns ena mungipa, ett återhållet leende, bättre än så blev det sällan.

”Och här ...” fortsatte Simon. ”Vad har vi här ... drömmen om Eden ... verklig passion eller längtan efter något som befruktar ... jag tror att du har funnit ditt uttryck här, Mirja. Det talar direkt till min känsla. Det träffar här ...” Simon la handen på mellangärdet och blev blank i ögonen. ”Du har verkligen lyckats. Jag skulle bara vilja att du vågade använda lite mera färg, vågade låta dem blandas … att du vågade släppa alla tankar på prestation och ge dej hän … spela ut dina färger i full skala."

Gun såg ut som om hon ville mörda medan Mirja slog ut som en blomma.

"Han har halva inne där", viskade Ubbe. "Jag lyssnar och lär för livet. Tycker du att han är bra?"

Maria nickade. "Han ger oss vad vi vill ha, eller hur?"

Ubbe flinade och blinkade åt Maria. Samförståndet fanns där som en oväntad bonus.

Simon sköt upp glasögonen i pannan och studerade Marias målning i detalj. "Konstfack?"

"Nej." Maria rätade på ryggen och kände stelheten. Det är så lätt att bli sittande lutad som en märla över det man målar när man koncentrerar sig.

"Vackert och stämningsfullt. Det finns ett vemod i det du målar. Du måste ha hållit på ett bra tag. Det här är inga nybörjartavlor."

"Jag målar för att det är nödvändigt. För att jag mår bra av det …" Maria bet sig i kinden. Mer än så ville hon inte dela med sig.

"Vill du prata om det så lovar jag att lyssna." Han log ett svårtolkat leende och fortsatte till Ubbe. "Intressant teknik. Vågar du experimentera med lite mer vatten får du mjukare kontraster eller om du lägger till brunt … fast det kanske du inte vill?" Leendet igen. "Det kan vara en generationsfråga – svart och vitt när man är en ung hetsporre och sen blir man en gråbrun gammal gubbe." Efter Simons lugnande ord inträdde något som kunde liknas vid vapenvila. Han fanns där som buffertzon och trevnadens riddare, alltid redo att upprätthålla en god stämning.

"Undrar vart Ingrid tog vägen i kväll. Hon kan väl inte ha glömt bort att vi har kurs?" sa Gun. "Jag brukar vänta på henne i cafeterian. Vi tar ofta en fika ihop innan det börjar, det har liksom blivit en vana. Vi har blivit så goda vänner. Jag tycker att hon borde ha ringt om hon inte skulle komma. Har hon hört av sej till dej, Simon?"

”Nej, Ingrid har inte missat en enda gång sen vi började. Hon kanske arbetar kväll”, föreslog Simon och letade i ryggsäcken efter sin mobil. ”Man kanske skulle slå henne en signal. Om hon har glömt bort att vi har kurs hinner hon ändå hit, och jobbar hon så är det inget mer med det … Nej, det är ingen som svarar.”

”Hon jobbar bara dagtid.” Gun skruvade oroligt på sig. ”Det skulle ha varit så skönt att få prata med en lugn och förnuftig människa. Efter allt som hänt. Frida var ju Ingrids patient. Har tanten glömt spisen på tidigare, var hon förvirrad? Ingrid har visserligen tystnadsplikt, men ett och annat frågetecken skulle hon säkert kunna räta ut.”

”Jag tror inte hon skulle snacka bredvid mun.” Det var Ubbes bestämda mening.

”Ingrid har en mamma som är sjuklig,” fortsatte Gun. ”Det kan ha hänt något med tanten. Hon är ganska till åren kommen. Det kan inte vara så lätt att bo ihop med sin mamma när man passerat medelåldern.”

”Det är inte säkert att det är sämre än att bo med en man som tror att livets mening är att anstränga sej så lite som möjligt.” Mirjas ord kom hårt och rappt. Maria såg paret Fredlund framför sig som de sett ut när de satt på gräsmattan. Mirja som gjorde qigong så full av liv och maken som satt bakåtlutad i vilstolen utan att röra en fena. Hon serverade honom kaffe, hämtade hans solglasögon och tidningen. Det kunde vara små kärlekshandlingar förstås, men den tiden verkade ha runnit förbi, av Mirjas ton att döma.

Simon såg på Mirja och väntade på en fortsättning, men han sa inget. I stället la han sina stora händer på hennes axlar och började försiktigt massera dem. Mirja lutade sig tillbaka. Maria Wern iakttog dem en smula road. Hade det varit någon annan än Simon skulle det ha tett sig onaturligt, men Simon var Simon. Gun däremot såg ut som om hon personligen skulle vilja massakrera Mirjas axlar och klämma åt om struphuvudet med ett järngrepp. Hon riste till i hela kroppen av sina onda tankar och sa sedan:

”Jag ska säga er att finare människa än Ingrid finns inte. Hon hade säkert hittat en karl att leva med om det inte varit så att hennes mamma blivit sjuk. Hjärtat, vet ni. Tant Signe vågar inte bo ensam. Vi kanske skulle prova att ringa Ingrid en gång till, och höra hur det är? Så hon vet att vi tänker på henne.”

Mirja såg dimögd upp när Simon slutade massera.

”Någon som vet vad hon har för hemnummer?” frågade hon.

Simon tog upp sin mobil igen och slog ett nummer han hade uppskrivet i en liten anteckningsbok i bakfickan. Redan på första signalen fick han svar.

”Är det Ingrid jag pratar med ... Är hon inte inne? Har hon inte varit hemma på hela natten och har fortfarande inte kommit hem ... menar du det?” Simon skrattade, men oron fanns med som en störande dissonans i rösten. Det undgick inte någon fast han fortsatte i samma skämtsamma stil. ”Brukar hon aldrig vara borta på natten? Men kära fru Nilsson, då kanske det är på tiden. Er dotter har fyllt femtio ... Även om det aldrig har hänt förut så betyder det inte att hon är död och begraven, eller hur? ... Brukar hon skriva lappar? ... Är det inte lite väl drastiskt att ringa polisen för att ens vuxna dotter sovit borta en natt? Ja, jag förstår att frun är orolig.”

”Säg till tant Signe att jag tittar förbi efter kursen”, sa Mirja.

10

"Du kan få skjuts med mej, Mirja. Jag följer med och hör hur det är med Ingrid, om hon kommit tillrätta", sa Maria när de stod ute på gårdsplanen i försommarskymningen. Framför dem låg ruinen av det praktfulla Cistercienserkloster som rivits efter storhetstiden och blivit byggstenar när Kungsgårdens fähus skulle uppföras. Kulturer uppstår och går under. Det måste ha varit mäktigt att se klostret i bruk, tänkte Maria.

"Cisterciensermunkarna levde i ett rättssamhälle där hög som låg fick samma straff för samma förseelse i en tid när den starkes rätt över den svage annars rådde. De odlade marken och var självförsörjande. De åt inte kött och flera dammar hade anlagts för karpodling", berättade Mirja. "Tecken från olika tidsåldrar finns blandade här på ett märkligt sätt. På 1700-talet lät landshövding Grönhagen bygga Kungsgården efter fastländsk herresätesmodell. Han anlade också de långa lindalléerna, till förtret för de gotländska bönderna som tyckte att det var fastlandsträd. Huvudbyggnaden i putsad kalksten med sina två flyglar är också den utsmyckad med tjuvgods från en annan tid." Mirja pekade mot de två vackra medeltida portaler som infogats i muren. "Material att fylla ut vägarna med togs från munkarnas begravningsplats utanför den västra porten och därför ...", sa Mirja med ett besynnerligt litet leende lekande i mungipan, "... kan man ibland i skymning eller gryning träffa på en av dessa olycksaliga munkar som blivit störda i den eviga vilan. En grå skugga har setts vandra under träden mot klostret. Landshövding Grönhagen såg den vid sin dödsbädd, förstår du? Var inte rädda för munken, sa han och kisade bort mot det okända. Det är mej han har kommit för att träffa." Mirjas dramatiska berättarröst återgick till vanlig samtalston. "Såvitt man vet vill de oss andra inget ont."

"Kuslig historia. Men nu spelar de teater i ruinen."

"Shakespeare. I år blir det Hamlet. *Kalla mig vad instrument ni vill, för stämma mig kan ni väl, men spela på mig kan ni icke*", mässade hon med yviga rörelser och fortsatte: "*Så går beslutsamhetens friska hy i eftertankens kranka blekhet över.*"

"Det var värst. Jag kan bara: *Att vara eller icke vara, det är frågan.* Brorsan brukade hålla fast mitt huvud i handen som ett kranium och säga de magiska orden för att reta mej."

"Jag kan stora delar av Shakespeares pjäser utantill. Jag var amatörskådespelare i många år innan jag gick hälsolinjen och blev livsstilsutvecklare." Mirja fortsatte med djup basröst. "*Jag är din faders ande, dömd för en tid att gå igenom natten och att om dagen fasta bland lågor, tills allt det onda jag begått i livet har blivit bortbränt.*" Hon skrattade och slängde med huvudet så att det långa mörka håret föll bakåt. Maria tänkte för ett ögonblick på att hon måste ha varit en mycket vacker Julia i sin ungdom. Det hjärtformade ansiktet dominerades av livliga mörka ögon och kroppen var fortfarande tonårigt smärt, fast hon säkert var i fyrtiofemårsåldern.

"Varför fortsatte du inte med skådespeleriet?"

"Det var för osäkert. Det kommer nya förmågor och tar jobben av en helt enkelt. Det finns alldeles för många roller för unga vackra hjältinnor och alldeles för få gamla haggor att gestalta. Jag tröttnade på att vänta på att bli uppbjuden och bestämde mej för att själv styra stegen mot framgång och lycka." Mirja skrattade torrt. "Nej då ... jag har ett bra liv. En snäll man med gott om pengar och ett spännande projekt."

"Berätta." Maria låste upp bildörrarna och satte sig vid ratten.

"Det är ett privat vårdhem med landets bästa terapeuter och läkare och samtidigt en spa-anläggning med allt det nutidsmänniskan kan önska sej. Varför ska man behöva avstå från lyx för att man är sjuk? Här finns exklusiv shopping, personlig tränare, läkarkontroller när man själv önskar. Jag har anlitat duktiga föreläsare som ger något mer än en stunds underhållning och så är det en naturupplevelse där ortens historia spelar en avgörande roll. En dröm som har förverkligats med hjälp av sponsorer."

"Det låter fantastiskt exklusivt." Maria drömde sig bort för en stund till fluffiga vita handdukar och väldoftande oljor. Känslan att för en enda gångs skull uppleva lyxen av att bli omhändertagen, äta färdiglagad mat, få massage och manikyr och pedikyr och kurbad var rent berusande. Men alldeles för dyrt förstås. Hemma på Klinten i Visby hade det fått bli en budgetvariant. Tillsammans med Erika hade hon ordnat ett hemma-spa med hårinpackning från apoteket och fotbad, några värmeljus och en flaska Riesling till det. Erika brukade skoja om att man kunde ta ett råkostjärn och fila fötterna med, och när det var klart kunde man sätta ett värmeljus i det så att det blev en ljuslykta. Sedan när man satt där och myste kunde man bränna av de värsta stråna på stortårna med cigarettändaren.

"Det är tänkt att arrangemanget ska vara exklusivt och locka de mest välbeställda. Inget för 'landet lagom'. Vistelsen på vårt spa ska vara praktiskt taget gratis med ett bonussystem som ger förmåner på anläggningen i förhållande till hur mycket pengar man spenderar i butikerna. Det man förlorar på gungorna vinner man på karusellerna, förstår du. Det har varit väldigt mycket arbete med att planera det förstås, att få tillstånd och sponsorer och du vet. Nu känner vi oss ganska slitna, så vi behövde komma hit för att få lite lugn och ro innan det drar igång på allvar i höst."

Maria nickade fast hon egentligen inte hade en susning om vad projektarbetet kunde innebära. Det var bara imponerande med sådan kvinnokraft. Någon som orkade höja sig över vardagens grå och göra något mer av sitt liv. Priset var antagligen att hon fick bli sällskapsdam åt en välbeställd man hon inte älskade. Men vem har rätt att sätta sig till doms över andras livsval? Det kunde ju vara så att de älskat varandra till en början och nu mera hade en sorts nyttogemenskap. Varför moralisera över det?

”Ja, och vad händer när man söker lugnet på landet? En mordbrand! Oss emellan, Maria, vad tror du om det här?”

”Känner du Ingrids mamma sen tidigare?” frågade Maria för att undvika det hon inte kunde uttala sig om. Folk borde ju begripa att hon inte kunde läcka något vid sidan av sitt arbete.

Mirja ryckte på axlarna. ”Känner och känner, vi har väl bytt några ord i affären. Jag har varit där på fika och hjälpt henne med lite papper. Ett lantbruk är mera företag än man kan ana. Min man tycker om att diskutera litteratur med henne, så de har träffats en hel del. Hon är en riktig bokmal, och gammal sjuksköterska. Det är kvinnor som hon som bär kulturen på sina axlar och upprätthåller föreningslivet i bygden. Bakar bullar till syföreningens julfest, är med i hembygdsföreningen och säljer lotter. Signe heter hon. Min Gunnar brukar säga att han skulle vilja se henne i 'Jeopardy'.”

”Du kanske skulle sätta på dej bältet”, sa Maria när de kom ut på stora vägen.

”Nej, jag tycker om att leva farligt. Det är människor som aldrig vågar ta risker som ångrar sej sen när det är dags för finalen.”

”Eller också är det just på grund av att man varit rädd om livet som man överlever till finalen.” Maria kände irritationen komma krypande. En nästan oresonlig vrede över att man kan spela med sitt liv som insats utan att egentligen vinna något på det. Livet är så dyrbart. Så skört. Tankarna på Per övermannade henne. Om han inte varit så dumdristig skulle han ha levt ett annat liv nu. ”Ta på dej bältet eller gå ur bilen!”

”Men vad du tar i. Okej, okej”, sa Mirja förvånad.

De tog av åt höger mot Viklau och fortsatte sedan in i en allé på vänster sida. Vägen som ledde till en vacker gammal gård. Där vid den stora dammen med tårpilar hade munkarna en gång för länge sedan haft en skvaltkvarn där de malt sitt mjöl och sedan bakat bröd till klostret.

”Är det inte en väldigt stor gård för två ensamma kvinnor att sköta?” Maria såg på nötdjuren som betade på slänten ned mot vattnet.

”Jag antar att de har jorden utarrenderad, men det är inte säkert. Ingrid kan mer än man tror. Hon skulle säkert klara att vara månskensbonde.” Mirja slängde upp bildörren redan innan bilen stannat och nästan hoppade ur i farten. Dörren vräktes igen med en smäll så att fönstren skallrade. Så gör bara den som har en gammal skrothög, vars dörrar inte går igen utan våld. Varför har man en gammal skabbig Volvo Amazon om man leker med projekt för miljoner? Låg de så på marginalen? Maria skulle just fråga, men Mirja hade redan hunnit öppna järngrinden med bokstaven N i sirligt smide och nu var hon på väg över gårdsplanen. En kvinna med grått hår lagt i en gammaldags valk runt hjässan väntade dem på trappan insvept i en stor yllesjal. Hennes ansikte hade en märklig blygrå ton och var upplöst i tårar. Maria kunde inte låta bli att stirra. Till och med ögonvitorna var ljusgrå.

”Hon har tydligen alltid sett ut så”, viskade Mirja.

”Jag är så orolig, så fruktansvärt orolig. Det måste ha hänt Ingrid något fasansfullt. Hon skulle aldrig vara borta så här utan att berätta det för mej. Hon brukar till och med göra i ordning mat åt mej och ställa i kylen när hon ska vara borta någon kväll, för jag har så dålig matlust. När hon var på kurs på fastlandet hade jag mat i små lådor till fem dagar åt gången. Hon skulle aldrig bara försvinna.” Den gamla kvinnan började gråta häftigt och Maria tog henne varsamt under armen när de gick in i köket. Den gamla lutade sig mot hennes axel. Hela kroppen skakade av gråt.

Mirja satte hemtamt på kaffe och de slog sig ned vid köksbordet som var överbelamrat med medicinburkar, bruna glasflaskor och en påbörjad stickning, reklamblad och korsord. Hon ställde upp hela apoteket på fönsterbrädan för att kaffekopparna skulle få plats. Signe stirrade ut genom fönstret för att behärska sin gråt.

11

”När såg du henne senast?” Maria la sin hand på den gamlas arm för att få hennes uppmärksamhet. Signes blick hade fastnat långt borta mellan träden, som om hon försökte erinra sig något som bara vagt fanns i hennes minne.

”Ingrid var och tittade till Frida Norrby efter jobbet i går kväll. Frida har inte reda på sej som förr. Hon har blivit så underlig. Det blev väl för mycket för henne när maken dog. Det kan förstås vara så att hon hör sämre, för ofta svarar hon goddag yxskaft när man frågar hur hon har det. De hade bara varann, hon och maken. Det blir nog ohyggligt ensamt där borta i torpet nu när Helge är borta.”

”Jag har också tyckt att hon var förvirrad”, sa Mirja. ”Hon verkade inte veta åt vilket håll hon skulle gå för att hitta hem när hon var i affären sist. Och så hade hon köpt en hel korg med batterier, men ingen mat alls.”

”Det är inte som det ska, och så glömde hon väl en platta på eller om det var stearinljus som satte eld på gardinen och brände ned hela huset. Det är vad de säger. Det är för hemskt. När Ingrid får veta det kommer hon att anklaga sej själv för att Frida inte togs in på utredning. Det är ju så det kan gå när gamla lämnas vind för våg. Det är skrämmande att bli gammal och tvingas lita till sina anhörigas välvilja, det är rent förnedrande att efter ett helt liv när man slitit ihop pengar till det allmänna inte kan få ha det tryggt och bekvämt på sin ålders höst.” Signe drog med handen över ögonen och snyftade. ”Det är så hemskt att behöva bli gammal. Ett hån mot den människa man varit i sin ungdom.”

”Det var bara tur att inte någon mer kom till skada vid branden. Tänk om Frida hade bott i lägenhet. Jag menar bara, tänk!” Mirja grep tag med sina händer om Signes armleder och skakade dem lätt.

”Jag hoppas verkligen att hon dog i sömnen”, sa den gamla tankfullt. ”Är det inte så att man dör av röken innan värmen tar en?”

”Så är det”, sa Mirja lugnande.

Signe nickade kraftigt, så ville hon att det skulle vara. ”Ingrid berättade att Frida inte åt något alls, inte för att hon inte hade matlust, utan för att hon trodde att någon försökte förgifta henne. Den gamla stollan. Typisk förföljelsemani. Hon höll på att bli dement, så klart. Jag ska säga er att om hon blev dålig i magen så var det för alla blandningar och konstigheter hon höll på med själv. Alla växter går inte att äta eller koka te på utan att det straffar sej. Hon kunde en hel del, men jag tror att hon rörde ihop det mesta efter Helges död. Hon har alltid varit en häxa och föraktat mej för att jag har bildning.”

”Kom Ingrid hem igen efter att hon varit hos Frida i går?” Maria tackade ja när Mirja höll kaffekannan över hennes kopp.

”Det gjorde hon”, sa Mirja. ”Jag var faktiskt här som hastigast.”

Signe började gråta igen. Det tog en lång stund innan hon var i skick att svara på frågan. ”Ja, hon kom hem …”

”Vad hände då? Sa hon något särskilt?” frågade Maria och fick sin misstanke bekräftad. Det handlade inte bara om oro. Det var något mer. Skuld?

Signe såg på dem och hennes ögon var svarta och förskrämda. ”Vi blev osams … det var efter att Mirja hade gått … Vi har aldrig bråkat förut … Hon var som förbytt.” Signe försvann bort i en ny gråtattack och Maria väntade ut henne.

”Vad handlade det om?”

”Gården här är min och Ingrid sa att hon tyckte att jag skulle flytta in på ett sånt där boende eller skaffa en liten lägenhet med service. Jag som är klar och redig! Men Frida Norrby kan få bo kvar hemma hon fast hon är skvatt galen och inte sköter sej som hon ska … Jag blev så arg så rösten inte ville lyda mej." Signe gned sig i ögonen och darrade av harm i hela kroppen. "Jag bor ju här. Jag har alltid bott här och mina föräldrar och morföräldrar före mej, och det har aldrig varit tal om att köras från gården för att man har blivit gammal. Jag ödmjukade mej och sa att jag kunde flytta ut i flygeln om det var det hon ville. Jag vädjade …"

"Det är hårt … Vart tänkte Ingrid ta vägen själv då?" frågade Mirja medan hon på Signes uppmaning letade efter något att doppa till kaffet bland de röd-gul-gröna kakburkarna som stod i en stapel på diskbänken.

"Hon tänkte väl bo kvar här och köra ut mej för att hon inte orkar ta hand om mej längre. Och då sa jag det … jag sa det rakt upp i ansiktet på henne … att det faktiskt är jag som bestämmer. Hon är inte ens min dotter, hon är ett fosterbarn. Vi adopterade henne aldrig och det glömmer hon bort ibland. Jag äger huset och kan testamentera bort allting till frimärkssamlarnas riksförbund om jag vill eller sälja och resa utomlands och bo på kurort, men jag vill inte. Jag vill bo här bland mina vänner. Då sa hon att om inte jag flyttade så skulle hon göra det. Och då har jag ju ingen som hjälper mej och då måste jag flytta. Jag kände inte igen henne, så hård och omänsklig var hon. Min rara lilla Ingrid som alltid är så förnuftig och omtänksam. Hon har aldrig talat till mej på det sättet förut." Den gamla brast ut i en ny tårflod igen. "Vart kan hon ha tagit vägen? Var fick hon de här hemska idéerna ifrån? Vi som alltid har haft det så bra tillsammans."

"Bara stack hon iväg? Packade hon några saker?" frågade Mirja.

"Nej, hon hade inte ens en tandborste med sej. Hon bara gick ut genom dörren där." Signe pekade med ett krokigt finger mot hallen. "Vad ska jag ta mej till? Vad ska det bli av mej … Om jag bara kunde begripa vad som farit i henne?"

"Försenat tonårstrots kanske", sa Mirja med en grimas. "Hon kanske ångrar sej snart och ber om ursäkt. Det kan vara något hormonellt. Man brusar upp och det får orimliga proportioner och sen lägger det sej och man undrar vad det egentligen var frågan om."

"Ja, om det var så väl ändå ..." Signe snöt sig ljudligt i en vit broderad näsduk. "Då tycker jag att hon ska be om ursäkt. Jaa, hon är skyldig mej en ordentlig ursäkt. Efter allt min man och jag har gjort för henne. Vi såg till att hon fick studera utan att ta lån, vi betalade körkortet och vi köpte henne en bil när hon tog examen ... Är det då för mycket begärt att man får lite tacksamhet tillbaka? Hon har bott här gratis i alla år. Det blir pengar det."

Maria lutade sig fram för att se ut genom köksfönstret. Kravet på tacksamhet kändes kvävande, även om det var riktat mot Ingrid.

"Hade hon bilen eller cykel när hon gav sej av?"

"Cykel. Bil tar hon aldrig. Jag ska säga dej att hon tog körkort med största möda och besvär. Hon krockade och fick en buckla på framskärmen och min man blev upprörd. Han var ganska hetlevrad och egentligen kanske han inte borde ha övningskört med tösen. Hon grät varje gång de varit ute och han gormade och skrek att hon var oduglig och hade sönder bilen. Förutom den där bucklan behövde kopplingen bytas, den var utsliten och det blev dyrt förstås. Ja, och sen ville hon aldrig mer köra. Tryggve satt med på passagerarsidan när hon touchade grindstolpen. Han skadade sej inte, men han berättade för henne vad som kunde ha hänt ... Då lät hon bilen stå på rent trots."

"De senaste trettio åren alltså."

"Ja, de senaste trettio åren. I går tog hon cykeln. Den stod lutad mot husväggen och hon försvann bara nedåt dammen."

"Vi kanske skulle gå ut och se om cykeln har kommit tillbaka. Du är helt säker på att hon inte har kommit hem? Huset är ju ganska stort." Maria såg upp i trappan mot övervåningen. Man kunde nog hålla sig gömd i något av alla rummen utan att bli upptäckt.

Efter att ha sökt igenom huset gick de ut i den lummiga trädgården. Fortfarande vilade värmen från solljuset under träden och intill husväggarna. De letade i flygeln och lagården, men ingen damcykel med korg stod att finna.

”Och ändå vet jag att hon älskade mej som om jag var hennes egen mor. Hon brukade säga det till mej. Jag skulle inte ha älskat dej mer om du varit min egen mor, Signe. Och då sa jag att jag inte kunde ha önskat mej en bättre dotter. Men jag tror att det här med Frida blev för mycket för henne. Hon såg hur det kunde bli och var rädd att jag skulle bli lika svårhanterlig. Frida var aldrig lätt att ha att göra med och hon blev allt sämre. Ingrid borde ha tvingat in henne till lasarettet. Och när tösen kom hem behövde jag hjälp att linda benen och jag har svårt att andas på nätterna och när jag måste sitta uppe vill jag inte vara ensam. Det kan ju vem som helst förstå. Och sen har jag fått veta att jag har parkinson. Det märks inte så mycket ännu, men det kommer … Det är bara en tidsfråga innan jag inte längre kan köra bil och klara mej till affären själv. Nej, jag kan inte tro att Ingrid har lämnat mej för gott. Hon måste vara någonstans. Det måste gå att tala henne till rätta.”

Längst bort i trädgården stod ett mycket gammalt stenhus. Men det var inte det som fångade deras uppmärksamhet. Det var Maria som såg den först, damcykeln som låg slängd på marken framför den stängda porten.

”Är det den?”

Signe verkade inte uppfatta vad Maria menade. Hon såg ännu inte cykeln. ”Det är ett gammalt hus där munkarna bakade bröd. Det spökar där. Aldrig att jag sätter min fot där inne. Inte sen dörren slog igen bakom mej och inte gick att få upp. Jag satt instängd där bland gråsuggor och tvestjärtar i mörkret. En hel dag satt jag innan pappa kom och öppnade för mej." Signe stannade till medan hon tänkte. "När det är dimma kan man se en munk i vit kåpa. Han har inget huvud. Det är så hemskt. Jag tror att han vill något. Han får ingen ro. Man kan se hur han glider, nästan svävar mellan träden. När det är dimma går jag aldrig ned till dammen. Då dricker vi morgonkaffet på altanen där uppe. Aldrig i trädgården." Den gamla kisade för att se bättre. "Va, där ligger ju Ingrids cykel, slängd på marken. Jag har sagt åt henne att den kan rosta om hon slänger den ifrån sej så där på backen, men hon lyssnar inte. Det var likadant när hon var barn. Jag fick plocka efter henne hela tiden. Hela tiden. Men varför har hon slängt cykeln här?"

Maria ställde sig så att hon skymde all insyn när hon öppnade dörren. Hon anade det värsta. Många år som polis ger en katastrofberedskap andra människor inte har. Visst målar man fan på väggen i onödan ibland, men ofta är man tacksam över att ha en viss erfarenhet. Om det var som hon befarade ville hon skydda den gamla från en omedelbar konfrontation. Med den sorgliga livshistoria Ingrid hade kunde man vara beredd på att hon tagit sitt liv. Det är inte alltid man först får ett tecken. På akvarellkursen hade mörkret funnits där i Ingrids målningar. Tavlor hon inte ville eller tordes ta hem.

Det är märkligt så mycket man hinner tänka under loppet av några sekunder. Det tog en stund för ögonen att vänja sig i dunklet. Ett sparsamt ljus sipprade in genom de långsmala fönstren som var kvar sedan byggnaden använts som sädesmagasin. På jordgolvet vid den ena väggen låg ett bylte i ljusa kläder. Först såg det ut som en vit munkkåpa. Maria skyndade sig fram och la sig på knä för att se ansiktet bättre. Det gråsprängda håret hängde för ögonen. När Maria varsamt strök det ur kvinnans ansikte såg hon den gulbleka ansiktsfärgen. Det fanns inget tvivel om att livet flytt. De stela vita läpparna som spände över tänderna bar ett förvridet leende. Maria kände något kallt och fuktigt mot sina händer och tog fram dem så att ljuset från fönstret kunde nå dem. De var förskräckande röda av levrat blod.

12

Signes skrik skar genom märg och ben. Ömsom klamrade hon sig fast vid Mirja, ömsom försökte hon slita sig loss och springa fram till kroppen. Maria tvingades hindra henne. Det kunde finnas spår av gärningsmannens skor på den fuktiga marken. Märken som skulle bli förstörda av Signes skoavtryck.

”Hon är inte död! Hon kan inte vara död! Det får inte vara så.”

”Kom, jag följer med dej in i huset”, sa Mirja och föste milt den gamla kvinnan i riktning mot boningshuset. ”Du får ta farväl av henne sen när polisen har varit här.”

Maria var oerhört tacksam. Hon kunde inte lämna platsen obevakad. Det var en lättnad att de var två så att någon kunde ta hand om den gamla damen. Maria kände sig rejält uppskakad själv. Hon hade träffat Ingrid några gånger på kursen. Distriktssköterskan var väl inte den mest pratsamma av dem, men alltid lugn och vänlig. Döden kändes plötsligt så nära. Man lever i en illusion om sin odödlighet och så rycks någon i bekantskapskretsen bort och det oundvikliga kommer ett litet stycke närmare. Maria kände kvällskylan inpå bara kroppen. Hon hade inte tagit med sig någon jacka och nu var fingrarna stela av köld. Det dröjde en evighet innan polis och ambulans kom till platsen, tyckte Maria. I själva verket kanske det tog tjugofem minuter. I väntan på kollegorna studerade hon cykeln. Det fanns ett paket med brunt omslagspapper på pakethållaren. I detsamma ringde Simon. Maria sammanfattade läget så varsamt hon kunde. Det blev helt tyst i andra änden.

”Simon, hur är det? Är du kvar?”

En halvkvävd jämmer hördes och Maria förstod att han grät.

”Jag kan inte tro det! Ingrid? Det får inte vara sant!”

”Simon, jag är så ledsen.”

”Jag kommer direkt. Fast jag vet inte hur. Jag har druckit vin. Jag kanske kunde be Ubbe skjutsa mej. Hur går det för tant Signe?”

”Mirja tar hand om Signe. Det är förstås alldeles fruktansvärt för henne.” Maria avbröts av en ny gråtattack, så mycket tydligare än den tidigare. Antagligen var det som han sa att han druckit en del vin. Det skulle inte vara till hjälp för någon om han kom i det skicket.

”Simon, det är inget du kan göra just nu. Polisen är strax här. Senare kan Signe behöva din hjälp, men just nu är det bäst om du stannar där du är.”

”Kan jag få se Ingrid?” Hans röst var bara en viskning. ”Jag måste få se henne.”

”Inte nu, Simon. Det kommer att finnas tillfälle till det senare.” Maria hörde hur han drog efter andan och en ny jämmer vällde ur luren. ”Har du någon som kan vara hos dej just nu? Finns det någon som kan komma till dej?” Hans starka reaktion förvånade henne.

”Jag klarar mej. Jag blev bara så ledsen, så ledsen, så ledsen …”

Erika Lund hade följt med den första patrullen. Hon riggade upp strålkastare i träden och tog de nödvändiga proverna. Kroppen forslades bort i en svart liksäck i den väntande ambulansen.

”Hon har legat här ett tag. Kroppen var iskall.” Erika drog av sig plasthandskarna och satte sig ned i gräset med huvudet mot stenmuren. Klockan var närmare två på natten. Maria sjönk ned bredvid henne. Hon hade precis kommit från huset. Mirja hade äntligen fått Signe att slumra en stund, antagligen med hjälp av både whiskey och tabletter.

”Hon dog av ett slag i bakhuvudet, eller hur? Fanns det fler skador du kunde se?" Maria kände inte längre kylan. Den senaste timmen hade bestått av ett febrilt arbete för att kunna flytta kroppen och säkra spår.

"Inget. Det finns inte heller några tecken på slagsmål. Antagligen blev hon överraskad och nedslagen bakifrån. Sen är det ju som förgjort att hitta skoavtryck när ni har varit här inne och klampat runt alla tre."

"Jag gjorde vad jag kunde för att hindra dem, men Signe vägrade tro att hon var död. Det är lätt att förstå hur man borde ha gjort, svårare att vara stenhård när man möter någons absoluta förtvivlan. Hon behövde se att Ingrid var död för att kunna förstå det."

Erika såg trött ut. "Javisst, jag förstår. Och så har vi spår av cykeln här inne, det är konstigt. Vad gjorde hon med cykeln inne i munkhuset?"

"När dog hon, tror du?"

"Jag gissar att hon kan ha legat ett dygn, sen i går kväll alltså. Det vill säga innan det började brinna i Frida Norrbys hus. Kände de varann?"

"Ja. Frida var Ingrids patient." Maria hade funderat på tänkbara samband den senaste timmen. Två döda på samma natt. Det kunde faktiskt vara samma gärningsman.

"Ingrids plånbok fanns kvar i hennes jackficka. Det var nästan tusen kronor i den och ett kvitto på närmare åttahundra kronor från Ica."

"Hon måste ha handlat strax innan hon åkte hem vid artontiden. Mat för åttahundra? Skulle de ha fest eller var det veckohandeln? Undrar hur hon fick det med sej på cykeln." Maria försökte se det framför sig. "Hon ställde av kassarna i köket. Men plockade inte in. Det gjorde Signe efter att de grälat och Ingrid slagit igen dörren och gått ut."

"Jag hittade ingen mobil. Frågade du Signe om den?"

"Signe var inte i skick att svara på frågor. Men jag har kollat med telefonbolagen och hon hade ett mobilabonnemang. Jag har bett dem om en lista på in- och utgående samtal. Vi har plomberat Ingrids rum, den kanske finns där inne även om vi inte hittade den direkt."

"Eller också har någon tagit den med sej. Vi måste få ut en samtalslista snarast." Erika gjorde en anteckning i sitt block.

"Jag har ordnat det, sa jag."

"Hur då? Mitt i natten?" Erika såg uppriktigt förvånad ut.

"Jag har mina kontakter. Vill du höra? Vi tog det per telefon." Maria vecklade ut ett A4-ark ur fickan där hon gjort anteckningar. "De sista sju samtalen var från Simon. Han undrade väl varför hon inte kom till kursen."

Erika tittade på listan. "Men två av dem är från torsdagskvällen och ett från fredag förmiddag. Undrar vad han ville. Jag tänkte på en annan sak. Har inte tanten en väldigt märklig blågrå färg i ansiktet. Det får mej att tänka på argyri. Förgiftning med kolloidalt silver. Det är högst osannolikt, men vi måste fråga henne om det."

13

Signe Nilsson satt insvept i yllefiltar på altanen i Möllebos. Från övervåningen på stenbyggnaden från 1700-talet såg hon ut över dammen när gryningens dimmor lättade. Hela natten, från det att polisen farit mot stan, hade hon suttit där ute i kylan i sin kokong. Inomhus pressade väggarna henne sönder och samman. Det var bättre här ute. Trots rädslan för att se munken utan huvud sväva nere vid dammen mellan träden. Han fanns där i den lätta dimman, det visste hon. Precis i dagbräckningen hade han stått nedanför vid vattnet i sin vita kåpa och sträckt armarna mot henne som om han uppmanat henne att hoppa. Ett tag hade hon övervägt att göra det, men gräset under var mjukt och antagligen skulle hon inte dö utan bara bryta lårbenshalsen och bli liggande på sjukhus. Hon önskade sig döden. Vad annat fanns det att se fram emot när Ingrid inte längre fanns. Oåterkalleligen död var hon och med detta faktum hade framtiden försvunnit för dem båda. Den lugna ålderdom Signe hade tänkt sig hade smulats ned till grus och framför henne gapade en avgrund av ovisshet. Ju fler av ens nära och kära som hamnar på andra sidan, desto större blir lockelsen till det okända. När ingen finns kvar kanske man ger sig självmant ... bara lägger sig ned och ger upp andan och låter sig föras med av strömmen. Nej, så lätt går det förstås inte. Först måste man få liggsår och hjärnblödning och lunginflammation. Där finns ingen nådastöt att vänta, inte ens om man bad att få slippa lida mer och sluta värdigt. Just nu hade hon velat ta farväl, få en spruta och sedan dö medan någon fortfarande hade lust att komma på begravningen. Det fanns inget kvar att se fram emot. Ingenting alls. Bara tomheten och ensamheten när hon blev allt sämre och inte själv orkade ta sig ut för att träffa folk. Det som låg framför var den totala isoleringen i en åldringsanpassad lägenhet med några få minuter när någon kastar in veckans matpaket som enda avbrott. Är det konstigt om man klamrar sig fast och vill hålla kvar den enda människa man kanske ser på hela veckan? Utan mänsklig kontakt och stimulans förtvinar man och bleknar bort likväl. Det är värre än svält och liggsår och dålig hygien att lämnas ensam med sina egna undergångstankar. Därför hade hon tvingats vidta vissa mått och steg för att slippa den skärselden. Man är väl sig själv närmast.

Så fanns skulden förstås … men det började långt tidigare än någon kunde veta. Inget helvete kan vara mer skrämmande än att ensam tvingas möta sin skuld.

En bit av den blåvita tejp polisen använde fladdrade utmed en trädstam. I nattens mörker hade det sett ut som en ryttare till häst, hade hon tänkt. En budbärare med en bekännelse från det förgångna.

En färgsprakande höstdag hade Helge Norrby kommit till Möllebos. Lövträden i allén hade brunnit som bloss i höstens alla rödgula toner och himlen hade varit så förunderligt blå och hög och klar att bara färgspelet gav anledning att känna sig lätt om hjärtat. Signe kunde utan svårighet framkalla bilden för sitt inre öga av hur han kommit ridande upp på gårdsplanen. Fast nästan sjuttio år passerat smärtade det fortfarande att tänka på det. Vinden hade svept genom hans mörka hår och han var brunbränd och höknäst som en indian. Från den stunden hade hon älskat honom till vanvett. Helge Norrby sökte arbete på gården som dräng och fick det. Signe hade försökt att lägga band på sin glädje, men det är med förälskelse som med hosta, nästan omöjligt att dölja. Hon kunde inte se sig mätt på honom, inte lyssna länge nog. Han var en gud som kommit för att gästa dem, utan fel, höjd över all mänsklig gråhet. Så tänkte hon då.

Det blev en lång och kall vinter. Längtan som börjat som ett frö fyllde hennes kropp och gjorde henne till kvinna. Brösten ändrade form, höfterna fick en annan rundning, men ingen tycktes lägga märke till det. Nätterna fylldes av märkliga drömmar och dagarna sved av längtan efter något hon inte visste av. Karlarna jobbade i skogen och hon såg inte mycket av dem. Så kom äntligen en ny vår och sommar. Hon kom bärande på den stora kaffepannan inlindad i en filt för att den skulle hålla värmen när karlarna inte hade tid att komma in och äta frukost för höets skull. Samma rödrutiga filt som hon nu hade svept om de böjda axlarna. Mor hade följt efter med korgen. Efteråt hade hon tiggt om att få stanna kvar för att få hjälpa till att räfsa hö och mor hade låtit henne göra det fast det var så mycket att ordna med inomhus. Hon anade väl vad som höll på att hända, men sa inget om det. Hon behöll ofta sina tankar för sig själv, mor. Signe hade gått bakom Helges nakna rygg och räfsat när han slog med lien. Sett musklerna spela under den blanka bruna huden och när han vände sig om och skämtade lite med henne hade hon blivit så blyg att hon nästan ville gråta. Men om natten när hon låg på sin varma vindskammare hade han kommit till henne i drömmen som en ömsint älskare. Kysst hennes mun och smekt hennes bara hud. Mer vidlyftiga än så var inte fantasierna. Men de räckte till. Kanske var det just det som gjorde henne mest förlägen – glappet mellan fantasin och verkligheten. För i dagdrömmarna var han så verklig, så nära. Hon kunde fortfarande se hans lite fräkniga händer framför sig. Den blåslagna tummen, ärret över handloven som hon hemligen kysst om natten.

I augusti när äpplena rodnade i trädgården hade hon löst upp sitt långa vågiga hår och ställt sig i fönstret så att han skulle se henne. Hängt över fönsterkarmen och låtsats se bort mot djuren som betade i hagen nere vid dammen. Hon lutade sig fram så att klyftan säkert syntes i blusringningen och mor, som trodde hon skulle ramla ut, tog ett resolut livtag om henne. Kinderna brände ännu när hon tänkte på hur generad hon blivit, för Helge hade stått under fönstret och skrattat åt dem.

Och så kom julen. Hon stickade honom ett par fingervantar. All sin kärlek stickade hon in i de vantarna, maska för maska i ett invecklat mönster, repade upp och började om. Hon tänkte att med det garnet band hon honom till sig, som med kärleksmagi. Med en osynlig trådända skulle han kunna nysta sig in i hennes innersta kammare och de skulle aldrig mer vara skilda åt. Det var vad hon drömde. Men verkligheten ville annorlunda.

Det var dans i Klintehamn midsommaraftonen året därpå. Av någon besynnerlig anledning hade hon fått fars tillåtelse att cykla dit om hon tog följe med Frida, Helge och Ester från Björke. Tryggve, som blivit städslad som dräng under vintern, skulle också fara dit så de gjorde sällskap alla fem. Ve att den dagen aldrig hade varit. Det kom en regnskur och de tog skydd på trappan under ett litet tak vid Sanda skola. Tryggve bjöd dem varsin sup ur sin plunta för att de skulle hålla värmen och kanske var det just de där dropparna som gjorde att hon inte bättre tänkte sig för. Hon var ju inte van vid starkt. De dropparna fick den värsta nervositeten att släppa. När de ställt cyklarna mot träden i parken vågade hon smyga in sin arm under Helges och han hade skrattat mot henne och dragit upp henne på dansgolvet. Det hade varit som att kånka på en vedlår, hade hon sedan sagt till Tryggve, i ett lamt försök att skämta bort sin skam. Hon hade ju aldrig fått lära sig dansa, precis som om det var något man bara skulle kunna av sig själv. Allt annat onyttigt, långtråkigt kvinnogöra hade hon tvingats träna på till gränsen för perfektion: sticka, virka, koka sylta på grishuvuden och krusa örngottsband. Men när det gällde det viktigaste för att nå livets lycka var hon en fullkomlig novis. Det var däremot inte Frida. Hon följde i dansen som skuggan själv och det nytvättade håret glänste i kvällssolen. Signe hade inte vågat be om tillåtelse att tvätta håret, för sist hade svaret blivit en rungande örfil av far. Det var flärdfullt och onödigt och slöseri på varmvatten. Men Frida … hur skulle Helge ha kunnat undgå att bli förälskad i henne. Hon var klädd i det senaste modet, *the new look*, med getingmidja på den lilla nätta dräktjackan och den snäva kjolen, strumpor med söm mitt bak och de högklackade skorna, som hon kunde balansera på utan att snava. Skrattet, det varma mjuka skrattet när hon vände sitt ansikte mot hans skar i Signes öron. Tryggve hade kommit och trugat med fickpluntan och hon hade inte varit nödbedd. Det hade lindrat smärtan för stunden, men bedövningen var inte gratis. Hon skulle själv få betala räkningen.

”Ett vackert par, inte sant”, ekade Tryggves röst. Hans rödmosiga ansikte med den fnasiga huden kom alldeles nära och hon la märke till en stor inflammerad kvissla på hans hals alldeles ovanför kragen. Otäck var den med en buktande gul prick i mitten, färdig att spricka. Själv behövde hon kräkas och Tryggve hjälpte henne tjänstvilligt ut i buskarna. Hans händer trevade innanför den randiga hemmasydda förhatligt omoderna kjolen. Hon brydde sig inte om vart de tog vägen när illamåendet nästan tog andan ur henne och magen vred sig i kramp. Hon ville hem till sin egen säng, krypa ihop och bara gråta. Men yrseln hindrade henne från att resa sig överhuvudtaget och Tryggves ansikte fanns överallt och ovanpå och hans blöta mun kvävde och kväljde henne, men hon ägde varken viljan eller styrkan att göra något åt det. Han talade lugnande som till korna när de skulle kalva. Samma sövande röst och hon lät honom göra det han ville. Om hon bara där hade kunnat stoppa tiden och låtit den vuxna kvinnan ta flickungens plats. Men sådana möjligheter erbjuder livet aldrig.

Ett hysteriskt skratt kom ur Esters vidöppna mun. Ljudet fick människorna att flockas och tyngden som pressat Signe mot jorden lättade plötsligt. Tryggve svor. Hon drogs på fötter av ett par starka armar och såg sig vimmelkantig omkring. Stirrade tillbaka in i de häpna, lystna ansikten som samlats i en svart klunga. Ester skrattade fortfarande som en besatt och Signe drog tafatt och reflexmässigt ned kjolen över knäna.

"Det är bäst att vi cyklar hem", sa Frida till Ester. "Det blir snart mörkt och jag har inget lyse på cykeln." De försvann tillsammans med Helge bort mot cyklarna och Signe lämnades ensam med Tryggve och den gloende hopen. Men skammen nådde inte fram till henne förrän i gryningen nästa morgon när hon vaknade till sans och förstod innebörden av det som hänt. Kanske hade det varit bättre om livet hade tagit slut redan där. Om hon vågat rispa djupare med kniven över handleden. Det krävs mod att dö och det modet ägde hon inte fast hon i över ett år gick med långärmade blusar för att ingen skulle se de såriga risporna.

Det tog inte längre tid än till dagen därpå innan ryktet om vad som hänt i dansparken i Klintehamn nådde Signes far. Han kom hem från körsången i kyrkan blek och stram och drog med henne in på salen med svångremmen i sin hand. Smärtan fick henne att nästan förlora medvetandet och blev på det sättet en moteld till den plåga hon kände inombords. Viljelöst lät hon sig piskas. Hon var smutsig, förbrukad och en skam för hela släkten, och det enda hon kunde göra för att något mildra sin olycka var att gifta sig med Tryggve innan det syntes utanpå vad de gjort. Det var tvunget när hon ställt till det så för sig.

Sedan kom kriget och Helge placerades på hemlig ort medan Tryggve blev kvar på gården. Nej, det kom aldrig att synas utanpå. Det mest fasansfulla förblev i det fördolda. Det var som om blemman Tryggve haft på sin hals den förbannade kvällen hade smittat och fyllt hennes kropp med orenhet. Länge trodde hon att det var så det måste ha gått till. Det var många år senare, när hon läste till sjuksköterska, som hon kom att höra om skamliga sjukdomar. Ur det mest privata och onämnbara rann en gul illaluktande sörja och hon blev sängliggande i feber utan att våga säga till någon hur det var fatt. I mörkret om natten tvättade hon upp sina trasor. Mor ville skicka efter doktorn, men far tyckte att det var onödigt för lite feber. Själv framhärdade hon trots magplågor och yrsel och värk i lederna. Frida kom och hälsade på. Hon hade botemedel, sa hon och Signe var för sjuk för att protestera. Varje dag drack hon den skimrande vätskan. När den skamliga sjukdomen väl avklingat hade hon åldrats ett halvt liv och huden kom för alltid att bli blygrå. Det var Fridas fel. Hon överdoserade silvret, den häxan. Det enda som kunde sägas till hennes försvar var att hon hade vett att tiga om vad hon visste.

Till fars outsägliga besvikelse kom det aldrig någon son som kunde överta gården, inte ens ett flickebarn. Sjukdomen hade utplånat den möjligheten och när femton år gått kom lilla Ingrid i deras väg. En förskrämd flickunge vars mor hade omhändertagits för fylleri. De hämtade henne inne i Visby med den nya Forden en regnig novemberdag 1968. Ett fosterbarn som behövde ett gott hem. Tryggve var emot att hon skulle adopteras. Med de generna visste man aldrig vart det skulle barka hän, menade han. Och så fick det bli. Aldrig fullt och helt. Aldrig ordentligt accepterad fick Ingrid bo på nåder och i tacksamhet. För Signe var barnet ett bevis på att hon var en hedervärd kvinna och en god och ansvarskännande människa. Det var målet och Ingrid var medlet. Så här efteråt kunde hon se vad hon gjort och det var inte utan att hon skämdes. Ingrid hade blivit hennes möjlighet till upprättelse. Om Ingrid var missanpassad, var Signe god som tog hand om henne *som om* hon var hennes egen dotter. Aldrig på riktigt. Aldrig i villkorslös kärlek, som ett eget barn. Uppskattning måste förtjänas, kärlek presteras. Kanske var det därför det gick som det gick ... därför det aldrig höll ända ut med mor- och dotterkärleken, tänkte Signe nu när hon satt på terrassen under de bleknande stjärnorna i gryningen.

Hon gick in i köket och kokade en kopp starkt kaffe åt sig och gick sedan ned till brevlådan för att hämta dagens tidning innan hon återvände till kylan på altanen. Tankarna på det som varit hade malt hela natten och fortsatte att göra det fast en ny dag grytt.

Frida och Helge hade gift sig. Ett litet fattigt bröllop efter krigets slut blev det. Grannar och vänner hade bidragit med sina egna matkuponger och Tryggve hade skänkt en svartslaktad gris. De hade varit så lyckliga och den lyckan hade varit outhärdlig för Signe att bevittna. Helge arbetade kvar på gården ett tag och läste sedan per korrespondens till ingenjör. De bodde kvar i sin lilla stuga och Frida började odla rosor och läkeväxter och när Signe sedan läste till sjuksköterska blev det en strid mellan Fridas mörka vidskeplighet och växtavkok och skolmedicinens bländvita klinik. En dragkamp om förtroendet där båda medicinkvinnorna ondgjorde sig och gladdes åt de misstag och tillkortakommanden den andra gjorde. För varje dag växte sig rivaliteten starkare utan att Signe för den skull lät Frida ana hur djup den var. På ytan var de förbundna vänner och deltog alla år i samma syjunta. Där kunde hon förhöra sig om Helge och få en bild av hur livet blivit för honom. Och fast det gjorde ont, var det bättre än att förlora kontrollen och inget veta.

Frida fick, tack och lov, inte heller några egna barn och längtan tärde henne svårt. När andra talade om sina barn och senare om barnbarnen blev hon ofta blankögd och rödnäst, medan det för Signes del egentligen inte spelade någon roll att bli mor. Men Fridas lidande var något av en lisa för Signe. När Frida var sårbar och nåbar i sin längtan efter barn kunde Signe trösta och hålla om henne och tänka att det på något vis förde henne närmare Helge att krama den kropp han också famnat. Precis som hon rört vid de redskap han hållit i sin hand, släggan, hammaren och sedan smekt sin egen kind. Ett magiskt tänkande, men vad vet man om de krafter som finns i det fördolda.

Ibland händer det oväntade. Helge kom en sen kväll till Möllebos och bad om råd. Tryggve hade rest till fastlandet för att köpa en häst och skulle inte vara tillbaka förrän nästa dag. De satte sig ned framför kakelugnen på övervåningen i den fina rokokosoffan, så som de skulle ha suttit om kvällarna om allt blivit som hon önskat och hoppats en gång i tiden. Elden sprakade och gotlandsdrickan hon serverade till tunna skivor av fårfiol på hembakad limpa lättade tungans band och han berättade om det som tryckte honom. Fridas retlighet, barnet som aldrig kom. All sin nöd la han fram för Signe och hon njöt sötman i fulla drag. Blåste upp hans förtret, smickrade hans fåfänga. Frida borde vara tacksam att du alls står ut med henne. Vilken annan man som helst hade sökt tröst på annat håll. Hon smekte honom över armen och ryggen och han lät sig tröstas ända in i sängkammaren den gången. Väl där svek manbarheten honom, men hon fick hålla om hans nakna kropp den enda gången. En enda natt hade hon ägt hans kropp och han hade somnat i hennes famn. På morgonen var han full av ånger för att han bedragit sin älskade Frida och hon försäkrade honom att inget hade hänt, ingenting. Men fantasin är fri som en fågel. Han kunde inte fort nog få på sig byxorna och komma iväg hem innan Frida vaknade. Signe hade trott att hon förlorat honom för alltid, men han kom tillbaka gång på gång för att få tröst … om så bara med ord, men en trösterska blev hon. Aldrig den han längtade efter och åtrådde, bara den han anförtrodde sagan om sitt liv. En lyssnerska. De brukade stämma träff i kyrkan – som av en händelse. Det gav mötet ett sken av upphöjdhet och bikt. För att få en anledning att vandra iväg tog han med sig en spade. I svepande ordalag hade han sagt till Frida att det var för att utforska det han upptäckt när bränsleförrådet grävdes ned i Guldåkern under kriget. Han ville veta säkert var Alltinget hade haft sin plats. Möjligen uppe vid kyrkan hade tingsplatsen legat. Det fanns en port i kyrkans norrsida och det var ovanligt. Kanske var det öppet mot tingsplatsen? Han ritade kartor och gjorde markeringar, ibland tillsammans med kyrkvaktmästaren.

Frida var inte intresserad. Hon hade nog med sin egen plåga och de gled allt längre ifrån varandra, men Signe var inte sen att utnyttja hans nyväckta intresse.

Tillsammans fann de skeletten av de barn som offrats vid Alltinget när skörden slagit fel. Små skallar och armar och ben. Och när Helge sedan dog och Frida fick all uppmärksamhet och all medkänsla, fast Signes sorg var så mycket större, så otillfredsställd i sin längtan, flög den lede i henne och hon berättade för Frida om platsen där ett barnskelett låg begravt. Vid Helges dödsbädd gjorde hon det och Frida lovade att tiga. Dyrt och heligt var löftet Signe tvingade av henne. Hon sa att där, just där, hade Helge grävt ned ett barn. Kanske hade han fått det med en okänd kvinna i Visby. Det sa ryktet. Någon han hade träffat de nätter han varit borta. Signe sa att han anförtrott henne det när hon skötte om honom den sista dagen då Frida var tvungen att cykla till vårdcentralen. I feberyra hade han givit henne sin bekännelse. Så grymt hade hon ljugit. Och sedan … var det bara att vänta på att Frida skulle gräva och finna det som för evigt skulle fräta sönder hennes sinne.

I väntan på domedagen var det tungt att tänka på vilket straff ett sådant tilltag kunde bringa och därför var det bättre för Signe att leva ett tag till, tänkte hon. Även om munken kallade henne till sig.

14

Det var först när polisbilen kom som Signe kunde slita tankarna från det som varit. Kanske hade hon valt att gräva i det förgångna för att det som sedan hände var så mycket värre. Det som hände Ingrid. När hon redovisade grälet för polisen hade de egna orden blivit mildare och mer vädjande och Ingrids svar hade fått en giftighet de aldrig ägt. När man upprepat det för sig själv ett par gånger blir det så småningom sanningen. Ett sätt att omfördela skulden så att den blir uthärdlig.

Det var Maria Wern som kom ensam den här gången. En lång stund stod polisen och synade järngrinden. Det fattades en stång på den vänstra sidan. Det hade det gjort länge, ville Signe minnas. Det hade liksom inte blivit av att sätta fast den, så den hade legat alldeles intill muren. Det gjorde den inte längre, det var hon också väl medveten om.

När Maria gick upp för grusgången dansade den långa ljusa flätan på hennes rygg. Hon såg ut som en ung flicka. Det fanns något otyglat och nästan lite barnsligt över hennes rörelser som inte riktigt stämde överens med den bild Signe hade av myndighetspersoner. Hon reste sig för att möta polisen på trappan och en känsla av olust smög sig på fast det bara var Maria Wern som kom. Signe var lättad över att hon inte hade några karlar med sig. Det är så mycket enklare när man kan sätta sig i köket och prata kvinnor emellan. Så mycket lättare att hitta orden när det blir tyst och tystnaden pressar en att säga sådant man vill förtiga. Män är mer hotfulla. Det var Signes erfarenhet.

”Jag skulle vilja se Ingrids rum”, sa Maria efter att hon fått svar på frågan om Signe behövde hjälp med något. Fanns det någon som handlade mat? Behövde hon skjuts till begravningsbyrån i stan?

Signe sa att det ordnade sig. Att Mirja Fredlund och hennes trevlige make redan hade erbjudit sig att hjälpa till. ”Ingrids rum finns på övervåningen, till höger ovanför trappan. Det är inte så mycket att se egentligen. En säng och några bokhyllor. Datorn. Vad skulle det kunna vara till för nytta? Hon är ju död.” Signe reste sig med svårighet. Kylan och den obekväma ställningen under natten hade fått musklerna att stelna till. I samma stund hördes ljudet av en annan bil som körde upp längs allén och stannade vid grinden.

”Det är Erika Lund, vi är kollegor. Hon är tekniker och behöver få gå igenom Ingrids dator och post. Jag är ledsen om det känns närgånget, men det är nödvändigt. Vi behöver kartlägga hennes umgänge och du kan vara till stor hjälp i det arbetet.”

”Ingrid hade inget umgänge, inte på det viset. Hon levde helt för sitt jobb. Arbetskamraterna var hennes vänner, men bara på jobbet. De träffades aldrig för att hitta på saker ihop. Inte som vi när jag arbetade, då plockade vi svamp eller reste till Hamburg och köpte julpynt, såna saker. Nu för tiden har folk inte tid att ha trevligt. Hon hade ingen bästa väninna heller. Inte ens en syjunta, bara kursen i akvarell. Vad den nu skulle vara bra för. Det blev aldrig något med det hon gjorde.” Signe suckade tungt. Redogörelsen var på gränsen till vad hon orkade med.

”Jag skulle vilja att vi tillsammans gör en lista på de människor hon kände och vilken relation de hade till Ingrid, även om det bara var ytliga kontakter. Vet du om det fanns någon som hotat henne eller som kunde vilja göra henne illa? Ibland kan vårdpersonal råka ut för patienters missnöje, eller anhörigas. Allt sånt är av intresse.” Maria plockade fram papper och penna ur sin ryggsäck medan Signe gick och öppnade för Erika.

Signe tänkte efter. Vad fanns det att säga? Ingenting, egentligen visste hon ingenting om Ingrids vardag, än mindre om hennes innersta tankar. Hon hade aldrig frågat efter dem, aldrig frågat hur dagen varit. Bara pratat om sitt eget. Värken, huset som behövde målas om eller vad som behövde handlas nästa gång Ingrid skulle in till stan. Hur Ingrids värld utanför hemmet såg ut hade hon ingen aning om. Den hade aldrig intresserat henne, inte det minsta. Hur döljer man en sådan brist i en mor/dotterrelation för granskande poliser? Vad skulle de tänka?

De gick in i köket för att prata medan Erika hämtade datorn för senare genomgång på stationen. Flera dagars disk stod kvar på bänken. Gårdagens smörgås låg halväten på bordet med sin torkade korvskiva. Maria hjälpte till att röja lite medan hon ställde de sista frågorna om Ingrids ekonomi. Standardfrågor för den som ställer dem, men för Signe var de upprörande. Pengar är en privatsak.

”Vet du om Ingrid skrivit något testamente?” frågade Maria från diskbaljan.

Signes blick följde Erika som fortsatt ut i trädgården för att syna järngrinden.

”Nej, det kan jag inte tänka mej”, svarade hon efter en stunds betänketid.

”En sista fråga. Skulle Ingrid ha ärvt dej?”

”Ingrid är inte min dotter. Hon är inte ens adopterad. Jag lät henne aldrig veta vad som stod i mitt testamente. Jag har inga andra nära släktingar i livet. Inga jag bryr mej om. Om jag har skrivit ett testamente är det väl min privatsak vad som står i det tills den stunden kommer då jag slänger kängorna i vädret. Man kan ju ändra sej, eller hur?”

När Maria fått de namn hon behövde och Signes fingeravtryck för en jämförelse for de in mot stan. Maria följde med Erika till tekniska avdelningen för att se vad som fanns i Ingrids dator.

”Det känns ganska olustigt att grotta in sej i någon annans privatliv på det här viset. Tänk om man dog knall och fall och någon skulle läsa alla mejl man skrivit. Jag ska försöka bli lite mera välformulerad framöver, inkännande och omtänksam så att eftervärlden får en uppfattning om att jag var en god människa." Erika log ett rävleende. "Jag gjorde så när jag skrev dagbok när jag var tonåring. Skrev om intressanta eller goda saker jag gjort och så lät jag dagboken ligga framme i hopp om att någon skulle läsa den och förstå vilken fin människa jag var."

"Din skurk! Det kunde jag ha gissat. Hittar du något av vikt då?" undrade Maria.

"Väskan på cykelns pakethållare innehöll konstböcker. Ingrid gick en akvarellkurs."

"Jag vet. Det är samma kurs jag varit med på hela våren."

"Där finns det tydligen en man som heter Simon. Han erbjuder sej i mejlet jag nyss öppnade att oblygt slicka hallonsylt och grädde från onämnbara områden."

"Simon Bergvall?" Maria såg så förvånad ut att Erika brast i skratt.

"Precis. Man får nog anta att de känner varann rätt väl privat. 654 mejl från honom. Ungefär det dubbla från henne. De senaste månaderna har innehållet stickprovsvis varit det samma. Väldigt mycket grädde och sylt. Förslag på gemensamma sexuella aktiviteter alltså, men slagsida åt det triviala. Inte särskilt romantiskt. Men det verkar som att de var ihop. Ingrid skriver om ett liv tillsammans ... 'vill somna med dej och vakna med dej alltid. Snart, snart min älskade ... Längtar så'."

"Så det var mer än nätdejtande? Jag måste säga att det förvånar mej. Jag har inte märkt ett dugg av det på kursen. Han flirtar liksom med alla och det är mer av en livsstil, om du skulle fråga mej."

"Han har också en profil på en nätdejtingsajt, där han kallar sej Sorken. Undrar om han hade flera kvinnor på gång samtidigt." Erika gjorde en paus i läsningen och såg upp. "Inget brottsligt i scj. Trolöshet mot huvudman finns bara i affärsvärlden. Man skulle önska att det fanns något straff för nätotrohet ... Den svarta skärmens förbannelse till exempel, men så är det inte." Erika öppnade nästa mejl och visslade till. "Ingrid erbjuder honom halva kungariket ... hon erbjuder honom att flytta till gården. Hon skriver att problemet med Signe snart är löst ..."

"Undrar om Signe visste om det", viskade Maria. "Eller om hon fick reda på det under mordkvällen, att det var vad Ingrid ville?"

"Ingrid var mycket äldre än han, va?" sa Erika och öppnade en bifogad fil med foto. "Tio år, fast skulle det vara åt andra hållet är det ingen som höjer på ögonbrynen. Undrar om han tänkte göra ett klipp, en gård på Gotland är värd pengar, du. Jag menar om han syltar in sej ordentligt och inget äktenskapsförord skrivs ... Signe lever inte hur länge som helst. Fast då behövde han ju behålla Ingrid vid liv."

"Det verkar inte som att han pressade pengar av henne i alla fall. Mer som att han var lite opålitlig när det gällde den amorösa sidan." Maria tänkte på Ingrids rum. Det hade blommig tapet, byrå med pigtittare, en enkel säng med vita höga gavlar, en åttio centimeter bred säng, utan förhoppningar. Broderade tavlor med blommotiv, blomsterflickor, blomsterkorgar.

"Eller också är det en medveten och väl genomtänkt livshållning Simon har. Det finns polyamorister som anser att livet är för kort för att man inte ska älska dem alla. Alltså som inte smyger med det utan öppet redovisar att det är så de vill leva sitt liv. Såvitt jag kan se har han inte lovat henne att hon skulle vara den enda han leker kärlekslekar med."

"Det är nog lätt gjort att tro man är den enda – det hör till vår kultur liksom, om inget annat redovisas har man ensamrätt. Ska man dejta fler krävs ett visst hemlighetsmakeri." Maria funderade på hur mycket de kunnat se från vägen där bilen stått parkerad i Möllebos. Härifrån skymdes dammen och ingången till stenhuset där Ingrid hittats död. ”Tror du att det var där de träffades, Simon och Ingrid? Att de hade sina kärleksmöten i munkarnas bageri? Simon bor i en lägenhet mitt i samhället, alla kan se vem som kommer och går där, och Ingrid var bevakad som en familjeflicka trots sina femtio år. Hon kanske var på väg till ett kärleksmöte med honom när hon blev dräpt?”

”Skulle han ha slagit ned henne? Jag ser liksom ingen konflikt.” Erika ställde sig vid fönstret och såg för sin inre syn den lantliga idyllen. Vattnet som glittrade i solen. De vackra pilträden vars grenar släpade i dammens yta. Tjurarna som betade.

”Hon kan ha pucklat på honom om hon sett att han fortfarande raggade på nätet och han kan ha slagit tillbaka. Fast jag har väldigt svårt att tro det. Han har liksom ingen aggressivitet. Jag tror att han bara skulle ha erkänt och sen bagatelliserat det. Han vill att det ska vara mysigt och att alla ska vara sams. Det är det intryck jag har fått av honom på akvarellkursen. Ingrid verkar inte heller ha varit av den eldfängda sorten.” Maria erinrade sig de skador hon uppfattat på den döda när ambulansmännen lyfte ut kroppen. ”Det såg ut som hon blev nedslagen bakifrån med ett hårt och trubbigt föremål, ingen kniv eller yxa.”

”Och ändå, är det inte precis det som brukar framkomma när vi griper den skyldige?” Erika nickade åt sitt eget påstående. ”När man frågar grannar och vänner i efterhand säger de: Vi hade aldrig kunnat tro att det var han. En vanlig enkel kille, nästan lite blyg. Är det inte så det brukar låta?”

”Simon Bergvall är definitivt inte blyg.” Maria kunde inte låta bli att dra på munnen. ”Det kan du inte mena?”

”Då tycker jag att vi borde ta ett snack med honom.”

15

Hela helgen hade människor samlats i affären för att prata om det som hänt distriktssköterskan. Spekulationerna var många. Camilla kände också sorg och bestörtning fast de bara träffats några gånger i kassan och växlat ett par ord om det vardagliga. Det spekulerades om branden också. Kunde det vara samma gärningsman? Gun i charken hade sina teorier. Bibbi Johnsson sina. Oändligt långsamt kröp arbetsdagen mot sitt slut, så där långsamt som en dag sniglar fram när man väntar intensivt på ett kärleksmöte. De enda avbrotten var de korta rasterna när Camilla skickade sms till sin nya pojkvän, Joakim. De skulle ses senare på kvällen. Hon tänkte ta bussen in till stan. Han skulle möta henne vid Österport. Sedan skulle hon sova över hos honom för första gången. Tanken gjorde henne alldeles matt av längtan och pirrig och virrig och yr och förvimsad och hemskt nervös och faktiskt väldigt lycklig. Underbart var det, men inte alls okomplicerat. Inte utan problem och inte utan dåligt samvete. De hade träffats på en födelsedagsfest förra helgen. Camillas före detta klasskompis Stina fyllde tjugo år och hennes föräldrar hade verkligen ställt upp och fixat en kanonfest. Det var partytält och hinkvis med vinbål och en nästan riktig discjockey som hette Ubbe, hans storebrorsa jobbade på Munken. Det hade till och med varit fyrverkeri och tårtor med sprakande bloss. En väldigt lyckad fest, det tyckte alla. Problemet var – och det insåg Camilla först när det var ohjälpligen kört – att Stina bjudit Joakim Rydberg för att hon var hemligt förälskad i honom. De hade varit ihop förut och han hade gjort slut och nu hoppades hon igen på att det skulle bli något. Det berättade hon när de blev ensamma en stund och väntade utanför toaletten alldeles innan Camilla skulle bli hämtad av sin pappa. Förtroendet kom som ett svidande slag i mellangärdet. Om hon bara hade anat hur det låg till skulle ingenting ha hänt. Eller det skulle inte ha hänt lika fort. Men hur skulle hon ha kunna veta att Stina var kär i Joakim? Förra veckan hade det varit Ubbe från Burs hon suktat efter, verkligen suktat. Vilket i sig var obegripligt. Han var ju helt blåst eller påklistrat djup, svårt att veta vilket. Och snoppfixerad. Han hade visat upp sin metmask i fyllan på festen och frågat ALLA om den var för liten. Han fick ju aldrig några tjejer. Säg ärligt då … är den för liten? Nej Ubbe, hade Joakim sagt. Det är din hjärna som är för liten. Men Stina hade tagit honom i försvar. Så i sin enfald hade Camilla trott att det var han som var fredad och att resten av killarna var typ lovliga då. Men vindarna vänder. När det gällde Stinas pojkvänner kunde man snarast prata om kastbyar.

Den gamla kalkstensgården där festen hölls låg på en kulle och nedanför den bredde betesmarkerna ut sig så långt ögat kunde nå. På kvällen blev det raskt svalare. Dimman svepte in i långa stråk och la sig som ett böljande täcke över sänkan så att det såg ut som om de var omgivna av vatten. Precis så som det varit en gång i tiden. Det var så trolskt och vackert så att det gjorde ont när den nedåtgående solen bröt igenom och färgade allt i guld och rött. Dofterna av nyslaget gräs löstes upp och kom i svala duster emot dem. Det kändes som om de stod i en ångande kärleksbrygd, som om själva längtan efter kärlek sipprade ur marken och drogade dem alla. Ur dimman hade Joakim kommit. Som en hjälte i vit skjorta med vida ärmar steg han upp från underjorden mot kullen, så overklig att hon bara stirrade tills han ställde sig bredvid henne och värmde händerna på fyrfatet som tänts för att de skulle grilla. När han tog hennes händer i sina, för att känna om de verkligen var så kalla som hon sa att de var, fanns det inte längre några tankar på Stina och vad hon eventuellt hade för förväntningar på kvällen. Då fanns bara Joakim. Det hände så fort. När längtan är så stark behövs det så lite uppmuntran för att samvetet ska skrumpna ihop till ett litet trampat russin. Eller kanske berodde det på vinet. Hon följde med Joakim bort från de andra för att kolla på hönsen. Hon skulle gärna ha kollat på vad som helst bara hon fick ha Joakim för sig själv.

Det fanns fjädrar över hela gårdsplanen, så man kunde misstänka att en räv gick mätt och lycklig någonstans vid skogsbrynet. När hon satt där på huk och kommenterade det sociala samspelet mellan fjäderfäna hade han lagt armen om henne. Och hon hade nervöst fortsatt prata hönor, som om man studerar dem en stund faktiskt liknar folk man känner. De lite snackiga och de som lätt blir förnärmade och de som kacklar att allting är farligt och de som vill sitta på högsta pinnen och vara lite för mer än andra och de det hackas på och de som lite surmulet går för sig själva och de som inte kan vara ensamma en enda sekund utan tränger sig in i mitten för att räven ska äta de andra först. Då skrattade han och vände henne mot sig, iakttog tyst hennes ansikte tills hon trodde att han skulle kyssa henne, men det hände inte. Kom, sa han och pekade mot gaveln på det röda uthuset.

Det fanns en stege till loftet ovanför hönshuset. Kom! Han hjälpte henne att klättra upp genom den trånga luckan. Väl uppe var det för lågt i tak för att de skulle kunna stå upprätt. I månljuset som föll in genom ett litet fönster på gaveln såg de att golvet var täckt av trälådor. Roma Sockerbruk, stod det på dem. Han lirkade ned henne ovanpå dem och la sig bredvid. Det var väldigt hårt och obekvämt i ryggen, men det glömde hon snart när han kysste henne och lät handen glida in mellan de bara solariebruna låren.

Efteråt lånade han henne sin halskedja. Den var i silver med en kopia av ett medeltida mynt. Hon hade den fortfarande om halsen och kände på den när det inte var några kunder i affären som pockade på hennes uppmärksamhet. Det var nästan som en sorts förlovning, tänkte hon.

Ett par minuter över sex på måndagskvällen tömde Camilla Ekström sin kassa och loggade ut ur kassadatorn. Hon nappade åt sig jackan som hängde i personalrummet. Gun gav henne en irriterad blick. Camilla hade lovat att möta Stina på Romabadet. De brukade simma ett par längder och basta ihop på måndagarna då det var kvällsöppet. Det dåliga samvetet fick henne att dra på stegen. Hon var en förrädare. Stod det skrivet i hennes ansikte vad hon gjort? Hon skulle träffa Joakim och Stina visste inget. För om hon fick veta det skulle hon bli så förbannad att det inte gick att prata med henne någonsin mer. I den lilla stuga Camilla hyrde i Roma under sommaren fanns bara kallvatten och hon ville ta en ordentlig dusch och fixa håret innan hon mötte Joakim. Hon skulle förbereda sig för att träffa sin älskade medan Stina såg på. Det kändes hemskt och svekfullt att tänka på det, men vad skulle hon göra? De älskade ju varandra.

Ett lätt duggregn föll över marken. Camilla höll sig under träden för att inte bli våt. Hon kände försiktigt med fingrarna på halskedjan hon fått låna av honom och log för sig själv. Snart, snart skulle han ta henne i sin famn och allt skulle bli så underbart och fantastiskt som hon fantiserat om att det skulle bli medan hon packade upp varor i affären och skurade golv och räknade tidningar. Bara tiden på badet ville gå fort. Om hon ändå satt på bussen till stan nu och slapp träffa Stina skulle allt vara bra.

Stina väntade i entrén. Hela hennes kroppshållning tydde på irritation.

”Vad sen du är”, sa hon småsurt och blåste upp tuggummit till en stor rosa bubbla som sprack med en smäll. Ett illavarslande tecken.

Camilla log nervöst. ”Gun släppte inte iväg mej. Jag var tvungen att svabba golvet vid mjölkdisken. Någon unge tappade en kartong med ägg där i förmiddags." Inte helt osant fast det inte hänt just i dag utan förra veckan. Har man börjat ljuga kan man lika gärna fortsätta med det. Lögn föder lögn. Man måste ha ett gott minne om man ska ljuga. Hon repeterade för sig själv det hon just sagt.

"Vad tyckte du om Joakim då? Visst är han gullig?" Stina smög förtroligt in sin arm under Camillas när de gick mot damavdelningen. "Jag tror att han gillar mej för jag fick en sån där lång kram när han skulle gå. En vanlig social kram är typ tre sekunder och han kramade mej i åtta sekunder. Fattar du? Det kan betyda något eller hur? Och så sa han: Vi ses. Han sa det så där gulligt, liksom glittrigt med ögonen. Det skulle han väl inte ha sagt om han inte menat det? Han kanske tyckte att det var för mycket folk och blev lite blyg. Lite stel liksom, inte lika pratig och glad som innan. Det kändes som att han var mer intresserad förut, faktiskt. Tyckte du att jag såg tjock ut i den röda tunikan? Jag kanske skulle ha tagit den svarta som jag tänkte först?"

"Neej." Camilla dolde sitt blossande ansikte i klädskåpet.

"Första gången jag träffade honom fick jag låna hans halskedja en stund. Men dagen därpå ville han ha den tillbaka. Fast han gjorde inte slut eller något. Det värsta är att inte veta om vi är ihop. Är man ihop om man får ha någons halskedja? Han sa att han fått den i konfirmationspresent av sin mormor och att hon skulle bli sur om han inte hade den på sej." Stina lindade in sig i handduken, fäste den med en flik av den yttersta kanten ovanför bysten och låste sitt skåp. "De har fått en ny bastu som vi måste prova."

"Jag tänkte lägga mej i solariet." Camilla försökte smuggla av sig Joakims halskedja så diskret som möjligt. Fingrarna blev stela och skakiga när hon kände Stinas blickar i nacken. Låset var svårt att få upp. Kunde Stina ha lagt märke till kedjan? Var småsnacket bara ett sätt för henne att långsamt plåga sitt offer? Men det var inte säkert att hon visste något. Jackan hade dolt halsen, hade den inte? Kunde någon på festen ha sett dem när de klättrade upp på loftet? Hade

Joakim berättat för Ubbe vad de gjort eller var det någon annan som sedan hade sagt det till Stina? Tankarna snurrade. Bekänna eller inte bekänna? En bekännelse skulle leda direkt ut i iskylan. Stina kunde vara så raffinerad när det gällde att frysa ut dem hon ville bestraffa. Så otrolig på att förtala utan att egentligen ha sagt något elakt. Det var alltid med välmenande ord och förvånad röst hon stack med sin tunga av gift. De simmade sina längder och tankarna på tidigare kränkningar gav Camilla kraft i simtagen. *Men oj, glömde jag säga till dej om festen? Så förargligt, jag märkte inte att du satt där. Hur kunde det bliii så tokigt? Fin jumper förresten, jag tror Lisa har en likadan. På henne sitter den till och med snyggt. Om jag var så där blek skulle jag aldrig ha turkost. Men guuud vad gropiga knän du har, det är synd om dej som aldrig kan ha kjol ... förlåt. Men blev du sur? Var kjolen ny? Nu får du skärpa dej! Om du är så där sur och tråkig vill ingen vara med dej, vet du? Jag ville ju bara hjälpa dej att hitta din smak. Den där beige säckiga tröjan är precis DU, Camilla, den är precis DU. Prova den då. Ska du inte prova den? Nej, fy faan – du ser ju för jävlig ut. Vad surar du för? Är det tacken för att man ställer upp och bryr sej?*

Efteråt blev hon länge stående i duschen. Hon lät det varma vattnet smeka kroppen, rörelsen mot huden blev Joakims händer. Läpparna längtade och ville ha honom. Hon pressade handflatan mot munnen ... att längtan kan vara så stark. De visste ju ingenting om varandra egentligen. När man ingenting vet får fantasin desto större utrymme, brukade mamma säga när hon varnade för hormonerna och predikade om dubbla kondomer. Man fantiserar ihop någon som fyller alla ens behov och önskningar och sedan får verklighetens drömprins ett rent helvete med att leva upp till det. Det är som bäddat för besvikelser – för båda, brukade hon säga på sitt tråkiga morsavis.

”Camilla, lyssnar du på mej alls? Du verkar ju helt drogad. Vad är det med dej? Du hinner sola sen. Vi bastar först, tycker jag. För du har väl inte bråttom?"

"Jo, nej." Hon svävade på målet och lät sig viljelöst fösas med till bastun. "Fy tusan vad hett. Det går ju inte att andas här inne. Vilken ånga!"

"Som när Joakim steg ur dimman. Det är nästan som på 'Småstjärnorna' när de dyker upp ur dimman klädda som sin idol", skrattade Stina. "Vem ska komma, tycker du? Vilken hunk önskar min fröken bada med i dag? Ska jag låta Elvis återuppstå? *Love me tender, love me sweet ...*" Hon låtsades hålla en mikrofon med båda händerna.

De slog sig ned i hettan. Den kaklade bänken brände mot låren. Stina slog på ett par skopor vatten till och rummet upplöstes i ånga. Det kändes bättre när hon slapp se Stinas ansikte. När hon inte längre måste hålla masken. Efterhand vande de sig vid värmen och Camilla måste ha slumrat till. De senaste nätterna hade det inte blivit mycket sömn, men desto fler sms från Joakim om vad de skulle leka för kärlekslekar när de sågs. Gulliga sms som blivit allt mer hungriga i tonen. Hon hade tyckt mer om de gulliga. Huvudet blev tungt och föll bakåt, hon fördes bort av dimman. Bortom medvetandet, djupt in i sömnen där någon drog en snara om hennes hals. Hårdare. Hårdare. Hon kunde inte se ansiktet. Men hon kände igen doften av björkris.

Camilla vaknade till av ett hamrande metalliskt ljud. Det var mörkt. Ljudet fortsatte. Var fanns Stina? Huden sved som eld. Det brände i halsen. Det gjorde ont att andas och ögonen sved. Luften gick inte att pressa ur lungorna. Hon kippade efter andan. Hur länge hade hon suttit här? Stina var inte kvar i bastun. Det var olidligt hett och andetagen fastnade i kramp. Hon måste ut, nu direkt och få luft. Paniken växte och förlamade henne. Kroppen var så tung, så tung och främmande, som om hon inte längre med sin vilja kunde besluta över rörelserna den skulle göra. Hon måste ut!

Det var alldeles mörkt. Hjälp mig! Rösten blev bara en torr väsning. Hjärtat slog hårt i bröstet. Plötsligt insåg hon att hon slogs för sitt liv. Kroppen hade ingen styrsel. Hon föll handlöst ned på golvet. Det skar till i höften och handflatorna brände när hon försökte ta emot sig på det heta golvet. Lungorna brann. Det svartnade för ögonen. Hon ålade sig på armbågarna mot dörren. Måste ut! Måste få luft. Måste kunna andas ut för att få in ny luft. Paniken växte till ett skrik som aldrig orkade tränga ut. Handen mot dörren nu. Det borde räcka med en lätt puff för att få upp den. Hon rev och klöste med naglarna på det polerade träet – fick inget tag. Försökte tvinga kroppen upp på knä, men orkade inte.

”Öppna Stina! Hjälp, öppna!” Men orden blev bara ett tunt kraxande. Huvudet sprängde. Huden sveddes. ”Hjälp mej! Snälla någon, hjälp!” Luften var tjock som sirap och kunde omöjligen tränga ut. Den stockade sig djupt ned i bröstet medan det kändes som om huden flåddes av henne med taggiga knivar. Hon var blind. Ögonen brann som eld. Hon samlade sig i en sista ansträngning. Det måste gå. Med all sin kraft försökte hon sparka upp dörren. Den gick inte att rubba. Kanske var det väggen hon sparkat på med det sista av sina krafter. Hettan var olidlig. Ångan brände huden. Det sved som kaustiksoda. Hon skrek högt i panik. Hon måste se var dörren fanns, men ögonen gick inte att öppna. Eller var de öppna in mot mörkret? En spark till och så försvann allting bort, långt bort där smärtan och andnöden inte längre kunde nå henne.

16

Det var alltid med en känsla av nervositet Sebastian Sverkersson gick in på damavdelningen. Olusten fanns där fast badhuset ännu inte var öppet och det rimligen inte kunde vara någon där så tidigt på morgonen. Bara tanken på att han skulle överraska en kvinna, som skulle upptäcka honom och skrika eller anklaga honom för att ha tjuvkikat, gjorde honom illa till mods.

För inte så länge sedan hade en städerska ertappat en man, som satt på huk på golvet vid dörrspringan och kikade in på damernas. Hon hade intet ont anande slängt upp dörren så att mannen trillade baklänges ut i korridoren. Han hade ryggsäck på sig och såg ut som någon sorts skalbagge när han landade på den med benen sprattlande för att komma upp. Väntar du på din fru? hade hon frågat vänligt i hopp om att få en godtagbar förklaring. Mannen kanske var så blyg att han inte vågade knacka på dörren till damernas för att höra om hon var kvar. Men han hade svarat nekande och lomat iväg.

Sådana saker kunde få Sebastian att rodna ända ned på bröstet. På något märkligt sätt kände han sig medskyldig bara för att han också var man. En kollektiv skuld ur ett genusperspektiv. Genusperspektiv! Ha! Ett anusperspektiv var det, och allt de hade att komma med var skitsnack! Han hade inte gjort dem ett enda dugg och ändå hatade de honom. Alla kvinnor hatade honom och fick honom att skämmas och för det hatade han dem tillbaka. Egentligen räckte det med att det hängde en bh eller ett par trosor han måste ta med sig till lådan för kvarglömda saker för att han skulle känna sig besvärad. En förlägenhet han inte ens kunde förklara för sig själv. Eller som i går kväll. Man kan ju undra hur folk är funtade. Alla hänglås som sitter kvar i skåpen vid stängningsdags klipps upp och skåpen töms. Det är så ofattbart att det alls inträffar. Hur kan man vara så slarvig att man inte klär på sig utan bara kliver iväg? I går kväll hände det igen. Han hade tagit bultsaxen och klippt upp låset och där hängde det damkläder, en vit kjol, en svart blus med spetsar som luktade starkt av någon citrusparfym han inte tålde, en svart genomskinlig bh och ett par svarta stringtrosor, också de med spets. Hans händer hade skakat när han rörde vid dem. Hur kan folk bara glömma sina kläder och gå nakna iväg utan att någon märker det och säger åt dem? Till och med handväskan var kvar. Och när han skulle lägga sakerna i lådan för upphittat ringde mobiltelefonen. Borde han ha svarat? Han hade inte kunnat förmå sig till det. Vad skulle han ha sagt? Det kunde bli hur pinsamt som helst. Någon kunde ju få för sig att han stulit den eller att de var tillsammans på ett intimt sätt.

Under hela gårdagskvällen när han försökte koncentrera sig på att lägga patiens på nätet var tankarna så oroliga. Det blev bara fel. Han kanske ändå borde ha svarat. Om det fortsatte att ringa under morgondagen kanske han kunde be någon annan att ta samtalet. Det kunde ju vara ägarinnan som undrade vart telefonen tagit vägen.

De där kvarglömda kvinnokläderna hade inte lämnat honom någon ro. I den halvdvala han befann sig i vid tvåtiden på natten hade de suttit på en kvinnokropp, en ung kvinnas kropp som stank av citrusparfym för att hålla honom borta. Den genomskinliga bh:n där han kunde se bröstens hårda knoppar, de små spetstrosorna där allt var till hälften dolt hade hetsat honom till vansinne och han slet dem av henne och dunkade hennes huvud mot det hårda golvet för att hon inte skulle kunna förråda honom. Hon hade tänkt skrika och om hon hade gjort det skulle alla ha fått veta vad han gjort.

I drömmen var de på en fest och i rummet intill fanns hans lärarinna från grundskolan, Gunnel från arbetsförmedlingen, pappa och några småjävlar till klasskamrater och en sur och mästrande lastbilschaufför han varit praoelev hos. Kallsvettig hade han vaknat långt innan klockan ringde. Duschat iskallt och gått till jobbet.

Med några kraftfulla tag med skurborsten avverkade han första delen av omklädningsrummet. Det ljusgrå golvet fick en mörkare nyans av vattnet. Han skrev ordet röv med svabben i långa sirliga svep när han till sitt förtret upptäckte att den nya bastun var påslagen. Den röda lampan lyste på panelen. Han hade bestämt för sig att han stängt av den innan han gick hem. Klockan hade varit närmare nio på kvällen och några eftersläntrare stod och pratade i korridoren. En man med en ryggsäck, det kunde vara han som tjuvkikat in på damernas, stod och rökte utanför fönstret. Riktiga rökringar på ett nonchalant och provocerande sätt. Nog hade Sebastian stängt av bastun på kvällen? Det var ett nytt arbetsmoment. Han brukade göra sitt arbete i en exakt förutbestämd ordning och bastun var ett tillägg. Jo, det måste han ha gjort för just då, när han stod vid panelen, hade han funderat på en sak. Han hade tänkt på hur det skulle vara om den här knappen i stället varit den knapp han som president kunde trycka på för att starta ett kärnvapenkrig. Herr president, vi är anfallna av en fientlig makt. Om vi dödar dem först har vi en chans att rädda vårt folk. Hans avtryckarfinger hade darrat en aning. Bara lite, knappt märkbart innan han med full kraft bröt strömmen.

Det var märkligt att bastun var på. Ett mysterium. Sannolikheten att någon annan skulle vara på plats redan klockan sex när de öppnade åtta var praktiskt taget lika med noll. Sebastian tog ett stadigt tag i dörrhandtaget till bastun och ryckte till. Dörren gick inte att öppna. Det var ännu märkligare. Han tog sats och ryckte till igen, men dörren var och förblev stängd. Det var högst besynnerligt eftersom den inte hade något lås. Han synade konstruktionen och la märke till ett antal kilar av metall som satt på den sida som saknade gångjärn. Först kunde han inte tro att det var möjligt, rent obegripligt var det, fast han såg det med egna ögon. Han tänkte att det hade med designen att göra, att det såg mer exklusivt ut med metalldetaljer på trädörren. Men dörren gick ju inte att få upp, och snart skulle kunderna komma och då måste anläggningen fungera. Han hade ansvar för det. Därför gick Sebastian med beslutsamma steg till förrådet där verktygslådan förvarades och tog fram de verktyg som krävdes. Metallkilarna satt hårt och han fick verkligen ta i för att bända bort dem. Fem kilar samlade han på golvet innan han med ett kraftigt ryck fick den sjätte att lossa. Ett moln av het ånga slog emot honom. Svedan i halsen och ögonen fick honom att hastigt backa. Tårarna rann och huden i ansiktet och på händerna sved som eld. När han stängt av bastun och dimman lättade såg att det låg något på golvet där inne. En naken kvinnokropp i en förvriden ställning, ett långt ljust hår svept som en golvmopp över kaklet, de bara vita brösten ... han kunde inte ta blicken ifrån dem. Så skrämmande naket och farligt så att han kunde ha slutat andas.

Efteråt hade Sebastian ingen möjlighet att förklara sin reaktion för polisen. Det fanns inga ord, inte då och inte heller senare i förhör med kriminalinspektör Maria Wern. De hade hittat honom hopkrupen i ett dike i Björke och då var det nästan kväll. Hans kropp hade stängt av alla intryck och han hade öppnat entrédörren och vandrat rakt ut. Några som mött honom sa att han hade sprungit. Rusat förbi dem i panik. Men själv kunde han inte alls minnas. Inget förrän den vänliga damen hjälpte honom upp och frågade om han var skadad. Då hade han börjat skratta. Ett vansinnigt och ihåligt skratt som skrämde honom själv mer än någon annan och aldrig ville ta slut, för om skrattet upphörde och det blev tyst skulle han säkert dö. En ambulans hade sedan kommit och kört honom till sjukhuset där han blev inlagd för observation. Man talade om chock. Där hade han legat och stirrat på droppet som droppade över huvudet som sanden i ett timglas och funderat på om det var livet som rann bort, droppe för droppe, sekund för sekund i tidens älv, när hon den ljusa kriminalinspektören kom in och satte sig på en stol vid hans sängkant. Först trodde han att det var den unga kvinnan som legat på golvet i bastun som kom in för att skrika åt honom för att han sett henne naken. Bara ljudet av den raspande stolen som sköts över golvet hade fått honom att dra ihop sig i fosterställning igen. Hon hälsade artigt och frågade efter hans namn och personnummer. Försiktigt och mjukt pratade hon om maten på bordet, om vädret som slagit om från duggregn till sol, innan hon ledde in frågorna på hans arbete och slutligen på vad han hade iakttagit på kvällen och under morgonen. Men han kunde inte minnas. Ingenting till en början, utom mannen med ryggsäcken som hade stått utanför fönstret och blåst ut rökringar mot den gråmulna himlen. Han hade varit ganska kraftig, burit svart adidasjacka och shorts och de bara vita benen var hårlösa och liksom knotiga och bredvid mannen hade det stått en cykel utan lyse. När hon lirkat lite till kom han att tänka på bastun.

”Jag vet att jag stängde av den i går kväll. Jag svär. Klockan nio gick jag hem och låste efter mej.”

”Men ni stänger åtta. Vad gjorde du den sista timmen?” frågade hon med vänligt intresse och hennes bruna ögon hade ett milt ljus som letade sig in bortom rädslan och det gick allt lättare att prata när hon fortsatte att se vänligt på honom.

”För att jag ville städa av i personalrummet och vid solarierna på kvällen för att slippa det i dag på morgonen.” Det förvånade honom hur förnuftigt det lät och rösten var alldeles som vanligt. Så märkligt att något alls kan vara som vanligt efter det som inträffat.

”Kände du flickan som låg på golvet i bastun, hade du sett henne tidigare?”

”Jag tror att hon hette Camilla. Hon brukar vara på badet med sin väninna på måndagskvällarna när vi har öppet lite längre. Hennes väninna spelar basket i Visby Ladies. Du kanske har hört talas om henne? Läst om henne i tidningen? Stina, jag kommer inte på vad hon heter i efternamn. Hon brukar ha bråttom hem och går alltid före Camilla. De går dit ihop, men Camilla brukar söla och då väntar inte Stina."

Maria gav Sebastian ett uppmuntrande leende. "Fanns det någon mer än du i byggnaden på morgonen?"

"Ytterdörren var låst. Ingen hade stämplat in." Han drog ett långt andetag och riste till i kroppen. "Hon var död."

"Ja." Maria satte handen för munnen, drog den långsamt ned över hakan och nickade. "Ja, hon var död. Vet du något mer om det? Vad minns du?"

"Jag gjorde det inte. Ni tror väl inte att jag gjorde det? Jag är bara anställd. Jag var tvungen att vara där, jag ville inte bli inblandad. Jag klarar inte det här. Mitt huvud går i bitar. Hjälp. Ge mej en spruta så att jag dör. Jag orkar inte med det här. Det var Joakim, det måste vara han. Joakim Rydberg. Han var där och han kommer att slå ihjäl mej för att jag sagt det. Men det var inte jag. Ni får inte säga till tidningen att det var jag." Sebastians skrik fick vitklädd personal att strömma till. Läkaren tornade upp sig i dörröppningen. Han gav Maria Wern ett anklagande ögonkast och vände sig sedan till sjuksköterskan.

"Har han nål så ger vi 10 mg Stesolid intravenöst. Nu!"

17

Joakim Rydberg stirrade på sitt ansikte i den fläckiga badrumsspegeln och drog handen genom det mörkbruna håret. Han såg för jävlig ut. De stora blå ögonen med sina täta svarta ögonfransar, som kvinnor brukade finna så tilldragande, hade krympt ihop till små grisögon. Kinderna var gråbleka. Påsarna under ögonen hängde, hela kroppen hängde över handfatet. Han kupade händerna under kallvattnet och baddade ansiktet. Det hade inte blivit så värst mycket sömn efter nattpasset. Delvis för att det var ljust och varmt, men det var inte det som störde honom mest, det var tankarna som inte slutade mala. I går kväll, bara ett par timmar innan han skulle ut på sitt taxiskift, hade morsan kommit förbi. Hon ringde inte och frågade om det passade. Tänk om han hade haft en tjej på besök? De hade kommit överens om att de skulle ringa varandra och inte bara stövla in. Han hade hållit sin del av avtalet, ibland hade morsan sällskap och det var bara pinsamt att behöva konfronteras med hennes sunkiga gubbar. Men i går hade hon klivit in, utan att ens ringa innan. Han såg direkt att något allvarligt hade hänt. Det fanns en tårögdhet och en ryckighet i rörelserna som fick honom att avvakta. Därför bråkade han inte på henne för att hon inte hört av sig innan. Inte med en gång.

Morsan makade undan tidningarna och smutstvätten från sängen och satte sig ned utan att säga något om att det var stökigt eller obäddat. Ytterligare ett tecken på att det var något annat än en vanlig veckokontroll. Hon frågade inte ens: Hur mår du? Äter du något? Hur har du det med pengar? Som hon brukade fråga när hon bara tittade förbi som hastigast. Hennes ögon var vaksamma och ängsliga. Så känslig man är för sin mors ögon, de äter sig in i samvetet utan att man kan värja sig. Han var inte säker på att han ville lyssna när han hunnit fundera ett ögonblick på vad hon kunde ha på hjärtat.

"Är det sant att du har varit i bråk igen?" Det hördes tydligt på hennes röst att hon fick anstränga sig för att inte skrika åt honom. Ljudet lät hoppressat och hon talade långsamt och tydligt, som om hon förväntade sig att han tappat fattningsförmågan och behövde extrapedagogiska insatser.

"Men morsan, det fattar du väl att jag inte har. Var har du fått det ifrån?"

"En av tjejerna på mitt jobb såg dej utanför Öster Centrum. Du och två andra killar, var det Hjalle och Ubbe? Nu i fredags."

"Hon surfittan med rattarna, som tror hon är så jäkla snygg? Fan ta den kärringen. Hon har ju ingen humor. Så jävla stirrig. Vi bara skojade lite ju." Joakim gav sin mor sitt vackraste leende och han märkte att hon smälte en aning. "Kom igen nu morsan, vi lattjade lite."

"Du har en villkorlig dom på dej, Joakim. Det innebär att man kanske inte kan lattja lika mycket som alla andra. Får du en enda anmälan till hamnar du i fängelse. Fattar du det! Förstår du allvaret?"

"Men ta det lugnt, morsan. Det hände inget."

"Min väninna såg att ni trängde upp en annan kille mot en vägg. Han lämnade ifrån sej pengar och sin mobiltelefon. Jag vill veta sanningen, Joakim. Vad du än har gjort älskar jag dej och jag kommer att skydda dej så långt det är möjligt, men du ljuger inte för mej." Joakim la märke till ryckningarna i hennes ansikte. De betydde att hon egentligen var rasande på honom. Hatade honom, kände samma avsmak för honom som för en nyss upplagd spya. Han visste det med hela sin erfarenhet, att det var så hon kände.

"Han var så jäkla stöddig! Vi behövde ta ned honom på jorden lite bara. Hans farsa är rik utav helvete och öser grejer över det äcklet och sen går han och stilar med dem. Så berättar han att han ska resa jorden runt och hur snuskigt mycket pengar han har på sitt konto. Han är tjugo år och har en egen Porsche, fattar du. Jag fick gneta som fan för att få ihop till den här mobilen." Joakim vägde sin telefon i handen, släppte greppet och fångade den igen.

"Vad gjorde ni med honom, Joakim?" Hon borrade sin blåa blick i honom och han kände sig trängd när det inte gick att fly.

"Han fick skylla sej själv, den grisen. Vi tryckte upp honom mot väggen bara. Men vi ville förihelvete inte ha hans pengar eller mobiljäveln. Dem kunde han stoppa upp i arslet. Vi ville bara att han skulle hålla fingrarna från våra tjejer. Min tjej. Fattar du – han var på Stina."

"Stina kanske ville vara med honom? Tjejer äger man inte, Joakim. Förresten sa du ju att du inte var intresserad av henne. Ärligt talat tror jag att du tyckte det var coolt att hon var basketstjärna och att hon gillade dej. Då tycker jag inte att det är schyst att binda upp henne, om du inte menar allvar."

"Hon var min tjej nyss och då kan man förvänta sej lite respekt. Det är inte bara att hoppa på henne så fort hon blivit ledig. Hon var fortfarande sängvarm, för fan."

När morsan sedan fortsatte att se på honom med den anklagande uppgivna blicken brast något inom honom. Han förlorade helt kontrollen och slog henne. Sin egen morsa. Mitt i ansiktet så att näsan började droppa blod. När han såg tårarna som steg och rann över blev det ännu värre. Det gick inte att göra det hemska ogjort och han blev så oresonligt arg för att hon drivit honom till det. Han kunde inte behärska sig längre, det var ju redan kört. Utan att han kunde styra händerna gav han henne den ena örfilen efter den andra medan han försökte att åtminstone inte knyta nävarna.

Inte sparka direkt på hennes krökta rygg, bara bredvid. Av misstag råkade han få in en spark i sidan på henne. Hon kröp längs golvet för att undgå slagen. Jävla morsan! Varför hade hon kommit för att provocera honom? Det var hennes eget fel. Hennes eget jävla fel var det och hon fick skylla sig själv. Han sparkade ut henne för trappan och slog igen dörren. Hon skulle inte skvallra för polisen, det var han säker på. Det här var förnedrande för henne också. Så jävla förnedrande för dem båda.

När han lugnat sig lite kom han på mer av det som hänt under gårdagen. Tjejen han träffade på Stinas fest skulle ha kommit innan han gick på sitt taxiskift på kvällen. Camilla hette hon, en liten Barbiedocka, med stora ängsliga ögon. Det var dålig stil att hon inte hörde av sig. Hon skulle ha ringt när hon klev på bussen i går kväll och sedan skulle han ha mött henne vid Österport. Så hade de bestämt. Men när hon inte ringde och han kände sig i akut behov av tröst hade han beslutat sig för att ta en sväng till Roma för att leta upp henne.

I affären där hon arbetade hade de sagt att hon hade gett sig av till Romabadet och så långt stämde det med vad hon hade sagt. Men hon hade inte ringt när hon klev på bussen … Om hon alls klivit på? Hon hade förstås bara lekt med honom. En fin flicka som var van att få det hon ville ha och sedan kasta bort det när hon tröttnade. Men Joakim Rydberg var inte en kille man kunde dissa hur som helst. Har man gjort upp att man ska ringa så ska man hålla det, annars jävlar. Det är respektlöst att strunta i det man har kommit överens om. Man får ingen respekt om man inte visar var gränserna går. Svikare måste bestraffas. Han behövde tydligen vara hård mot henne så att hon begrep. Om hon sedan tiggde och bad om förlåtelse så kanske han skulle vekna och ha sex med henne, tänkte han. Annars inte. Klockan nio i går kväll hade han haft ett pass inbokat, han skulle köra åt kyrkvaktmästaren som behövde ledigt med kort varsel. Det var ont om tid för ett ragg, men det kunde gå. Han hade tänkt att de i värsta fall fick hångla en stund i bilen och sedan kunde hon vänta i lägenheten på honom tills han kom hem på morgonen. Om hon var en sådan som väntade sig restaurang och vit duk och sådant tjafs fick hon gå direkt, hade han tänkt när han satt i bilen på väg till Roma. Han hade struntat i hastighetsbegränsningarna. Åkte han dit fick han väl hoppas att det var farsan som hade hand om trafikkontrollen. På badet hade ingen sett henne och han fick inte komma in på damavdelningen och sedan var han tvungen att skynda sig tillbaka till Visby. Jävla tjejjävel. Hon behövde sättas på plats.

Det var inte länge sedan morsan berättat för honom att hans riktiga farsa hade kommit till Gotland. Jesper Ek. En snut. Det var så att man kunde garva ihjäl sig. Efter tjugotvå år hör han av sig till morsan och vill veta hur hon har det och träffa sin son. Joakim hade vägrat förstås. Lite självrespekt måste man ha. Morsan sa att han kommit till av misstag. Ett jävligt dyrt misstag för den där Ek. Underhållet hade han i alla fall betalat punktligt. Enligt morsan hade han fler barn på avbetalning, men ingen han betalade för kontant. Farsan levde ensam. Morsan sa att han ringt igen. Att han var mycket angelägen att de skulle ses. Varför? Vad skulle det finnas att prata om? Inte ett skit, ett samtal som bara skulle gå på tomgång, för det som verkligen spelar någon roll kan man inte dela med en främling. Det skulle bara bli en till i raden av låtsaspappor som också tyckte att det var ett misstag att man fanns till och var i vägen. Lika jävla jobbigt som morsans kletiga: Jag älskar dig. Ord som i praktiken bara stod för ett dåligt samvete. Kostade inte ett dugg att säga det när det inte fanns någon täckning bakom. Försäkringar som inte betydde något när det gällde, verkligen gällde och hans väl och ve stod i kollisionskurs med det hon önskade och ville. Då var det bara en tom fras. Som att stirra in i dödens tomma svarta ögonhålor.

Joakim drog de fuktiga händerna genom håret igen och granskade sitt ansikte i spegeln. Det var en fruktansvärd upptäckt den dagen han såg att ögon inte är levande utan bara döda strimmiga regnbågsstrukturer med hål i. Ett tunt nätverk som lyder en hjärna som styrs av kemiska processer. Det är vad vi är. Hela tillvaron faller sönder när man granskar den. Vi är djur. Egot styr. Det handlar om överlevnad och fortplantning – allt annat är bara skitsnack. För att överleva måste man vara beredd att ta för sig. En sådan där kärring med handväska, som Frida Norrby han skjutsat i torsdags natt, var egentligen bara stapelföda i botten på den näringspyramid där han själv var kung. Och ändå var det något hos henne som gjorde att han krympte ihop och blev liten. Vågade vara liten. Hon var helt orädd och hon lyssnade på det han sa, och sedan när hon lyssnat nickade hon begrundande som om det han sagt var värt att fundera på. Hon hade inte grävt ned sig i sina ståndpunkter, utan var högst flexibel. Alla hennes åsikter var inte färdigformulerade och ändå var hon gammal som synden. Det fanns något varmt och vänligt i det rynkiga ansiktet, som om hon ägde något som var så stort och betydelsefullt att hon hade råd att vara generös.

Utan att han egentligen ville det hade han berättat sitt livs historia för henne. Blivit blankögd och snorig och burit sig åt som en fjolla och samtidigt flödat över av en märklig välvilja. Han hade till och med försökt hjälpa henne upp för trappan till huset. Utan att hon bad honom om det. Då hade hon sagt åt honom att hon ville klara sig själv och det hade ökat hans respekt för henne ännu mer. Precis sådan var han själv. Han tänkte aldrig någonsin bli beroende av någon annan. Den här gamla damen skulle säkert hellre svälta ihjäl i sitt hem eller ramla och slå sig sönder och samman än att acceptera att bli omhändertagen på något boende. Frida behövde inte kräva respekt. Hon fick det ändå. Hon var inte rädd för honom som alla andra. Han hade förstås också känt en sorts avund. När han sedan hade frågat om han skulle vänta eller kanske komma senare och skjutsa hem henne svarade hon att det inte spelade någon roll vilken taxichaufför som kom, att hon skulle ringa när hon behövde en taxi. Det hade känts som ett slag i magen. Här hade de blivit förtroliga. Han hade blottat sina tankar och han hade sett fram emot att få fortsätta samtalet på resan tillbaka mot Visby och så kunde hon åka hem med vem som helst. För henne var han lika utbytbar som en soppåse.

Då hade han tagit tag i hennes arm. Mycket hårdare än vad han egentligen velat. Han hade vridit om den så att det knakade och tanten hade jämrat sig högt. När han tänkte på att han kunde ha brutit av den blev han alldeles kall inuti. Han hade skyndat sig därifrån för att inte göra henne mer skada. Så väl kände han sig själv från alla de gånger misshandeln hade varit ett faktum. När han börjat, gått över gränsen, var det nästan omöjligt att sluta slå. Så nära det hade varit att han skadat Frida. Så lätt att bryta av den smala lilla nacken med en enda spark. Skillnaden, för det fanns en skillnad, var att Frida inte var något offer. Hon var inte ens rädd för att dö. Det gav henne ett övertag.

Nej, han orkade inte tänka på det ... hur allting bara blev skit. Han behövde lägga sig och sova igen. Måste sova för att orka köra nästa natt och nästa. Det var när han sovit dåligt han inte klarade av att behärska sig. Ilskan kom så hastigt att han inte klarade att hejda den. Han måste försöka samla tankarna kring något som fick honom att slappna av. Efter nattpassen blev det ofta starköl och sömntabletter han snott av morsan, Rohypnol. Han brukade ta två så att han kunde sova. Det var ett helvete att jobba natt när man inte sovit ordentligt.

Joakim gick fram till kylskåpet. Det luktade förskräckligt illa. Kan falukorv mögla? Han konstaterade att den sista ölen var slut och sparkade undan en stol han tyckte var i vägen så den flög i väggen. Det fanns en flaska vodka sedan senaste Tallinnresan. Han slog upp lite i en kaffekopp och svalde tabletterna. Han behövde lugna sig nu. Annars skulle han bli av med det här jobbet också. Han längtade efter att prata med en tjej. Vilken tjej som helst egentligen. Han tog sig åt skrevet, men det fanns inget liv. Han la sig på sängen och bläddrade på mobilen och hittade Stinas telefonnummer och skulle just knappa in det när det ringde på dörren. Morsan skulle aldrig våga störa honom igen när han jobbat natt. Han vände ansiktet mot väggen, men dörrklockan fortsatte att ringa. Det kunde förstås vara Hjalle. Eller Ubbe som hade kommit till nya insikter om Livet? Själv var han renons på egna teorier – ihålig och tom och utan åsikter om någonting alls utöver vilka som behövde en käftsmäll för att respekten skulle upprätthållas. Han hade därför tacksamt tagit upp Ubbes teorier om ödet och livets mening. Det imponerade på tjejer, visade på ett djup som faktiskt ingav respekt. Tjejer var intresserade av sådant. Det var meningen att vi skulle träffas, vi är gjorda för varandra blablabla ...

Fler steg i trappan. Någon knackade på hans dörr.

”Maria Wern från polisen här. Vi söker Joakim Rydberg.”

”Va fan äre om?” Han dunkade huvudet i väggen så att det small, måste nyktra till.

”Vi har ett par saker vi skulle vilja fråga dej om.”

18

”Vad fick du för intryck av Joakim Rydberg?” Tomas Hartman rev sig i skäggstubben så att det rasslade och gjorde en sista anteckning när Maria slog sig ned vid ratten på den gamla vita Forden. Hon vred ihop sitt regnvåta hår till en fläta medan hon funderade.

”Nattarbetare är alltid svårbedömda. Han måste ha tagit sej en redig bläcka. Verkade inte tänka helt klart.” Maria satte på vindrutetorkaren. Stora regndroppar föll ned på kylaren och innan hon hann starta bilen var de mitt inne i ett skyfall så häftigt att vägen framför dem inte syntes. Blixtarna for som väsande ormar över himlen och ringlade ned mellan träden. Sedan kom ett par kraftiga knallar.

”När vi berättade att Camilla var död visade han ingen känslomässig reaktion. Enligt Camillas Ekströms dagbok var de nyförälskade. Om ens älskade plötsligt dör borde man bli förkrossad – men han var helt nollställd. Undrar om han var drogad? Var det bara alkohol, tror du?” Hartman gned sina tinningar, huvudvärken låg på lur. Det kändes som om lågtrycket komprimerade själva hjärnan. Det gick så trögt att tänka. ”Camilla skulle ha kommit till honom i går kväll och bott över. Han var väldigt svävande på den punkten, men i hennes dagbok framgick det med all önskvärd tydlighet. Hon verkade vara beredd att flytta in hos Joakim Rydberg på livstid.”

Regnet fortsatte att vräka ned och Maria fick höja rösten för att Hartman skulle uppfatta vad hon sa.

”Om jag förstår saken rätt gjorde han upp om det här arbetspasset i går eftermiddag och körde sen hela natten fram till 04.00.”

”Kan det vara ett knäck han fixade för att få ett alibi i efterhand? Passet skulle ha börjat klockan 18.00 men han förhandlade sej till att få börja senare. Tänkte just be dej kontrollera det. Vi får ta in bilen och kolla mätarställningen mot de taxiresor som gjorts och säkra teknisk bevisning.”

Hartman skulle just göra en anteckning om det när Maria fångade hans blick. ”Det är redan ordnat. Förresten, Gunnarsson har kollat upp Joakim Rydberg i registret. Han har en villkorlig dom på sej sen tidigare. Misshandel. Det var han som körde Frida Norrby, visste du det? Det var han som skjutsade henne till Hunninge gård i Klintehamn natten när hennes hus brann ned.”

”Det var som tusan.”

”Det är ännu oklart vem som skjutsade henne tillbaka, om hon alls kom hem igen. Vi jobbar på det. Vi vet inte om Frida hann hem före branden. Var det rent av hon själv som tände på? Det är många frågetecken och Joakim Rydberg finns med lite för ofta. Det är allt för många indicier för att vi ska våga riskera att han förstör bevismaterial. Frågan är om man skulle plocka in honom?” Maria skänkte Ek en hastig tanke. Hon hade så gärna velat prata med honom. Det kunde inte vara lätt för honom att vara pappa i en sådan här situation. I synnerhet inte när grabben vägrar ha kontakt.

”Håller med. Vi tar in honom och hör honom upplysningsvis till att börja med. Har du pratat med åklagaren?” undrade Hartman och sneglade ned i sina papper.

”Ja, jag gjorde det och det är grönt. Då var det Stina Haglund. Det har varit rent omöjligt att nå henne på mobilen och hemtelefonen har varit uppkopplad mot en fax som tjuter i örat. Till slut fick vi tag på hennes mamma som sa att basketlaget skulle samlas på parkeringen bakom Domus.”

Runt bussen som parkerat vid Öster Centrum med nosen mot Kung Magnus väg flockades ett gäng tjejer i träningskläder. Tränaren, en något magerlagd man runt de femtio, diskuterade livligt med en söt blond flicka som satt på bussens första trappsteg och knöt skorna. Runt dem stod ett helt hov av unga damer. Maria frågade sig fram och fick veta att den blonda var Stina Haglund. Det fanns något bekant över hennes ansikte, antagligen hade hon varit på bild i tidningen nyligen.

”Maria Wern, polisen. Vi skulle behöva tala med dej. Nu direkt. Det är viktigt.” Maria visade sin legitimation och Stina ryggade tillbaka som för en hårig insekt. Hennes ögon blev kisande smala.

”Det går inte, vi har match.” Hon reste sig bestört upp och vände sig mot sin tränare för att få stöd. ”Det går inte. Det är ju bråttom nu!” Hon slängde in träningsväskan i bussen.

”Det här är en viktig match för oss. Stina är vår klippa.” Tränaren la beskyddande sin arm runt Stinas axlar. ”Vi måste åka nu på direkten annars hinner vi inte värma upp.”

”Det får bli en annan gång. Vi måste prata med dej nu. Det gäller Camilla Ekström.”

”Camilla?” Stina sa det med en fnysning. ”Jag har fan ingen koll på var hon är.” Väninnan stod uppenbarligen inte särskilt högt i kurs. ”Vad är det med Camilla då?” Hon vände sig mot tränaren igen. ”Jag tar det lite snabbt med dem så kan vi dra sen.” Hon tog ett steg i riktning mot Maria Wern med en ny blick bakåt mot tränaren. ”Jag skyndar mej.”

”Tyvärr, jag är ledsen. Det här kommer att ta en bra stund. Vi går över till mitt rum på polishuset. Det är allvar.” Maria fick för första gången riktig ögonkontakt med flickan.

”Vad är det då? Har det hänt något eller …?” Stina slog armarna i kors över bröstet och kurade ihop sig i den stora träningsjackan och drog ärmarna över händerna som vantar. Den tuffa attityden gav vika och hon såg ut som den skolflicka hon faktiskt var. Hållningen blev undergiven och hon följde med utan att bråka mer.

När de kommit utom hörhåll för de andra berättade Hartman vad de hade för ärende. ”Vi har något mycket svårt att berätta för dej. Camilla är död.”

Äntligen visade flickan någon reaktion. ”Det kan bara inte vara sant!” Hennes ögon blev stora och runda och den gapande munnen darrade. För ett kort ögonblick var tuggummit stilla.

”I dag på morgonen hittade vi henne livlös i badhuset. I bastun. Hon hade blivit instängd där.”

Stina knep sig hårt i kinden som vitnade och sedan rodnade. När hon inte sa något fortsatte Hartman: ”Ni var där tillsammans i går kväll …”

”Hur då instängd? Dörren går inte att låsa ju. Ni skojar. Ni är inga riktiga poliser. Vad är det här?” Stina ruskade på huvudet. Blicken blev nollställd och tom medan tårarna steg i ögonen.

Maria visade sin legitimation igen. Men Stina såg inte på den.

”Camillas mamma och pappa är i Frankrike. Vet de om att hon är död?” Stina började storgråta och Maria la armen om henne när de tog trappan upp till polishusets övervåning.

”Vi har inte fått tag i dem. Vet du vilken arrangör de reste med?”

”Nej, jag tror att de bilade ned till Rivieran. De har en Merca, en vit. Så hemskt … vad hände? Hur kunde hon bli instängd? Hur dog hon? Torkade hon ihop som ett russin? Det var jävligt hett där inne.”

”Vi försöker ta reda på vad som hände.”

De slog sig ned vid Marias skrivbord. Bandspelaren knäpptes på och nödvändiga uppgifter togs. Stina lutade huvudet i händerna och grät så att hon skakade. ”Det kan inte vara sant. Säg att det inte är sant. Jag träffade ju henne i går. Hon var precis som vanligt.” Stina skakade på huvudet. Oron spred sig i hela kroppen och hon kunde inte sitta stilla. ”Camilla var tyst och tjurig, som om något tryckte henne … Måste bandspelaren vara på? Jag blir alldeles torr i munnen. Det går inte att prata ju.”

”Helst. Skulle du vilja ha något varmt att dricka?” Utan att vänta på svar gick Hartman efter en kopp te. ”Mjölk och socker?”

”Bara mjölk. Jag mår illa … Camilla och jag var inte bästisar eller så … vi bara simmade ihop på måndagarna. Jag kände henne inte så väl. Vi har inte haft kontakt när hon bodde på fastlandet eller så. Jag menar, bara för att man kände varann när man var barn så betyder det inte att man känner varann särskilt väl sen. Hur dog hon?”

”Vi kan inte säga det säkert ännu. Vill du berätta allt du kan komma ihåg om i går? Ta god tid på dej, vi har inte bråttom.”

Stina snöt sig i pappersnäsduken, som Maria räckte fram. ”Camilla kom för sent. Precis som om jag inte var viktig alls – vi hade bestämt en tid och hon kommer när hon får lust typ. Jag kollade på henne genom fönstret när hon kom och hon gick jättesakta, fast hon var försenad. Hon kollade hela tiden på sin mobil. Kollade om någon sms:at antagligen.”

”Sa hon något om det, vem hon sms:ade med?”

”Jag frågade inte, jag var mest störd för att hon inte kom klockan sex som vi bestämt. Vem hittade henne?”

”En städare. Han skurade omklädningsrummen på morgonen och då hittade han henne död. Men vi har ännu ingen misstänkt. Du stod alltså och väntade, vad hände sen?”

”Jag gillade inte att stå där själv och vänta.”

”Var det något särskilt eller blev du bara allmänt otålig?”

”Det är en av städarna där jag tycker är konstig. Först visste jag inte att han jobbade på badet, för jag träffade honom på Klinte marknad förra året. Han hade prova-på-massage gratis, för att värva nya kunder antagligen. Jag tyckte att det kunde vara kul att testa. Men han var jättefånig och ville kolla min hållning och göra andningsövningar och sen tog han jättehårt i min nacke så att jag fick ont i flera dagar efteråt. Camilla och jag pratade om det för jag såg en skymt av honom på badet när vi gick upp till bassängen."

"Vet du vad han heter?" Maria gav Hartman ett ögonkast, antagligen tänkte de på samma person för han nickade kort.

"Sebastian, tror jag. Jo, Sebastian stod det på hans visitkort. Jag berättade för Camilla att han klämde utav bara fasen och sen sa han att om du har så här ont måste du regelbundet gå till en massör och då sa jag att jag inte hade ont innan han klämde, utan fick ont av massagen och då blev han skitsur. Camilla frågade vad han var för sorts massör och på kortet stod det intuitiv massage. Fattar du – *intuitiv*?"

"Betyder det att han intuitivt gav den massage han trodde att kunden ville ha?" Maria satte händerna under hakan och lutade sig fram över bordet medan hon iakttog Stina som hela tiden pillade sönder pappersnäsduken i små små bitar utan att egentligen själv vara medveten om vad händerna gjorde.

"Vi skojade om det där *intuitiv*. Antagligen hade han ingen utbildning för då brukar det stå legitimerad eller certifierad eller något." Stina tystnade och en ny tår föll ned för kinden. "Jag ville inte att han skulle ta hårt i mej. Han nästan kvävde mej när han hängde över min hals med hela sin tyngd. Tror ni att han dödade Camilla? Så hemskt! Är det så? Jag fick hans visitkort för han ville att jag skulle komma hem till honom, till hans privata mottagning här i Roma. Vilket raggningsknep. Fattar du? Han ger bara visitkort till tjejer han tycker är snygga, trodde Camilla. Vem som helst kan ju trycka upp ett visitkort med vilka titlar som helst. Jag skulle kunna trycka upp lappar som det stod *Stina Haglund, leg. läkare* på om jag ville. Hur enkelt som helst. Joakim, en kille jag känner, printar ut sånt på datorn."

"Vad heter den där Joakim mer?"

"Rydberg. Vi var ihop förut. Fast inte nu. Är det städaren som har gjort det ... Det är han som gjort det, va? Ni måste sätta dit den jävla dåren."

”Vi har ännu ingen misstänkt.”

”Men Camilla blev mördad?” Stina såg Maria rakt in i ögonen, skakade sakta på huvudet och vädjade om ett nej. Nej, så fick det inte vara.

”Vi utreder det och tillsammans måste vi försöka förstå hur det gick till. Kan du berätta vad som hände sen på badhuset? Så detaljerat du kan.”

”Det hände inget konstigt. Vi simmade och sen bastade vi i ångbastun. Camilla var så sölig så jag gav upp. Det brukar alltid vara så. Jag orkar bara inte vänta på att hon ska basta klart. Hon klär på sej så långsamt. Jag är färdigklädd innan hon har fått av sej handduken. I går var hon söligare än någonsin. Vi hann inte ens sola. Så jag drog i förväg, vi skulle ändå inte åt samma håll.”

”Vet du om hon var allergisk mot något?” frågade Maria och iakttog spänt flickans ansikte. Man hade funnit en knippe björkris i bastun och det preliminära obduktionsprotokollet talade för att dödsorsaken kunde vara en allergisk reaktion, ett astmaanfall och att hettan fick slemhinnorna att svullna och försvårade andningen ännu mer.

”Nej, inget som jag vet. Jo förresten, hon är pollenallergisk. Näsan rinner ju på henne hela tiden.” Stina gjorde en min av avsmak.

”Fanns det björkris i bastun när ni kom dit?”

”Jag tänkte inte på det – ingen aning faktiskt.” Stina blåste upp en tuggummibubbla, smällde den och snodde kletet runt sitt lillfinger. Antagligen gjorde hon det av gammal vana, utan att tänka på att det kunde uppfattas som respektlöst. Maria försökte dölja sin irritation.

”Fanns det någon mer i omklädningsrummet när du gick?”

”Nej, det var tomt … Fast det var låst på toaletten. Jag behövde gå på toa och väntade en stund, men sen tänkte jag att jag tar den i entrén i stället. Jag gick hem sen …” Stinas röst dalade. ”… utan att säga hej då.”

19

Bibbi Johnsson dunkade handflatan mot huvudet för att visa att hon idiotförklarade dem alla. Hon stod utanför Camilla Ekströms torp och granskade polisens arbete. ”Jag tror inte mina öron … Så polisen ska lugnt sköta sitt jobb? Ha! Det är en massa karlar där inne som letar. Jag har nog sett karlar leta förr. Det är skrattretande. Undan med dej så ska jag visa hur man gör. Det har jag väl sett på tevedeckare att alla unga damer skriver dagbok. Läs dagboken så vet du vem mördaren är, sa jag. Enkelt. Om du skulle fråga mej ligger den under madrassen. Precis så sa jag till polisen. Där lägger de alltid sina dagböcker. Och var hittade ni den …? Säg mej det … var hittade ni den?” sa hon triumferande. ”Sen har hon säkert en almanacka i sin handväska. Har ni kollat väskan?”

”Vi tackar för upplysningen och ska noga undersöka saken”, sa Hartman med tillkämpad vänlighet. Maria undvek att se på honom när han sa det. Vid genomgången av Camilla Ekströms lilla stuga hade man mycket riktigt funnit dagboken. Erika hade hittat den precis efter det att Bibbi Johnsson sagt till alla som ville höra på var de skulle leta. Till allas förtret hade den legat under madrassen. På något outgrundligt vis hade Bibbi fått nys om det och sedan var hon milt sagt triumferande och fullständigt odräglig att ha i närheten. När en journalist från tidningen kom hade hon trängt sig fram till honom för att ge sin version av historien. Maria vågade inte tänka på hur morgondagens rubriker skulle se ut. ”Jag fruktar för mitt liv! Polisen gör ingenting!” Det är märkligt att se hur en del människor lever upp och blir euforiska av tragedier, tänkte hon.

”Vi kanske kunde gå hem till dej så får jag veta vilka andra iakttagelser du gjort”, sa hon och fick med sig Bibbi nedåt vägen.

”Min kusins man är väktare och han säger att polisen ska söka gärningsmannen i offrets omedelbara närhet. Ni skulle fråga Sture, han vet hur en utredning ska skötas. Han har lång erfarenhet av det här jobbet.” Bibbi nickade mot Hartman, som hade stora problem att inrätta ansiktsdragen och behålla det allvar situationen krävde. ”Sture kan bara inte fatta att det ska behövas så lång utbildning för att sköta ett enkelt polisjobb. Det är faan bara att ta de jävlarna. Bura in dem bara. Det säger Sture och han vet för han har jobbat som väktare i över tjugo år.”

”Det är så klart en teori”, sa Maria. ”Problemet är väl att hitta rätt person och bevis som håller i rätten.” Annars kunde vi ju sy in dig och problemet med att hitta en syndabock skulle vara löst. Det sista tänkte hon förstås bara medan hon väntade på att Bibbi skulle knyta loss Sixten. ”Vad vet du om Camilla Ekström? Hade hon ofta besök?”

”Camilla var precis nyinflyttad. Hyrde över sommaren av Lennart Björk. Han hyr ut till flera. I det röda torpet finns inte ens varmvatten så det är ju konstigt att det går att få det uthyrt alls. Jag har aldrig sett att hon haft besök, men hon har ju som sagt inte bott här så länge.” När Bibbis röst sjönk ned till normalt tonläge kändes det mindre provocerande att prata med henne.

”När såg du henne senast?” Maria slog sig ned på Bibbi Johnssons vitmålade veranda medan Sixten till sin oerhörda glädje blev insläppt på hundgården igen och kunde avsluta den måltid han blivit sliten ifrån av sin matte.

”I förra veckan såg jag henne springa ut i bara nattsärken. Hon hade knölat ned den i byxorna, men jag såg tydligt att det var en nattsärk. Klockan var två på natten. Sixten skällde så att jag vaknade.”

”Såg du vart hon gick? Var hon borta länge?” Maria kisade mot solen. Det var verkligen varmt fast det bara var i slutet av maj.

”Hon gick över till Frida Norrbys hus. Jag ser inte så bra från mitt sängkammarfönster, så jag gick ut i köket och då såg jag att hon stod utanför Fridas vardagsrumsfönster. Precis utanför vid buskaget, men jag kunde inte se om hon gick in. I nattsärk och allt. Tänk om Lennart, kyrkvaktmästaren, hade tittat ut, då kunde han ju ha fått se det. Lennart är ungkarl.”

”Han hade säkert klarat det utan större men”, sa Maria tålmodigt. ”Var det sista gången du såg henne?”

”Vet inte. När hon är ledig brukar rullgardinen vara neddragen till klockan tolv, men klockan halv åtta var den uppdragen. Om hon haft bil eller cykel hade det varit enklare att veta var hon var. Som när distriktssköterskan hälsar på hos Frida, då vet man det, för hon slänger sin cykel på gräsmattan och ställer inte upp den ordentligt på sitt stöd. Och hon är också död. Tre döda i samma socken! Varför gör polisen ingenting? Jag kräver att få beskydd. De blev våldtagna allihop, eller hur? Varför säger inte polisen som det är?”

”När såg du henne alltså sist?”

”Det var på badhuset tillsammans med Stina Haglund. Jag såg bara en skymt av dem när de simmade.”

”Vad hade du för ärende dit?”

”Jag var förbannad. Det var rent otroligt. Jag fick ett presentkort på massage av mina arbetskamrater och det stod olika belopp med siffror och bokstäver och då tycker jag att man automatiskt ska få det högre beloppet, eller hur? Jag ville få pengarna tillbaka så att jag kunde köpa något riktigt, en ampel i keramik till exempel.”

När Maria fått de upplysningar hon behövde och lite till, tackade hon för sig och gick bort mot avspärrningen vid Camilla Ekströms torp där Erika Lund just nu säkrade spår. Erika reste sig upp från marken med en grimas av smärta och satte sig sedan ned på trappan och gned sina onda ben. Maria slog sig ned bredvid henne.

”Något nytt?”

”Inte direkt. Jag är snart klar här ute. Sen tar det ett tag att få svar från SKL. Du då?”

”Jag har hört taxichauffören, Joakim Rydberg.”

”Jag läste Camillas dagbok från de sista dagarna. Hon var så förälskad. Så förälskad att det är rent pinsamt att läsa om det. De träffades på en födelsedagsfest hos Stina Haglund, basketspelerskan, du vet. Det var hjärtan överallt på sista sidan. De skulle ses efter att hon varit på badet.”

”Ja, jag såg det. Men hon kom inte till mötet med Joakim i stan – hon lämnade aldrig Romabadet. Jag förhörde Stina Haglund, innan jag kom hit. Däremot har vi ett par vittnen som sett Joakim på badet. Själv var han inte i skick att svara på den frågan, men vi kommer att höra honom igen i eftermiddag när han nyktrat till.”

20

Regnet forsade ned över rutorna när Maria senare samma natt steg upp ur sin säng och vandrade över det kalla golvet. Det gick inte att sova. Hon måste sova för att fungera på jobbet, men det var omöjligt. Morgondagen skulle kräva allt och lite till av henne. Det fanns en liten slatt martini kvar i kylskåpet sedan Erika hälsade på sist. Hon hällde upp den och satte sig vid teven. Barnen sov hos sin pappa. Krister hade varit irriterad och oförstående när hon inte kunde hämta dem som de hade kommit överens om. Han hade helt andra planer för kvällen, en ny dam han träffat på nätet, kanske hans drömmars kvinna. Drömkvinnorna duggade tätt i hans liv och varje gång var det den enda rätta. Ville hon förstöra det för honom? Var arbetet alltid viktigare än att vårda relationer? Det var precis det som hade lett till deras separation, menade han. Maria var av en annan åsikt. Det handlade om svek från hans sida. Ett oförlåtligt svek när han sålde henne till media efter att ha lyssnat av ett band på bandspelaren hon tagit hem under pågående mordutredning. En bagatell för honom. Avgörande för henne. Man kan inte leva med någon man inte kan lita på.

Maria satte på teven och zappade mellan kanalerna. Hon fastnade i reprisen av ”Bonde söker fru” och grät en skvätt när de berättade hur mycket de älskade varandra. Tur att ingen såg hur fånig hon var. Gråten bara fanns där och ville ut. Hon behövde skingra tankarna och komma till ro. Det som inträffat i Roma dominerade nyhetssändningarna som följde. Hartmans ansikte fladdrade förbi i en kommentar om polisens kompetens att klara upp svåra brott. Han gav ett lugnt och säkert intryck, fast han i grund och botten var lika skakad som hon själv. Tre offer under loppet av några dygn inom en radie av några kilometer. Hela bygden var i upplösningstillstånd. Alla resurser hade styrts över till utredningsarbetet. Maria kunde fortfarande för sitt inre öra höra Signe Nilssons hjärtskärande skrik när Ingrids kropp fördes bort. Så ohyggligt.

”Hon kan inte vara död! Jag tror inte hon är riktigt död. Jag tyckte hon rörde sej lite. Det ryckte lite under hennes öga, det högra, såg ni? Snälla ni, ta henne inte ifrån mej. Jag skulle inte ha sagt de där hemska sakerna till henne. Jag skulle ha tigit.” Självanklagelserna visste inga gränser. Signe sa att hon ville dö och Maria var uppriktigt oroad över att hon skulle skada sig själv. Helst hade hon velat ta med Signe in till sjukhuset, men Mirja hade erbjudit sig att stanna så länge det behövdes och den gamla hade accepterat det.

Nyhetssändningen fortsatte med en intervju med Camilla Ekströms föräldrar. Bilder på bastun med påträngande musik varvades med klipp ur intervjun. Media hade fått kontakt med föräldrarna innan polisen lyckats hitta dem och reportern gjorde stor affär av polisens tillkortakommanden. Chockade och i stort behov av att tala med någon hade Camillas föräldrar ställt upp på intervjun som strippade dem inpå bara själen. Det vände sig i magen på Maria när hon såg hur de utnyttjades och visades upp i all sin sorg och nakenhet.

”Ge polisen mer resurser och vi kan göra ett bättre arbete”, var Hartmans kommentar efter att han varmt och deltagande beklagat det fruktansvärda som hänt dem.

”Kommer Rikskrim att ta över utredningen nu?” Reportern tryckte upp mikrofonen i ansiktet på Hartman.

”Den saken är under diskussion.”

”Tre offer inom loppet av några dygn. Kommer det att bli fler? Har ni någon misstänkt?”

Hartmans ansikte i rutan igen. Blicken var stadig, men en liten darrning på rösten fick Maria att förstå att han önskade reportern tusen mil därifrån till glödheta ökentrakter. ”Vi arbetar systematiskt efter de modeller vi har. Vi vet inte om det är samma gärningsman eller om det är fler personer inblandade. Vi vädjar till allmänheten att höra av sej om de sett något ovanligt i samband med dessa händelser. Våra telefonlinjer är öppna dygnet runt och vi är mycket tacksamma att få in tips. Inget är för smått eller oviktigt i nuläget.” Han såg rakt in i kameran.

”Får inte allmänheten en uppfattning om att ni inte har grepp om situationen när ni går ut och vädjar om hjälp?” Fanns det ett spår av triumf i reporterns röst?

Hartman gjorde en grimas. ”Vi talar om mord. Människor har blivit mördade och det är allas vår plikt att se till att den som är skyldig blir gripen. Jag tror att varje normal människa förstår att polisen inte kan vara överallt i varje stund. Vi tar tacksamt emot den hjälp vi får. Vi har ett huvudspår som vi följer och vi utreder effektivt och noggrant för att få fram bevis som håller i rätten.”

”Så det här kommer inte att hända igen då? Kan du säga till människorna i Roma att de kan sova gott i natt och att ingen mer kommer att drabbas? Kan du lova dem det?”

”Då vore jag Gud Fader själv.” Hartman suckade tungt. Maria avundades honom inte.

Reportern vände sig förbindligt in mot kameran. Posen var väl inövad. För den som inte ägde förmågan att tänka själv skulle nu en sammanfattning göras och klimax uppnås genom enkla dogmatiska sanningar. ”Spaningsläget är kaotiskt. Hela det lilla samhället Roma, som är beläget mitt på Gotland, lever i skräck inför natten som ska komma. Många har flytt sina hem och bor hos släktingar på andra orter på ön. Turistströmmen till ön kommer sannolikt att sina och de som har haft möjlighet har redan nu bokat om sina biljetter till något säkrare ställe att fira semester på. En mördare finner sina offer i Roma socken på Gotland och polisen har ännu inga spår efter gärningsmannen."

Maria Wern andades djupt, försökte hålla de uppretade tankarna ifrån sig. Hon stängde av teven och tappade upp en balja varmt vatten, satte sig i fåtöljen och stoppade försiktigt ned fötterna i det heta badet. Kanske skulle det kunna få henne att slappna av så att hon kunde sova sedan. Hon måste sova, annars skulle hon inte kunna tänka, inte sköta sitt jobb som hon borde. Förr var det inga problem, men efter Pers olycka hade sömnen flytt henne. Det kallades nattskräck, hade Erika sagt, rädslan för att dö i sömnen. När man sover förlorar man kontrollen. Sanningen är bara den att man aldrig har kontroll. Aldrig någonsin. Det är en illusion. När som helst kan en åder brista i hjärnan, man kan dö i en trafikolycka eller bli skjuten av någon galning som vill knäppa en polis.

Hon blundade och lutade sig bakåt. Försökte låta tankarna vandra som de ville, men som alltid i tystnaden kom tankarna på Per Arvidsson. På livet de skulle ha haft tillsammans nu om han inte blivit skjuten av Adam Kossaks män den där fruktansvärda dagen. Hon hade trott att de skulle återses för att aldrig mer behöva skiljas åt. Skillnaden mellan liv och död är hårfin. Han var frisk, stark och vältränad och odödlig i ena stunden för att medvetslös forslas bort i en helikopter i den andra. Kollegan Jesper Ek, som en gång fått en kniv i magen, var försiktig på ett annat sätt, men Per hade inte alls varit vaksam. Han hade spelat med sitt liv som insats för att vinna ett par futtiga minuter på ett förhör under en transport. Först i ensamheten kunde Maria släppa fram vreden. Vreden som så lätt utlöstes när någon annan flirtade med döden, som Mirja när hon vägrade använda bälte. Livet är så skört. Varför hade Per riskerat deras liv tillsammans för en sådan struntsak? Om han hade varit här hade hon kunnat puckla på honom tills all kraft var slut. Hur kunde du göra så mot mig? Gråten kom över henne i kraftiga kramper, vred och slet i hennes kropp och blev till stilla snyftningar som så småningom ebbade ut. Om de bara hade hunnit bli ett officiellt par innan olyckan inträffade, men allt hände så fort. Om de hade hunnit flytta ihop skulle läkarna ha meddelat henne varje förändring. Hon skulle ha kunnat vara vid hans sida utan att någon ifrågasatte det. Nu fick Rebecka all information. På papperet var hon ju fortfarande hans fru. Maria hade lovat sig själv att bara ringa henne en gång i veckan. Inte mer. Och Rebecka hade i sin tur lovat att meddela om det blev någon förändring. Hittills hade telefonen varit tyst.

Livet måste gå vidare. Om man inte kan bli kvitt oron måste man lära sig att leva med den. Det var hennes förbaskade skyldighet att leva så väl hon kunde, om inte annat för barnens skull. Att sköta om sig själv. Maria fyllde på nytt hett vatten i fotbaljan och skrubbade hälarna röda. Här skulle ingen behöva beklaga att hon hade okyssta fötter. Hon måste skärpa till sig och ta vara på sitt liv. Om hon bara visste vad hon skulle hoppas på. Skulle Per Arvidsson bli återställd? Skulle han vilja att de blev ett par då eller skulle han återgå till Rebecka och sina barn? Det skulle vara så mycket enklare att gå vidare bara hon visste. Undan för undan kommer det att kännas bättre, hade Erika sagt. De små stunderna när allt är som vanligt blir längre alltefterson sorgen krymper och antagligen är det vägen ut. Men innan dess måste man veta vad man ska sörja, så länge ovissheten finns kan man inte läka sin sorg. Utan vardagens krav skulle hon bli galen. Maria lät tårarna rinna utan att torka bort dem. Skönt att få gråta ifred så länge det behövdes, utan att bli tröstad och korrigerad och tvingad till ett leende man inte alls var redo för. Du kanske inte skulle låsa dig vid Per. Försök att se fler möjligheter. Någonstans där ute finns det kanske en annan man som behöver dig, någon du kan göra lycklig, hade Erika sagt och Maria hade blivit arg på henne då. Men just nu, när tystnaden slog lock för öronen skulle det ha varit skönt med en varm famn. En vän. Någon att bara gå ut och äta middag eller gå på bio med. Erika hade slagit på datorn och visat henne hela listan på tillgängliga män på dejtingsajten. Rena smörgåsbordet, hade Erika sagt. Egenföretagare, nikotinfri, gillar dig och havet … Låt mej förihelvete vara ifred, hade Maria fräst till svar. Men hon hade inte kunnat låta bli att snegla lite på dem. Singelman, Angoraget – som på bilden drunknade i sin hemstickade pullover, bara näsan stack upp över kragen, Volvobil, Oerfaren och Abborre 3. Maria hade inte kunnat låta bli att dra på mun när hon insåg att Abborre 1 och 2 var upptagna. Heliga Moder vilken fantasi Abborre 3 måtte ha!

Maria var fortfarande klarvaken. Det var lönlöst att tänka på sängen. Enligt medicinsk tidskriftsexpertis måste man vänta in sitt sömntåg och passa på att lägga sig när sovvagnen står på perrongen. Annars ligger man bara och vrider sig och blir uppjagad över att man inte sover. I väntan på sovtåget kokade Maria sig en kopp te med johannesört och knäppte på datorn. Några nyheter ville hon inte se. Hennes bästa väninna Karin i Kronviken hade skickat ett långt mejl, men det orkade hon inte läsa, än mindre svara på. De första veckorna efter Pers olycka hade hon sorterat bort alla mejl som var längre än fyra rader till en mapp för sig. Det fanns ingen möjlighet att hålla ihop längre texter än så. För att kunna svara Karin, som hade sina egna problem att brottas med, måste hon vara utvilad. Att ge råd är ett ansvar, inget att ta lättvindigt på. Därför skrev hon bara: kram – jag svarar i morgon … och hoppades att hon skulle orka hålla det löftet. Okoncentrerat surfade hon vidare för att se vad som fanns att köpa på nätets shoppingsajter. Det fanns en Ford Mondeo som hon inte tänkte köpa, en underbar balklänning i storlek 36 som hon absolut inte kunde ha och en offert på dräneringsarbete hon inte tänkte utnyttja. Ändå var det på något sätt intressant att se vad som var till salu och befinna sig mitt i kommersen. Att vara med där det händer i all kravlöshet. Två billiga hamstrar i bur, ju mer hon tittade på dem desto sorgsnare såg de ut, begagnade tygblöjor av märket Imse Vimse och ett babydollnattlinne med tillhörande stringtrosa. Vad handlade det om? En förtäckt kontaktannons? Kom och hämta trosorna, jag har dem gärna på mig så du ser hur de sitter ... På kartan kunde man faktiskt se att det var i Buttle de fanns att hämta. Hur många människor bor det i Buttle? Alla måste ju veta vems trosor det är ... pinsamt. Maria letade upp sidan för nätdejting och fyllde i formuläret till sin profil. Söker en man mellan trettio och femtio år. Hon kallade sig Angelika. Mellan trettio och fyrtio år. 164 cm lång, bruna ögon, halvlångt ljust hår. Singel. Falsk marknadsföring egentligen. Hon ville inte alls hitta en man, bara se hur det fungerade. Kolla lite på dem och lära sig hur det gick till där ute i djungeln. Ungefär som att förstrött titta lite i en veckotidning för att sedan kunna sova. I natt hette de Timid, Eros, Lilla Mej och Sextionian, och inget av det lockade till någon fortsatt kontakt. Somliga hade bild. Maria lät pekaren svepa över kolumnen och stannade till. Ett välkänt ansikte dök upp under namnet Sorken. Det gick inte att ta miste, fast han gjorde en ful min med pekfingret tryckt mot nästippen. Det var Simon, akvarellkursens guru och livsstilsguide. *Tillsammans är man mindre ensam. Jag söker dej kvinna mellan tjugo och hundra år. Vi kanske kunde gå på bio, ta en promenad eller en fika ihop och om vi trivs i varandras sällskap kan vi ses igen, annars har vi bara trevligt ihop en stund. Kan det vara något för dej?*

21

Kommissarie Tomas Hartman såg inte heller ut att ha sovit mer än någon enstaka timme. Ögonlocken och kinderna hängde och han skruvade hela tiden på sig som om han var rädd att somna om han för ett ögonblick höll sig stilla.

”Innan vi går igenom utredningsresultaten och rapporterar nattens händelser har jag en viktig sak att säga.” Han gjorde en kort paus för att vänta in allas uppmärksamhet. ”Jesper Ek kommer under pågående mordutredning att vara omplacerad till annan administrativ tjänst. Jesper är, som några av er vet, pappa till Joakim Rydberg som under mordnatten körde Frida Norrby i taxi till Klintehamn. Joakim hade också ett förhållande med Camilla Ekström, varför vi finner det olämpligt att Jesper Ek som nära anhörig tar del av några uppgifter som rör utredningen. Jag hoppas att alla förstår allvaret i det här.”

”Men jag tror inte att de har träffats på länge. Jesper sa att han inte sett sin son på nära håll de senaste åren, att morsan förhindrat det.” Erika lutade sig fram för att få medhåll av Maria. ”Visst sa Jesper att han försökte få kontakt med sin son, men inte lyckades för att pojkens mamma vägrade honom det?”

”Det handlar om polisens trovärdighet. Och om rättssäkerheten. Omplaceringen är inte permanent. Ek kommer tillbaka.” Hartman såg irriterad ut, han var för trött för att orka möta motstånd så här tidigt på morgonen.

”Vad får han göra i stället då?” undrade Erika.

”Cykelförrådet, tänkte jag. Ta emot anmälningar om stulna eller borttappade cyklar”, sa Hartman trött.

Erika himlade med ögonen, men hon sa ingenting. Ingen av de andra heller. Hartman fortsatte när han fått allas tysta medgivande.

”I fredags kväll fann Maria Wern distriktssköterskan Ingrid Bogrens kropp i ett gammalt stenhus på den egna gården. Hon hade varit saknad sen nittontiden kvällen innan, alltså i drygt 26 timmar. Hon gav sej av med cykel. Oklart varför hon släpade med sej cykeln ned i trädgården. Hon kanske hörde något ljud eller såg något hon ville kontrollera och cykeln hon ledde liksom bara följde med av farten? Efter det har vi inga uppgifter om att någon sett henne. Det var alltså hennes fostermor Signe Nilsson som senast såg henne i livet. De hade grälat. Vill du ta de tekniska detaljerna, Erika?”

”Likstelheten hade inträtt när hon påträffades och med utgångspunkt från likfläckar och andra fynd bedömer jag att hon togs av daga någon gång mellan klockan 19.00 och 21.00 på torsdagskvällen. Munkhuset där hon påträffades är inte den troliga mordplatsen. Det var för lite blod. Av krosskadorna i huvudet att döma har hon blivit nedslagen bakifrån med ett trubbigt föremål i nackgropen och snett uppåt. Något med spetsig ände. Ett smalt järnspett, kanske. En staketspjäla av smide eller något liknande. Döden torde ha inträtt ganska omgående.” Erika skickade runt en bunt med detaljerade bilder av skadan och kroppens läge på mordplatsen. ”Det har inte krävts någon särskild muskelstyrka när vapnet var så pass vasst.”

”Finns det en möjlighet att Signe Nilsson skulle ha haft tillräcklig styrka?” frågade Haraldsson när han lämnade bunten med fotografier vidare.

”Jag kan inte bedöma det”, sa Erika. ”Hon är gammal gymnast. De är ett segt släkte. Det är klart att hon kan ha känt sej så arg och så hotad av sin fosterdotter att hon i raseri och förvirring slår ned henne. Men om det är motivet ser jag ingen omedelbar koppling till branden hos Frida Norrby eller till flickan på badhuset. Två händelser på samma ort under loppet av några dygn kan förstås vara slumpen, men tre? Hur troligt är det?"

Hartman väntade in deras uppmärksamhet. "Till en början ska vi nog inrikta oss på att det kan vara samma gärningsman. Jag tror inte alla har hört den senaste rapporten om branden. Vi har alltså inte funnit Frida Norrbys kropp. Vilket kan betyda att hon är vid liv eller att något tagit henne av daga på annan plats eller att hon irrat iväg och brutit sej och blivit liggande. Vi har folk ute som knackar dörr vid Hunninge i Klintehamn just nu. Eftersom det finns ett möjligt samband har förundersökningsledaren beslutat att hålla ihop branden och morden som en utredning. Det kan bli tungrott, men det kan också ha sina fördelar om det visar sej vara samma gärningsman. Mellan 19.00 och 21.00 på torsdagen blir alltså Ingrid Nilsson dräpt här på Möllebos." Hartman fäste en nål i den karta han riggat upp vid sidan om blädderblocket. "Här vid kyrkan ligger Frida Norrbys hus och där utbryter en brand mellan 02.30 och 04.00 senare samma natt, alltså natten mot fredagen. Frida försvinner från sitt hus i taxi klockan 00.00. Hon kan ha tänt på själv. Det är inte alls otroligt. Vi har dock vittnen som passerat i bil kl 02.30. Ett ungt par med en kolikbaby som behövde skakas runt ett par timmar för att komma till ro, stackars människor." Hartman drog en djup och eftertrycklig suck. "De har inte sett någon brand eller känt lukten av brandrök. Det finns en möjlighet att brandutvecklingen till en början varit långsam. Därefter fann man skelettet av ett spädbarn ..." Hartman vände sig till Erika i väntan på en fortsättning.

"När det gäller det barnskelett man påträffat är det av äldre datum. Det är inte ett barn som dött vid branden. Hur länge sen det var den lilla levde kan vi inte svara på ännu. Det är givetvis av intresse att veta varifrån Frida fått skelettet. Kan hon ha grävt upp det på kyrkogården av någon obegriplig anledning? Kan hon ha haft barnkroppen gömd i decennier? Det tar lite tid att datera fyndet, men när vi vet hur gammalt det är kan vi gå tillbaka i personregistret och se vilka som dött eller försvunnit på orten vid den tiden."

"Skulle tanten ha någon glädje av att bränna ned sitt hus bör hon dyka upp igen och kräva ut försäkringspengar." Eriksson skruvade lite på sig. Det kändes olustigt med hela utredningen och bristen på bevis. Att försöka skämta var ett sätt att hålla det ifrån sig.

"Såvida hon inte var så förvirrad att hon inte alls visste vad hon gjorde", sa Maria. "Flera vittnen har talat om att hon inte var alldeles vid sina sinnens fulla bruk."

"Och så har vi då Camilla Ekström." Hartman fäste en nål på kartan vid platsen för Romabadet. "Någon gång mellan 21.00 och 23.00 på måndagskvällen tänker vi oss att hon avlidit av ett astmaanfall. Enligt föräldrarna var hon kraftigt allergisk mot björkpollen och någon hade lagt in ett fång björkris i bastun och sen förslutit dörren med kilar av metall som tog emot när dörren skulle öppnas utåt."

"Vilka av de som förekommer i utredningen visste att hon inte tålde björkpollen? Har ni kollat det"? undrade Erika och vände sig till Maria.

"Väninnan Stina som var med henne på badet, distriktssköterskan Ingrid ... Om hon hade besvär av sin pollenallergi och satt och snörvlade i kassan på Ica var det nog tydligt för de flesta. Gun, som går på min akvarellkurs, nämnde det. Frågan är om Joakim visste om det?" Maria bytte en hastig blick med Hartman.

"Det är alltså tidsmässigt möjligt att en och samma person skulle ha kunnat begå samtliga dåd. I dag på morgonen har vi kallat in Joakim Rydberg till ännu ett förhör. Beroende på vad det ger får vi se om vi behåller honom eller släpper honom."

"Vad skulle han ha haft för motiv?" undrade Maria och försökte se honom framför sig. En vältränad ung man med djup blick och ett förödande vackert leende trots nattvak och bakrus. Han såg inte ut som en brottsling, utan snarare som en filmhjälte. Det sägs att vackra fångar får kortare straff. Är vi så lättpåverkade? ”Kände han ens distriktssköterskan?” fortsatte hon.

”Distriktssköterskor kan bära på många hemligheter. Det skulle i så fall vara än mer obegripligt att han eldade upp Frida Norrbys hus. Om han tog med sej tanten och tände på … nej, jag får ingen vettig mening i det.” Hartman gnuggade sina tinningar. ”Tänk om hon tände på själv. Joakim kanske hämtade henne mot hennes vilja. Och då tände hon eld för att få uppmärksamhet.”

”Låter väldigt långsökt. Det var ju hon själv som ringde efter taxi?” inflikade Erika.

”Hur vet vi att det var hon själv som ringde? Vi kanske bör dra ut telefonlistor och prata med taxis växel.” Hartman lossade slipsen och drog efter andan. Rummet kändes kvavt trots att fönstret stod öppet.

”Det har vi gjort.” Eriksson räckte över papperen till Hartman. ”Vi har också fått in uppgifter från ett annat taxibolag. Frida Norrby kördes hem på natten av Taxi Kurir. Hon var hemma vid tretiden, alltså en dryg timme innan branden upptäcktes. Taxichauffören fick hjälpa henne in i huset. Hon verkade trött och medtagen och var väldigt smutsig. Han sa det. Smutsig. Lerig, så han la ut en tidning åt henne att sitta på för att inte förstöra klädseln i bilen. Han sa att hon knappt orkade få upp nyckeln ur väskan. Han fick hjälpa henne in i köket så hon fick sätta sej på en stol. Ledsen, men hon finns nog där i resterna efter branden. Källaren är väl ännu inte undersökt?”

”Det är möjligt att hon tog skydd i källaren. Om det förhåller sej så vet vi det inom loppet av någon dag, men det verkar inte så troligt. Källaren var egentligen bara en krypgrund. Det gick inte att stå upprätt där nere.” Erika Lund drog händerna genom sitt mörka hårsvall. ”Källardörren var låst, det har vi kunnat konstatera. Men visst, hennes kropp kan finnas under det nedrasade golvet. Vi har en liten bit kvar att gräva igenom."

"Då innebär det att Joakim Rydberg inte var den som såg Frida sist i livet eller hur? Jag menar, i det fallet är han inte mer misstänkt än någon annan?" Maria Wern såg på Hartman utan att egentligen vänta sig något svar.

Eriksson inflikade: "Han har desto starkare koppling till Camilla Ekström. Enligt personalen på Ica och senare på badhuset var han där och frågade efter henne. I badhusets reception var han strax innan de skulle stänga. Han var otålig och ohövlig, sa de. Han skulle ha gått in på damavdelningen och hämtat henne om de inte hindrat honom."

"När det gäller städaren på badet, Sebastian Sverkersson, som fann flickan i bastun, har jag lite nya uppgifter. Han har enligt modern en personlighetsstörning och är för stunden försöksutskriven. Han har dock aldrig uppträtt våldsamt tidigare. De gånger han omhändertagits har han varit självskadande men aldrig utagerande." Haraldsson tog av sig kavajen och hängde den över stolsryggen. Vårsolen sken in genom de stora fönstren och fick värmen att stiga snabbt i rummet. "Det var modern som kontaktade mej. Hon var rädd att Sebastian i förhör skulle bekänna saker han inte gjort. Han lider av tvivelsjuka, sa hon. Han behöver bekräftelse i allt han gör och är sällan helt säker på att han kommer ihåg rätt eller gör rätt."

"Visitkorten då, de han lockar kvinnor till massage med? Har han tryckt upp dem själv?" undrade Erika med nyväckt intresse.

"Där har vi faktiskt Joakim Rydberg igen. Enligt Sebastians mamma är det Joakim som tryckt upp dem. Joakim och Sebastian gick i samma klass på Södervärnsskolan och Joakim var sällan där, men idkade en del affärsverksamhet med sina klasskamrater. Det verkar som att han fortsatt på den banan utan att redovisa sin verksamhet för skattemyndigheten. Bara det räcker för ett förhör."

"Har Sebastian någon koppling till Frida Norrby eller distriktssköterskan, som vi vet?" Hartman justerade nålarna på tavlan och stoppade sedan händerna i byxfickorna och vägde på hälarna så att överkroppen svajade. Om han satte sig ned nu skulle han somna sittande.

"Vi har inte hittat något som leder till Frida Norrby. Däremot var det ofta syster Ingrid som såg till Sebastian och ordnade så att han fick sin medicin delad i dossett och att han kom in till sjukhus när han mådde sämre. Där finns alltså ett samband." Eriksson gick fram till det öppna fönstret. Utanför på parkeringen stod en bil från en av kvällstidningarna och två från dagspressen och dessutom en bil med nyhetskanalens logga på dörren. "Hartman har en hel uppvaktning här ute. De tänker äta dej till frukost, Tomas."

"Vi har inte tillräckligt på fötter för att sy in Joakim Rydberg för gott ännu. Men Eriksson får meddela honom att hålla sej anträffbar", brummade Hartman.

22

Simon Bergvall satt och drack kaffe på ”Espegards lilla kringla” mitt emot Roma Sockerbruk när samtalet från polisen kom. Fast han väntat sig det kom det ändå som en chock. Han hade just avslutat sin påtår och tänkte sedan sätta sig i bilen och fara till Ejmunds gård för att köpa något att grilla inför avslutningen på årets akvarellkurs. Grillspett och tryffelsmör hade han tänkt sig att inhandla i Björke och så lite färskpotatis till det. Polisens samtal kom väldigt olägligt ur den aspekten. Efter många trevare lyckades han stämma träff med dem utanför gårdsbutiken. Ett kort ögonblick hade han befarat att de skulle vilja se hans lägenhet. Av princip släppte han aldrig in någon i sin bostad. Det var en frizon, en plats där han ville få vara ensam och tänka sina egna tankar och ha sina egna ordningar utan att någon la sig i. I yngre år hade han gjort några halvhjärtade försök att leva tillsammans med kvinnor, men det hade alltid slutat i irritation från båda håll, med gräl om arbetsfördelning, gråt och uppbrott. Han hade bestämt sig för att aldrig mer släppa in en kvinna i sitt liv. Det var inte värt besväret. Även om vissa kvällar var mycket ensamma, så var de ändå lugna och harmoniska jämfört med de kvällar av skrik och bråk han upplevt som sambo. Så träffade han Ingrid. Nu när han tänkte på henne blev ögonen dimmiga av gråt. När han ringt och Maria berättat att hon funnit Ingrids döda kropp i det gamla stenhuset vid Möllebos hade han visserligen gråtit, men ändå inte riktigt kunnat ta in det som hänt. Det var först nu som han förstod den fulla innebörden.

Ingrid och han skulle aldrig mer, aldrig någonsin mer … Den lilla gropen på halsen skulle han aldrig mer få kyssa. Från början hade det väl handlat om att han behövde fysisk kontakt och bekräftelse, men sedan hade deras förhållande vuxit till kärlek. Mer än han hade förstått. Den bekräftelse han fick av andra damer på nätet vägde lätt som en fjäder mot detta. Det var helt betydelselöst, en förströelse bara.

Efter samtalet från Mirja senare samma kväll hade han väntat att polisen skulle höra av sig. Dummare var han inte. De skulle gå igenom hennes dator och trampa runt i det som var ömtåligt och heligt. Tanken på somliga mejl fick färgen i hans ansikte att stiga någon grad. Men vad fan, han var bara en vanlig människa, med vanliga mänskliga behov. Det som skrivs i förälskelsens rus förvandlas till floskler och trams i klinisk lysrörsbelysning. Ingrids vackra ord, all hennes värme och förståelse, skulle de dissekera under lupp. Det äcklade honom. Ingrid hade till och med förstått hans starka längtan efter att då och då få vara ensam, en livsnödvändighet som de tidigare kvinnorna i hans liv hade funnit onaturlig. Det hade i stället fått dem att klänga sig fast tills han inte längre stod ut med dem. Men Ingrid förstod. Hennes behov av att få vara för sig själv ibland var lika starkt som hans och det fanns en uppenbar attraktion i det. Om man är ensam för att tänka ibland har man mer att dela med sig av till den man älskar. Ett inre landskap värt att studera. Redan när han såg hennes akvareller hade han anat insidan. Att det fanns något bakom den alldagliga uppenbarelsen, en kvinna fylld av passion och ett gnistrande intellekt. Det fanns ingen tvekan i penseldragen. Inga plagiat. Inga osäkra blyertsstreck för att finna väg. Och ändå kunde han undra vad som gav henne modet att visa honom det hon så väl dolde för alla andra. Hon hade vågat lita på honom och det hade fyllt honom med stolthet, men också med en rädsla att inte kunna leva upp till bilden av den halvgud hon målat. I skymningen hade han sett henne vandra i örtagården tills de andra som var med på kursen hade farit hem var och en till sig. Då hade hon kommit tillbaka in i huset och visat honom mappen med de bilder hon hemligen gjort av honom. Det var en kärleksförklaring. Den vackraste han någonsin fått.

Utanför gårdsbutiken på Ejmunds gård busade Maria Wern med tryffelhunden som var en mycket lekfull labrador. Han jagade en punkterad boll med en iver som fick dem att skratta. Erika Lund satt med benet i högläge och åt glass. De hade väntat på Simon Bergvall en god stund när han dök upp. Det som vid en första anblick tyckes så lekfullt förbyttes snabbt i myndig effektivitet. Maria borstade av sina kläder som bar märken efter stora leriga tassar.

"Jag anar att du väntat dej att vi skulle höra av oss." Maria slog sig ned vid bordet och visade med en gest på den tomma trädgårdsstolen mitt emot sig. "Var så god." Simon såg sig hastigt omkring. Det fanns inga andra människor i närheten. Han ryckte på axlarna och satte sig.

Maria tog de nödvändiga personuppgifterna. "Var befann du dej under torsdagskvällen och natten till fredag?"

"I torsdags kväll ..." Simon drog sin trubbiga näve genom skägget medan han funderade. Jag var på Kungsgården hela dagen. Butiken har precis öppnat för säsongen och jag hjälpte till att ställa i ordning och att städa ur caféet. Helst skulle man vilja göra en öppning i muren ut mot trädgården, men byggnaden är kulturminnesskyddad. Vi skissade på en skrivelse till berörda myndigheter om det. Klockan var nog strax efter åtta på kvällen när jag gick hem. Jag bor ovanför 'Espegards lilla kringla', mellan Ica och Coop. De hade precis stängt, så jag hann inte handla någon kvällsmat. Det blev havregrynsgröt. Jag gick och la mej tidigt. Nej, jag har ingen som kan intyga det. Jag var ensam hemma. Så är det när man är singel."

"I fredags kväll vet jag vad du gjorde. Vad hade du för dej fram till måndagen?"

”I helgen satt jag hemma och söp mej redlös, om du absolut vill veta det. Ingen visste att Ingrid och jag ...”

”Och ingen kan intyga att du var hemma?”

”Ingen. I måndags var jag hos Mirja och Gunnar. Hon hade beställt akvarellpapper.”

”Passerade du möjligen badhuset på hemvägen?” sa Maria i lätt ton.

”Jag vet vart du försöker komma.” Simon sträckte på sig i sin fulla längd och såg Maria Wern rakt i ögonen. ”Jag har inget att göra med den där flickan och jag dödade inte Ingrid. Jag älskade henne. Jag förstår om jag ligger jävligt risigt till, men jag är oskyldig.”

Maria upprepade frågan han måste besvara. ”Var du på badhuset i måndags?”

”Jag var där för att kolla öppettiderna inför sommaren och fråga efter min cykelnyckel som jag tappat. Tänkte börja ett nytt och bättre liv, göra något åt det här fläsket.” Han tog ett stadigt tag om den del av magen som hängde över bältet. ”Jag tänkte börja simma och frågade i receptionen vilka tider som gällde. De minskar sitt öppethållande över sommaren. Sen gick jag hem ... Maria, du känner ju mej, du kan bara inte tro att jag har gjort det?”

”Det är mitt jobb att ställa de här frågorna, Simon. Jag drar inga slutsatser ännu. Du kom hem. Hur såg resten av kvällen ut?”

”Jag satt vid datorn och kollade runt lite.”

”Men du var hemma resten av kvällen.”

”Ja, för i helvete!” Simons rödsprängda ögon såg ut att kunna tränga ur sina hålor. Händernas grepp om bordet vitnade som om han i vrede när som helst skulle kunna välta det över dem. ”Jag gjorde det inte. Men jag skulle kunna döda den som tog livet av den kvinna jag älskade.”

”Jag har en fråga till”, sa Erika och ställde sig snett bakom Simons rygg. Hon verkade också ha uppfattat situationen som hotfull. ”Vi talade med en städerska på badet. Hon hade vid ett tidigare tillfälle sett dej ligga på golvet och kika in i damernas omklädningsrum, är det riktigt? Städerskan berättade att hon öppnade dörren och träffade dej med den så att du föll omkull och landade på din ryggsäck. Brukar du göra såna saker?"

"Nej! Det är inte som ni tror."

"Då kanske du får berätta för oss hur det var", sa Maria.

Simon stönade högt och skakade på huvudet som om han ville bli av med en irriterande fluga. "Jag tappade min cykelnyckel på golvet och den gled in under dörren, in på damavdelningen alltså. Jag vet att det låter helt vansinnigt, men det är sant! Och när jag böjde mej ned för att se om jag kunde nå den med fingrarna fick jag dörren i skallen och sen frågade de om jag hade min fru där inne och jag kom mej inte för med att säga någonting alls för situationen var så absurd. Jag fattade ju vad de skulle tro."

"Fick du tillbaka din nyckel?"

"Inte då, men i måndags kväll. Jag frågade om de fått in nyckeln och det hade de. Ni kan kolla med de som jobbade."

"Det har vi gjort", sa Erika.

"Jag skulle vilja att vi talar mer om din relation med Ingrid", fortsatte Maria. "Det kom ärligt sagt lite som en överraskning."

Simon strök med handen över ögonen och en tår trillade igenom fingrarna och föll ned i skägget. Han satt så en stund alldeles tyst. "Ingrid och jag bestämde oss för att flytta ihop. I torsdags skulle hon berätta det för Signe. Jag vet inte om hon gjorde det, om hon vågade. Det är obegripligt att en mor kan ha sån makt över sin dotter. Så helt ofattbart att hon har kunnat styra och ställa med Ingrid så in i detalj ett helt liv." Simon såg sedan upp mot himlen medan tårarna rann utför kinderna. "Jag dödade henne inte, ni måste tro mej."

"Vi tror ingenting än så länge. Visste du att Signe inte var Ingrids biologiska mor? Att hon inte var adopterad heller?" Erikas frågor kom rappt i hopp om ett svar utan betänketid.

”Nej, vad skulle det spela för roll menar du?”

”Visste du att Ingrid inte skulle ha ärvt Signe om det inte stod så uttryckligen i testamentet?”

”Jag förstår fortfarande inte vad det skulle ha för betydelse.”

”Gården är värd miljoner”, sa Erika och skakade på huvudet åt hans tröghet.

”Vem skulle ärva Signe nu då?” Simon ställde frågan utan något egentligt engagemang.

”Det vet ingen. Hon kanske inte ens har beslutat det.”

23

Eftermiddagssolen gav polishusets fasad en varmare nyans. På väg mot Hartmans rum stötte Maria Wern ihop med Camilla Ekströms föräldrar. De var brunbrända och klädda i fräscha sommarkläder, men en sjuklig gråhet lyste igenom i kvinnans ansikte. Ögonen var stora och svarta. Mannen höll sin arm om hennes axlar. Hans drag var som huggna i sten. Ögonen utan liv och blicken fäst långt, långt bort för att slippa kontakt. Maria hälsade på dem, men de besvarade inte hennes gest. Stegen var snabba. De ville ut. Bort från det hemska. Bort från orden de inte ville höra. Detaljerna kring sin dotters död. De var skyldiga Camilla att lyssna och varje ord var en plåga. Maria hoppades att de hade varandra, att de i avskildhet skulle kunna visa den oerhörda smärta de inte kunde släppa fram bland andra människor. Kanske behövde de uppbåda hela sin behärskning för att kunna svara på de frågor som måste ställas om dottern.

Föräldrarnas sorg väckte sorgen i Maria till liv, det kom så hastigt på. Tankarna på Per. Maria skyndade in på toaletten. Sköljde ansiktet i iskallt vatten, knep sig i armen för att hindra gråten. Hon hade inte tid, verkligen inte tid med sin egen plåga just nu. Hon samlade sitt hår i en stram hästsvans, slog sig själv på kinderna så att de sved. Skärp dig, skärp dig. Kom igen nu. Hon tog några djupa andetag och gick ut i korridoren mot Hartmans rum. Tacksam att han hade tagit samtalet med föräldrarna.

”Hur går det för dem?” frågade hon när han öppnade dörren till sitt rum igen. Hartman såg helt förkrossad ut och skakade långsamt på huvudet. ”Det är hårt för dem. Så hårt … så ohyggligt.” Han bet ihop käkarna och stirrade i taket för att tårarna inte skulle rinna över. ”Och hur går det för dej, min vän?” frågade han när han hämtat sig något och la märke till Marias ansikte.

Hon ryckte på axlarna för att skaka av sig olusten. ”Vi tar det sen.”

”Kan det finnas något värre än att förlora sitt barn?” Hartman var alldeles blek i motljuset. ”Camilla var deras enda barn. Med henne förlorade de hela framtiden, sa hennes mamma. Vi måste ta den som gjort det här. Om det kan lindra deras helvete något. Vi måste satsa allt på att ta gärningsmannen. Även om det innebär att utredningen måste lämnas över till Rikskrim. Vi får inte lägga någon prestige i det. Vi ska jobba systematiskt och noggrant och inte låta en enda liten detalj glida oss ur händerna. Det är synd att det inte går att plocka in alla misstänkta och hålla dem kvar tills utredningen är klar.”

”Om vi gjorde det skulle de bli dömda av media utan rättegång. Det skulle drabba oskyldiga.”

Hartman reste sig och gick fram till fönstret, öppnade det och tog några djupa andetag. ”Har du något nytt?”

Maria gjorde en kort sammanfattning. ”Jag har bett Eriksson ta fram allt han kan hitta på Simon Bergvall.”

Hartman fick en ny glimt i ögonen. ”Men Signe lever fortfarande och kan faktiskt testamentera sin gård till vem hon vill. Ingrid var aldrig adopterad, sa du. Vet du, jag är inte alls säker på att det är motivet. Varför skulle Simon Bergvall i så fall döda Camilla? Och bränna ned Frida Norrbys hus? När jag pratade med Camillas föräldrar kom jag att tänka på en annan sak.”

”Ja?” Maria lyssnade uppmärksamt.

”Om Simon dejtade friskt på nätet så kanske han hade en affär med Camilla också. Han var liksom på jakt och Camilla måste han ha träffat i affären flera gånger. Hon var uppseendeväckande söt om man gillar småflickor. Frida bodde granne med henne. Hon kan ha sett något, som Bibbi säger, och Simon kanske var rädd att hon skulle skvallra för Ingrid. Vi vet ju inte om Simon visste att Ingrid var arvlös, eller hur? Vad kan en sån gård vara värd?"

"Miljoner, flera miljoner. Men hennes kärlek kanske var värd mer än så för honom?"

"Människor har blivit dödade för betydligt blygsammare summor än en miljon." Hartman återvände till sitt skrivbord.

Maria undrade om han lyssnat alls på det hon sa, han verkade vara helt inne i sina egna tankar.

"Det är tänkbart", fortsatte han. "Vi måste vara öppna för alla möjligheter. När jag pratade med Camillas föräldrar om hur flickans vardag hade sett ut berättade de om år av mobbning. Stina Haglund gjorde livet till en ren mardröm för Camilla under hela högstadiet. Först var de bästisar. De gjorde allting tillsammans. Camillas mamma berättade att de var så tajta som bara tonårstjejer kan vara, sov över hos varandra, lånade varandras kläder, ringde och pratade i timmar när de inte sågs. Det var som en kärleksrelation som förbyttes i svartsjuka när Camilla ville vara med någon annan ibland. Jag har aldrig fattat varför tjejer har så inkokta förhållanden. Aldrig gjorde vi grabbar så. Vi kunde vara hur många som helst och alla fick vara med, men tjejer är två och två. Ändå upp i pensionsåldern är det så. Min fru kan inte bjuda två väninnor ihop så att de blir tre, de måste träffas på tu man hand."

"Så är det nog, men jag vet inte varför." Maria kände sig lite otålig. "Vad sa de mer?"

"Camilla flyttade till fastlandet så fort hon slutat skolan. Men så kom hon tillbaka nu i maj. Hon hade fått ett sommarjobb i Ica-affären och återtog kontakten med Stina efter att de råkats på stan."

”Vad skulle det vara för motiv om det är Stina som är skyldig till hennes död? Ett practical joke som spårade ur?”

Hartman rev sig i huvudet medan han funderade. Det grå lockiga håret såg ut som stålull. Han hade inte hunnit duscha på ett par dygn, gissade Maria. ”Det var Stina som såg Camilla vid liv sist. Vad vi vet. Enligt dagboken hade Camilla ett förhållande med Joakim som Stina hade högst på sin önskelista.”

”Ja, men det är sånt som vanligen drabbar en i tonåren.” Maria kunde utan svårighet erinra sig flera sådana episoder i sitt eget liv, både som den som blev sviken och den som svek. Det är en del av livets villkor. ”De är ju bara barn. Mordet på Camilla var så utstuderat och grymt. Har vi tagit in Stinas dator för kontroll?”

”Ja, och du anar inte hur upprörd hon blev. Det är klart att det är oerhört kränkande för privatlivet att få sin hårddisk genomgången, men när det gäller mord finns det inget att välja på. Vi kommer snart att få veta vad Eriksson hittat. Vi har också gått igenom mobilsamtalen till Camilla för den aktuella kvällen. Hon hade fast abonnemang. Men där fanns inget oväntat. Ett samtal från Joakim Rydberg, flera sms från honom och ett från Stina.”

”Anta nu att Stina planerade och genomförde mordet på Camilla. Jag hoppas verkligen att det inte är så, men om …” Maria kände en ilning av obehag i maggropen, ett lätt illamående när hon tänkte på hur Stinas liv i så fall skulle gestalta sig framöver. ”Men om … har det då ett samband med Ingrids död och Frida Norrbys? Skulle hon ha dödat alla tre, menar du?”

”Ingrid var distriktssköterska. Vi pratade förut om att en sköterska kan ha många hemligheter. Ingrid var inte så bra på att hålla på sin tystnadsplikt. Camillas mamma berättade att hon på bussen in till stan hört Ingrid berätta för Frida Norrby om en tonårsflicka i Roma som blivit omhändertagen för fylla. Frida ojade sig över hur det bär av med ungdomen nu för tiden och fyllehistorien var Ingrids inlägg i konversationen. Den unga flickan hade haft ohämmat sex med flera unga män och sen velat testa sig mot alla sorters sjukdomar. Camillas mamma hade suttit bakom dem och hört allt-ihop och kunde utan problem gissa sig till att det handlade om Stina. Ingrid talade med ganska hög röst och det kan vara fler som uppfattade den saken. Om någon som satt på bussen sen berättade det här för Stina så skulle hon med all rätt bli väldigt arg." Hartman skruvade olustigt på sig. "En tanke bara."

"Ja, men det räcker liksom inte till ... för mord. Eller gör det?" Maria var tveksam. "Det kanske inte ens handlade om Stina."

En knackning på dörren avbröt samtalet. Erika Lund stack in sitt brunlockiga huvud. Haraldsson makade på sig så att hon fick plats.

"Frida Norrbys kropp fanns inte med i branden", sa hon. "Jag fick svar från teknikerna nu. Och barnskelettet är enligt kol-14-metoden precis som jag trodde mycket gammalt. Äldre än jag trodde. Antagligen från 700-talet. Ett offer vid Alltinget, det högsta tinget på Gotland. De offrade söner och döttrar om skörden slog fel. Vad skulle tanten med det till?"

"Det var som tusan. Ja, varför hade hon ett sånt skelett hemma? Det verkar inte riktigt friskt. Vart kan hon då ha tagit vägen?" Hartman drog med näven genom sitt lockiga hår. "Kan hon ha tagit taxi från sitt hem ytterligare en gång, efter klockan tre? Har vi kontrollerat Joakim Rydbergs resor under natten och de andra taxibolagen?"

Maria la papperet framför honom. "Jag har begärt fram en lista från taxibolaget. Efter fredag morgon klockan tre har ingen sett Frida Norrby."

"Så egentligen vet vi inte om hon lever eller är död? Risken finns att vi hittar hennes kropp någon annanstans. Det finns en brunn på gården. Man bör undersöka den. Hon kan ha blivit nedslagen ..."

"Vi har gått igenom uthusen och brunnen", sa Haraldsson och såg upp från dataskärmen. "Inget."

"Vart skulle hon kunna ta vägen om hon lever? Har hon vänner eller släktingar i närheten som hon kunde besöka mitt i natten eller ligger hon i ett dike med brutna ben?" Hartman rev sig i hårbotten så att det knastrade. "Jag fick en annan tanke. Den är inte alls vacker, men alla möjligheter måste prövas."

"Vad tänker du då?" frågade Maria.

Hartman tvekade en kort stund. "En del dementa personer utvecklar förföljelsemani", sa han sedan. "Frida Norrby har enligt flera vittnen blivit allt mer konstig. Distriktssköterskan hade ju varit till henne varje dag och kanske började hon tala om fördelarna med att komma in på ett hem. Det kan upplevas som ett hot. Vi vet inte säkert hur Frida uppfattade distriktssköterskan, menar jag. Och Camilla bodde granne. Hon förföljde ju faktiskt Frida Norrby mitt i natten för att hjälpa henne till rätta. Tänk om det är Frida Norrby som tagit livet av dem för att slippa att själv bli förföljd och internerad på en demensavdelning?"

24

När Frida Norrby vaknade av en mäktig knall var det mörkt ute. Regnet dånade mot plåttaket och dränkte alla andra ljud. Hon sträckte på sig och satte sig hastigt upp i det stickiga höet. Var befann hon sig egentligen? Hon studerade de tunga takbjälkarna och kunde inte minnas hur hon hamnat där hon nu var. Kroppen var ovan vid det hårda liggunderlaget och kändes stel och otymplig. Hon måste ha legat på ena armen för den var bortdomnad, och ryggen värkte så att hon kippade efter andan när hon reste sig till sittande.

Ljuset från en blixt letade sig in genom fönstret och föll på foderbalarna vid lagårdsväggens långsida. Korna trampade oroligt i sina bås. Hon var i en lagård, så mycket begrep hon, men var? I drömmen, vars stämning ännu färgade verkligheten, hade hon varit på en sjö med svart kallt vintervatten. Helge hade rott båten. På nåd och onåd hade hon varit utlämnad till hans välvilja: Litar du på mig, Frida? Hans ögon hade varit svarta som botten av träsket. Det hade inte gått att utläsa något av hans blick. Litar du på mig? Dimmorna över vattnet hade tätnat och materialiserat sig till en munk utan huvud. Han passerade dem i sin vita kåpa. Gled förbi dem på vattnet nästan majestätiskt. På hans hand glänste en ring. En ovanlig ring som såg mycket gammal ut. Han gav den till henne och hans röst var ett eko av en gammal sång. *Först när givaren är död ... och du må ej varda ledsen, min kära ...* Hon försökte erinra sig så många detaljer ur drömmen som möjligt. Så märkligt att hon kunde minnas dofterna också i vaket tillstånd. Pors och mynta blandat med andra mer svårdefinierbara förnimmelser av svett och aska. Helge hade varit så ung och stilig att det gjorde ont att se honom. Själv var hon gammal och skrumpen och försökte dölja sitt åldrade ansikte för honom så att han inte skulle vämjas av åsynen. Hon skämdes så ohyggligt för sina rynkade händer och försökte gömma sitt ansikte i sjalen, men han bara skrattade åt hennes förlägenhet. På stranden stod Signe i vit brudklänning, också hon ung. Så plågsamt ung och slät i hyn. Litar du på att jag älskar dig, hade Helge skrattat mot henne och plötsligt brast masken och han förändrades framför hennes ansikte. Åldrades. Håret vitnade. Han sjönk ihop. Händernas tag om årorna mjuknade och han föll ihop till stoft. När det inte längre fanns någon kraft i årtagen hade en stilla bris fört dem framåt mot stranden där Signe stod. Signe, det var hos Signe hon befann sig nu. Det var dit han hade fört henne i sin båt och sjön var kvarndammen vid Möllebos. Vad ville du visa mej, Helge?

I det svaga gryningsljuset vecklade Frida upp kartorna ur det slitna bruna kuvertet. Hon tyckte om att stryka med sin hand över dem så som han hade gjort. Det var nästan som att nudda vid honom. På Hunninge gård hade det inte funnits något att hämta. I en av Helges lådor hade hon hittat en gammal folder som berättade att gården enligt ett gammalt rykte fått sitt namn efter biskop Unni som kom för att missionera efter Ansgar på 900-talet. Biskop Unni hade kommit i land på södra Gotlands västkust och stannat över natten på en gård nära Klintehamn. Vissa ansåg att han stenats till döds, andra att han blev sjuk och dog och att huvudet skiljdes från kroppen och skickades till Bremen som relik. En väg från gården där han bodde kallas ännu Biskopsgatu. Vad det var för märkvärdigt med det kunde inte Frida begripa, och inte heller kunde hon begripa vad hon skulle göra vid Kulstäde. Det hon visste om den platsen var att Gotlands första träkyrka legat där och att den sedan bränts ned, precis som det stod att Ansgars första kyrka brändes när han försökte kristna hedningarna i Sverige innan han återkom på en ny missionsrunda och lät bygga en stenkyrka. Kul kom av kol, en hög av kol blev det kvar.

Nästa kryss på kartan var Möllebos.

Natthimlen lystes upp av ett blixtsken. Korna råmade och en åskknall fick luften att vibrera. Frida såg ut genom lagårdsfönstret. Det var på Möllebos hon befann sig, precis som hon trott, och där inne i huvudbyggnaden låg antagligen Signe och sov och syster Ingrid. Hon måste akta sig noga för att bli sedd av distriktssköterskan. Problemet var att Ingrid bara lämnade huset i dagsljus och i dagsljus skulle Frida bli synlig. Ingrid hade pratat om att Frida behövde komma in till sjukhuset på utredning. Utredning, pah! Utredd borde hon bli själv, vuxna människan som inte kunnat släppa sin fostermors kjoltyg fast hon snart var femtio. Fanns det någon som borde utredas så var det Ingrid. Det hade Frida sagt till henne. Faran var förstås att Ingrid blivit arg och sedan skulle börja prata dumheter för att ge igen när Fridas ord smärtade henne. Tänk om hon fick någon myndighetsperson med sig, om hon fick medhåll i sina tokerier om att Frida inte kunde ta vara på sig. De kanske skulle hämta henne med våld och föra henne till dårhus där hon resten av sitt liv hade att vistas bland skrikiga människor utan sans. Hur står man ut i åratal på en sådan inrättning utan att själv bli galen? Personalen får ju gå hem, men tänk att vara där dygnet runt, året om, utan nåd. Dag efter dag i vanvettig väntan på liemannen som enda muntration. Medan hon funderade på hur hon skulle närma sig Signe utan att själv bli sedd mjölkade hon en lugn och rundmagad ko som hette Theodora. Hon hade letat en stund efter något att ha mjölken i. Det stod en liten plåtburk med nubb och spik och muttrar i på golvet bredvid dörren, den fick duga som kärl. Med vana tag lät hon mjölken strila mellan fingrarna ned i muggen. Det fick bli frukost eller kvällsmat. Frida kunde inte säkert bedöma om skymning eller gryning rådde där ute. Skorporna hon tagit med sig hemifrån fick vara till senare. Dem måste hon spara på.

När regnet hade upphört svepte hon ett hästtäcke om kroppen och lät en flik av tyget falla över huvudet så att ansiktet befann sig i skugga innan hon begav sig upp mot boningshuset. Filten var i ljusaste laget, men det fanns inget annat att svepa om sig och det var kyligt ute. Vita ångor steg ur kvarndammen och regnet droppade ur träden. Vätan från det fuktiga gräset trängde snart igenom de nötta skorna där sulan släppt en aning från ovanlädret. Frida kände plötsligt att hon frös, kanske mer inifrån än av själva kylan utomhus. Hon slog ett par åkarbrasor och stampade med fötterna i marken. I den stunden såg hon en mumie på verandan högt ovanför sitt huvud. Signe i vitaste svepning. Det kom så oväntat så att hon måste ha flämtat till, och själva ljudet av hennes egen flämtning skrämde henne så att hon nästan skrek, men i sista stund behärskade hon sig. Om Signe hörde till de dödas skara, de vars andar finns överallt, skulle det inte hjälpa att springa. Och om hon hörde till de levande var det här Sanningens minut, den som Frida väntat på. Så resonerade hon för sig själv medan hon sakta skred nedanför takterrassen i sitt ljusa täcke. Nu rörde sig mumien lite där uppe. Nog vände hon lite på huvudet och vad hände nu? Signe reste sig upp från stolen och rusade in i huset. Blev hon skrämd? Då var hon alltså levande.

Frida hittade nyckeln till ytterdörren på den vanliga platsen ovanför dörrkarmen. Långsamt och försiktigt vred hon ned dörrhandtaget och ställde sig i hallen, precis så som hon gjort de nätter Helge varit försvunnen. Alldeles stilla hade hon då stått där nere i hallen och lyssnat på hans bekännelser och Signes ledande frågor. En satans orm var hon. En kvinna med kluven tunga och falskt hjärta. Hon förtjänade döden, en långsam plågsam död, eftersom man aldrig säkert kan veta om helvetets lågor finns förrän man är där. Frida kände äcklet stiga i halsen, kylan och likstelheten som spred sig i kroppen när musklerna försvarade sig mot det hon inte ville höra. Hon borde ha rusat därifrån, men kunde inte. Och orden hade ätit sig in som likmaskar, ätit sönder det som varit kärlek och tillit mellan man och hustru. Nu stod hon där igen i samma hall med samma känsla fast hon trodde att hon hade lyckats glömma och förlåta när Helge lovade och försäkrade att inget hade hänt. Inget fysiskt. Som om det var det enda som räknades. Nu kom samma hat och samma känslor av värdelöshet över henne. Hon hade inte kunnat ge honom ett barn. Han hade inte ens velat dela sin besvikelse med henne. Tystnaden hade växt mellan dem. En kvävande tystnad. Han hade valt att dela sina innersta tankar med Signe i stället. Det hade inte spelat någon roll i vems säng han låg längre – allt var förstört, hade hon sagt till sig själv. Om han låg bredvid henne och längtade någon annanstans där han kunde vara förtrolig försvann själva meningen med alltihop. Då kunde han gå. Men när hon sa det hon tänkte hade han bedyrat henne sin kärlek och hon hade lovat att glömma och förlåta. Kanske gjorde han det av feghet, av rädsla för förändringen om han lämnades ensam. Så de fortsatte sitt liv tillsammans i tystnad.

Hon hörde hur Signe rumsterade om där uppe, spolade vatten och skramlade med sitt vattenglas. Varför sov hon inte? Vad var det för tankar som höll henne vaken? Frida lät täcket glida av axlarna och smög upp för trappan. Här och var knakade den lite och ett par gånger stod hon alldeles orörlig och väntade på snabba steg eller frågan. Vem där? Hallå? Att befinna sig i huset utan att Signe visste det gav ett övertag. En liten smygande känsla av triumf. På toalettbordet låg Signes uråldriga peruk med en fet hårvalk runt hjässan. Hon hade blivit så tunnhårig med tiden och vad gör människan? Köper sig ett pälsdjur i stället för något stillsamt som liknar originalet. Tanken på att ta den med sig som skalp och spika fast den på grindstolpen, allom till varning, fick Frida att fnittra inombords. Tyst så att hon inte skulle bli upptäckt pillade hon loss lite hår och fick det att spreta som på en gigantisk genmanipulerad tusenfoting. Det kändes bra.

Dörren till Ingrids rum var stängd och låst. En blåvit tejpremsa satt runt dörren. Det var märkligt och hon förstod alls inte innebörden. Reflekterade inte ens över den, så upptagen var hon av spänningen i att smyga runt utan att bli sedd. Antagligen hade hon blivit osynlig nu. Hur det gick till visste hon inte, men det kändes så. När hon steg in i Signes sängkammare kom känslan av sorg över henne igen, starkare än förut. I det här rummet hade Helge begått hor. Hon varken kunde eller ville se det på annat vis just nu, även om det aldrig hade fullbordats fysiskt. Han hade sålt ut deras innersta hemligheter. Blottat hennes skam för Signe. Är inte det den svåraste sortens otrohet av dem alla – att avslöja de förtroenden man fått?

Hon stod där i dörröppningen en stund och såg på Signe som vred sig och försökte hitta en nöjaktig sovställning. Det kan vara svårt när samvetet gnager, då skaver kudden, då vrider sig lakanen och madrassen blir knölig och hård. Signe suckade djupt och vände sig på sidan. Stönade igen och vred sig. Ammoniakångorna som dunstade från den ångestfyllda kroppen nådde ut i rummet i sura duster. Hon suckade och gnydde. Så lätt det skulle vara att dräpa henne nu. Att kväva henne med kudden eller sticka en kökskniv i hennes lösa hull. Sprätta upp det gamla skinnet och se vad som kom ut i gryningsljuset. Svart tjockflytande ondska. Tanken kom av sig själv och krävde utrymme. Polisen skulle hitta Signe död, många människor skulle se henne försvarslös utan sin peruk och med inälvorna vämjeligt blottade. Men om hon slog ihjäl Signe, vem skulle då berätta? Hur skulle hon då få veta vad Helge smög med för hemligheter? Hon måste få veta. Det var den enda mening livet hade kvar att erbjuda. Frida tog ett kliv in i rummet. Det var nu eller aldrig. Hon måste få ett svar.

”Signe, är du vaken?” frågade hon med hög röst.

Signe satte sig kapprak upp i bädden och spärrade upp ögonen, tappade ned hakan så att munnen blev till ett stort svart hål. I gryningsljuset anade hon vålnadens konturer. Men inget ljud kom över hennes läppar.

"Vi har en del att reda ut." Frida fattade tag om Signes axlar och skakade henne ur förlamningen. "Det finns sånt jag måste få veta innan jag dör."

Skriket fastnade halvvägs i halsen. Signe drog efter luft. Andetaget stod stilla i bröstet, trängde och sprängde. "Lever du? Är det verkligen du, Frida?" Hennes röst var bara en flämtning.

"Vem annars?" Nu började Frida bli irriterad på Signes bristande fattningsförmåga. "Upp med dej nu. Vi ska prata!"

"Lever du verkligen? Hur kom du oskadd ur branden? Ditt hus brann ned. Du var där inne. Elden!" Signe grep med slapp hand om Fridas handled som för att förvissa sig om att hon var av kött och blod.

"Någon vill mej ont. Jag såg huset brinna. Om du masar dej upp och sätter på kaffepannan har vi en del att klara upp, du och jag."

När Signe samlat ihop sig och fått på sig en morgonrock tog hon sig långsamt ned för trappan. Vid det laget hade Frida både satt på kaffepannan och plockat fram koppar och doppa.

"Vi får försöka att vara lite tysta så vi inte väcker Ingrid", sa Frida, mest för sig själv egentligen. Det skulle inte vara bra om Ingrid kom ned, inte alls bra, tänkte hon. Då skulle de vara två mot en och kanske hindra henne från att gå därifrån när hon talat klart.

"Ingrid är död", fick Signe fram i en hes och kraxande viskning. "Ihjälslagen nere i munkhuset! Förstår du vad jag säger, Frida. Hon är död!" Signe famlade sig fram från dörrposten, stödde handen mot köksbordet innan hon dunsade ned på en köksstol, förbi av rädsla och den bestörtning hon kände efter att ha blivit uppriven ur sin säng.

Frida kände hur all den rättfärdiga vreden rann av henne. De vassa ord hon slipat på för att såra den som sårat henne själv så svårt fick inte längre någon plats, ägde inte längre någon rättmätighet. Domen hade redan fallit på annat sätt. Så snopet att bli fråntagen rätten till hämnd.

”Är det sant? Du står inte och ljuger för mej?” En liten gnista av hopp att det ohyggliga skulle vara ännu ett svek. Nej, hon såg i Signes ansikte att det inte var så. ”Det är alltså sant! Vad hände? Jag har inte hört något alls. Jag har inte träffat folk på flera dagar. Så hemskt för dej, Signe”, sa hon och ansiktsdragen veknade.

Och Signe berättade. I hackande meningar fick Frida veta vad som inträffat. Både vad som hänt Ingrid och flickungen Camilla som bodde granne med Frida i den lilla röda stugan. Med orden blev det ohyggliga så mycket tydligare. Ingen av dem kom sig för med att hälla upp kaffet som kokat och sedan kallnade i sin panna på spisen. Vetebullen i Fridas hand gick inte att tugga, än mindre att svälja ned. Det blev trångt i bröstet av sorg.

”Jag har känt det på mej, jag har känt det hela tiden att det finns någon som vill oss ont.” Frida torkade sig med koftärmen i ögonen som sved av tårar. Ingrid hade hon känt sedan tösen kom till Roma.

”Varför kom du hit i natt? Vad ville du mej”, frågade Signe och grep tag med sina båda händer om Fridas arm.

”Jag måste få veta om barnet innan jag dör. Barnet som fanns nedgrävt i åkern utanför kyrkogården. Vems var det? Du måste säga mej sanningen.”

”Vems?” Signe såg alldeles förskrämd ut.

”Kläm fram med det nu, annars gör jag mej olycklig på dej.”

”Förlåt mej, Frida. Jag vet inte hur jag ska kunna säga det. Jag förstår om du aldrig kommer att kunna förlåta mej. Barnet var inte Helges, inte mitt. Det var från ängen utanför kyrkogården. Helge trodde det var från järnåldern. Ett barnoffer. Jag ville göra dej illa … för att du fick vad jag alltid velat ha. Helge. Det gjorde så ont i mej att veta att du fick honom och jag fick leva med min olycka. Så orättvist och meningslöst och hårt."

"Men du hade ju allt! En man, en stor gård och ett fosterbarn. Jag förstår inte hur du tänker, Signe. Du hade ju Tryggve!"

"Jag älskade honom aldrig. Han var en duktig arbetskarl. Det gick ingen nöd på oss. Men jag älskade honom aldrig någonsin."

"Så fruktansvärt synd om honom." Frida snörvlade högljutt när hon tänkte på ett liv i absolut kärlekslöshet. "Tänk att leva i sånt armod. Jag tyckte det verkade som ni hade det bra ihop. Han var snäll mot dej, Signe. Det var han. Som man kan missta sej. Men nu är Helge död. Vad kunde du vinna på att hitta på en så otäck historia då? Svara mej!" Frida tog Signe hårt i armen och spände ögonen i henne.

"Tror du inte jag sörjer Helges död. Varenda minut gör jag det. Men vem bryr sej om mej? Du får ju allas omtanke och kärlek och respekt. Du blev den hedervärda änkan med rätt att sörja. Jag vet inte vad som flög i mej, Frida, jag är väldigt ledsen. Du måste tro mej, jag är så ledsen för att jag inte kunde låta dej vara ifred. Det var som om det aldrig tog slut. Du fick allas omtankar, jag hade ingen. Jag kunde inte ens säga det till Ingrid. Men nu när ingen av oss längre har något att förlora spelar det ingen roll. Inget spelar någon roll längre." Signe föll ihop på stolen och lät huvudet bli hängande visset och tungt mellan de krökta axlarna.

"Skitprat. Det är klart att det gör. Om jag glödgade ett spett och stack dej i rumpan med spetsen skulle det spela en helvetes roll, eller hur? Lever gör man tills man har gett ifrån sej sitt sista andetag. Sluta att ynka dej nu!"

Signe såg förvånat upp. Långsamt fick hon kraften åter och nyfikenheten segrade till slut. "Ingrid sa att du varit i Hunninge mitt i natten. Vad skulle du göra där, Frida?"

Frida ryggade till. Det här var sådant hon inte ville prata om. "Det var något Helge yrade om. Månsnack, helt enkelt. Inget man behöver bry sej om."

”Så var det. Han yrade i feber. Fortsätter du med de där stollerierna han höll på med kommer de att sy in dej på psyk, förstår du? Vad tänker du göra nu? Tänker du ringa polisen och berätta att du lever?”

”I helskotta heller. Jag tänker överleva det här.”

”Vänta Frida, vart ska du? Sansa dej nu. Du kan få bo här. Jag gömmer dej ute i lagården. Ingen behöver veta var du finns om du inte vill det.” Signe höll fast Frida i koftan, men hon slet sig lös.

”Vet du vad Helge höll på med? Han vägrade berätta det för mej, men det fanns ju annat ni två pratade om i enrum så jag tänkte att han kanske hade sagt något till dej?”

”Inget. Det var bara svammel och fantasier. Du får sluta upp att tänka på de där dumheterna, annars går det dej illa. Du kan bli inspärrad resten av ditt liv, förstår du det. Ska du kunna bo ensam måste du visa att du har förståndet i behåll. Stanna här ett tag tills du vet hur du vill ha det.”

”Aldrig! Är du precis dum i huvet då?” Med raska steg försvann Frida ut i grådiset. Signe fumlade med händerna på telefonen, men avstod.

”Vänta! Vänta, Frida! Det är ingen som vill dej ont! Stanna, Frida! Jag vill inte vara ensam!”

25

Joakim Rydberg lät skivstången långsamt dala mot bröstkorgen. Ett stenhårt spinningpass hade inte räckt för att hålla vreden i schack. Han måste fortsätta att träna tills han helt utmattad kunde kapitulera och sedan tänka klart. Polisen var ute efter honom. De hade försökt sätta dit honom, men hade inte tillräckligt på fötter. Ännu. Men om de grävde ett tag till skulle helvetet bryta löst. Han måste få tag på Stina Haglund och fråga henne vad i helvete hon sagt till polisen. Det var bekymmer nummer ett. Nästa var hyran och alla förbannade räkningar med moms och faktureringsavgifter och expeditionsavgifter och annat skit de jävlarna kunde lägga på, utan att man begrep varför i helvete de kunde få göra det ostraffat. Fack-tureringsavgifter. Fack you! Maffiametoder. Den lilla människan betalar sina räkningar och tiger. Den som klagar får sitta i telefonkö och ingen tar personligt ansvar. Alla skyller på alla och ger vika. Det finns ingen som står pall för en riktig käftsmäll. Om det ändå fanns en jämlike att möta man mot man. Men elbolagen, Telia och Boxer anställer bara lismande fjollor.

När skivstången nådde högläge igen kunde Joakim se Ubbe i helfigur på roddmaskinen. Han bara satt där med kepsen på tvärs och drack ur sin nappflaska och kollade in tjejerna. Svettiga tjejer med stora bröst i för små linnen och helst de med putande häckar. Ubbe tankade in synminnen till hemmabion, brukade han säga. Han var en kärring som aldrig fick sätta på någon tjej i verkligheten. En jävla mes som inte ens orkade lyfta femtio kilo på skivstång. Det var mest snack att han styrketränade. Han tränade inte på gym. Han flöt bara omkring och tuttade nappflaska. Två tag med hantlarna och sedan var han tvungen att kolla in sina biceps i spegeln för att se om det blivit en liten bula och sedan tutta på den förbannade nappflaskan igen. Jävla mes. Och inte nog med det. Han gick en fjollkurs och målade akvarelltavlor med ett gäng tanter i Roma. Det var så att man kunde garva ihjäl sig … Om det inte varit för att en av tanterna var snut. De måste ju ha talat om morden. Alla talade om morden. Och sedan hade den där Maria Wern bara dykt upp i hans lägenhet och ställt frågor, utan förvarning. En jävligt fräsch brud för sin ålder. Vad hade Ubbe sagt till henne? Klart som fan han hade snackat för att impa på en sådan. Han blånekade förstås till att han sagt något, den lille skiten. Joakim hade ställt på honom rejält, vridit om hans arm tills han stånkade som en gris och tårarna rann. Ubbe hade inte snackat bredvid mun, det bedyrade han. Men kunde man lita på det? Han var jävligt snackig i vanliga fall, onödigt snackig för det mesta. Med en sådan polisbrud måste han ha gått i spinn. Det är klart att det ibland är bra att kunna snacka in sig hos tjejer och så, men Ubbe gick till överdrift. Vad fan tjänar man på att snacka med åldringar på en fjollkurs? Inte ett dugg. Han måste ju begripa att det viktigaste var att de gav polisen samma story. Att det inte dök upp oklarheter som måste utredas. Joakims hårddisk hade Ubbe fått tömma kvickt som satan så snart Maria Wern slagit igen dörren efter sig. Men sådant går tydligen att rekonstruera. Ubbe hade sagt att han borde göra sig av med den. Bara det inte var så förbannat dyrt och omständligt att skaffa en ny. Man kunde bli förbannad för mindre. Förra datorhelvetet hade han slängt ut genom fönstret för att han blev så inihelvete arg på nätnissen som supportade honom. Det jävla puckot. Så tafatt och så inihelvete snorkig så han skulle haft sig en käftsmäll han med. Sjutusen rakt ut genom fönstret ned i asfalten, brak.

Hur många år kan man få för mord? Tio? Och bli släppt efter

fem om man sköter sig. De var ute efter honom. Han hade en villkorlig dom på sig. I vilken stund som helst kunde polisen godtyckligt plocka in honom för ett snack. Maffiametoder. Det räckte att de vinkade med lillfingret och han hade bara att lyda eller bli hämtad med våld. Det var som att leva i en diktatur med militärstyre. Joakim blev duktigt nervös när han tänkte på det och nervositeten blev till vrede. Med ett kvävt vrål lyfte han upp stången igen på raka armar. Mjölksyran fick armarna att skaka av utmattning, men på ren vilja gjorde han fem lyft till innan han med hängande armar och långa kliv gick ut till duschen. Alla duscharna var upptagna av ungjävlar som säkert redan stått där en timme eller mer och slösat pengar på varmvatten. Hans pengar! Det måste ju betalas av någon, eller hur? Inte kom deras morsa och farsa hit och betalade extra för att ungjävlarna skulle dränka sig i varmvatten. Någon är det som betalar sådant i slutändan. De som köper gymkorten till fullt pris. Han blev så förbannad när han tänkte på det att han ville klippa till dem allihop.

”Nu får det förihelvete vara nog.” Joakim trängde undan en kille i trettonårsåldern som såg mager och blåfrusen ut. Grabben blev så överrumplad och rädd att han inte såg sig för utan snubblade på handduken och skrapade upp knäet så att det började blöda. Han fick för fan skylla sig själv. Joakim blundade och lät vattnet skölja ansiktet för att slippa de andras anklagande blickar. Han hade fan inte gjort något. Det var ju grabbens eget fel att han var så fumlig. Eller hans jäkla morsas fel som gjort honom till en mes. Klemat bort honom. Själv hade han minsann fått klara sig genom hela skolan utan inblandning av föräldrar. Vad hade det tjänat till att komma hem och säga att man var rädd för de stora grabbarna, när morsan också var det? Rädd för allting. Men mest av allt rädd för att lärarna skulle tycka att hon var en dålig mor. Bråka inte. Det ordnar sig i morgon ska du se ... I helvete att det gjorde. Det enda som gällde var muskler. Med muskler sätter man sig i respekt.

Nu måste han få tag på Stina. Joakim gick ut i omklädningsrummet. Den lille killen syntes inte till. Han hade väl rusat hem till morsan då. Det kändes olustigt och han slog ifrån sig tanken direkt.

Joakim letade efter sin mobil i byxfickorna när han plötsligt kom att tänka på att polisen säkert skulle kunna spåra samtalet om han ringde upp Stina. Men han måste ju få tag i henne på något sätt. Var det olagligt kanske? De hade ju för fan varit ihop. De var väl vänner, eller? Hon hade velat att de skulle vara mer än så. Joakim lät mobiltelefonen glida ned i fickan igen och bestämde sig för att åka hem till Stina i stället. Om han hade tur var hon hemma.

Stina bodde i en fin liten etta innanför murarna som hon fick hyra i andra hand. Kontakter så klart. Hennes farsa var snuskigt rik och själv var hon en berömd idrottstjej. Det är skillnad på skit och pannkaka. Första gången han kom hem till henne hade han bara känt sig förbannad. Förbannad när han såg det glassiga badrummet med guldkranar, de dyra möblerna och teven, och ännu mer förbannad när han såg balkongen med havsutsikt. Det hade till och med luktat fint i trappuppgången, nyskurat, och det gjorde honom jäkligt beklämd för han visste att hon så småningom skulle komma att se hans eget råttbo. Där man fick vara glad om ingen pissat i trappan och ollat hissknapparna.

Joakim steg ur bilen och såg sig om. Det började bli kväll. Skuggorna från ringmuren föll täta och svarta och slukade kullerstensgatorna bit för bit. Vinden förde med sig klangerna från orgeln i Domkyrkan, så starkt som om någon spelat i huset intill. En nyutslagen björk hängde med sina svajande grenar över det röda planket. Det fick honom att tänka på Camilla. Det hade funnits något försonande i att hon inte var perfekt. Hon var söt som socker, men snörvlig och rödnäst av sin pollenallergi och på bara en liten stund hade hon gnuggat ut mascaran i svarta ringar runt ögonen. På ett sätt hade det gjort henne mindre värd när hon förfulade sig så, men å andra sidan ökade det hans eget värde vid en jämförelse. Hon borde ha känt tacksamhet för att han ville ta i henne trots att hon var snorig och äcklig, och det gav ett övertag. Och nu var hon död. Joakim försökte att inte tänka på det. Vad är det för mening med livet om man ändå ska dö? Då kunde man lika gärna dö direkt vid födseln i stället för att gå och vänta på det. Det var ungefär så det blev med tjejer, varför gå och vänta på att de skulle tröttna och göra slut? Lika bra att få det överstökat med en gång när den värsta nykåtheten var över och det började bli vardag. Det var när förtrollningen mattades av som de såg hans råttbo som den skithåla det verkligen var och kunde komma med kommentarer om att det borde diskas och dammsugas. Den som snöar in på en tjej blir en kärring. En jävla mes som låter sig fjantas runt hur som helst. Nej, när det hettar till på riktigt är det dags att göra slut för att slippa bli besviken sedan. Livet är jävligt ändå och de besvikelserna kan man bespara sig. Det var därför han hade gjort slut med Stina. Eller gjort slut och gjort slut, när han dissade henne förstod hon att det inte skulle bli något mer. Om han hade sagt det rent ut skulle hon ha börjat gråta och leva faan och det ville han bespara sig. Tjejer gråter bara för att hämnas. Så jävliga är de.

Nu när han stod där utanför hennes dörr och ringde på kändes det som om han själv skulle börja gråta. Det kom över honom hastigt som en dolkstöt mellan revbenen och i samma stund öppnade hon dörren. Hon hade ett mycket urringat linne och en kort kjol och allt det runda mjuka fick honom att känna sig ännu mer gråtig. Han fick inte fram ett ord. Inte ett förbannat pip.

”Vad vill du?” sa hon och backade. Han såg rädslan i hennes ögon.

Utan att svara trängde han sig in i hallen och fattade om hennes båda handleder och tryckte upp henne mot väggen. Hon var så mjuk och luktade rent och gott som smågodis med apelsinsmak.

”Aj, vad gör du? Är du inte klok! Låt mej vara!”

”Vi måste prata!” Hans röst var skrovlig och greppet om hennes handleder blev hårdare än han egentligen ville.

”Jag har inte gjort dej något.” Hon var riktigt rädd nu och det gjorde honom modigare.

”Vad har du sagt till polisen?” Hans ansikte var mycket nära hennes nu … om han ville kunde han kyssa henne. Hon skulle säkert inte våga göra motstånd. Det var väl precis det hon ville, den lilla slampan. Det var det hon varit ute efter hela tiden, att han skulle sätta på henne.

”Inget. Jag sa bara att Camilla och jag var och simmade och att hon var sölig när vi skulle hem så jag gick i förväg.”

”Berättade du för dem att jag var där? Berättade du att du såg mej?” Han kunde inte dölja ängslan i sin röst och anade en gnutta skadeglädje i hennes blick när hon svarade.

”Minns inte så noga. Det kanske jag sa.”

Han vred om hennes handleder så att hon tvingades ned på golvet. Det var så han tyckte om att se henne, kuvad och undergiven. Han satte foten på hennes nacke. Om han trampade till hårt nu skulle hon inte längre finnas till.

”Snälla, sluta. Jag ska inte säga till någon att du varit här, bara du inte gör mej illa, snälla Joakim, snälla!” Den flackande blicken. Skräcken i vitögat som ett skrämt djur, rädslan är så verklig när allt annat är lögn.

26

Joakim hade inte menat att det skulle bli som det sedan blev. Efteråt äcklade det honom obeskrivligt. Hur kan en människa låta sig förnedras så utan att göra motstånd? Varför sa hon inte ifrån? Det hade inte funnits några gränser för hur han kunde förödmjuka henne. Allt hade hon gjort på kommando. Säkert fick hon en kick av det, somliga har sådana böjelser, intalade han sig. Men det var inte det som var det värsta. Det värsta var att han kunde göra det mot henne utan straff, utan att någon ingrep. Om det var möjligt att utan straff förnedra henne så vidrigt skulle han själv kunna bli förnedrad på samma sätt om någon annan ägde makten. Bilder från skolgården, bakom gympasalen, blixtrade förbi. Sådant han trodde sig ha glömt. Kanske hade det hänt någon annan. Han kunde ha drömt det eller i korta sekvenser blivit iakttagare till det. Det var så han valt att minnas det tills nu. Men när han gjorde det mot Stina hade gråten ulkande vällt ur honom för att han plötsligt visste att det inte hade hänt någon annan än honom själv och att han aldrig skulle kunna möta de jävlarna som gjorde det igen utan att förlora ansiktet. För han var offret som låtit sig förnedras. Han borde ha dödat henne för att hon såg när han bröt ihop.

Joakim kände en sugande känsla i maggropen. Han hade inte ätit något sedan i går kväll. Han plockade upp plånboken och räknade de få slantar han hade kvar. Nio och femtio. Det räckte inte ens till en hamburgare. Han kunde bara inte skämma ut sig med att stå där i kön och inte få köpa något för att det fattades ynka femtio öre.

I stället gick han in på Domus och köpte sig en brödbit. Fjorton dagar kvar tills det skulle komma några pengar från taxijobbet. Vad fan skulle han leva på? Morsan? Efter det som hänt hade han svårt att gå dit och möta hennes anklagande blick igen. Han kunde se den fuktigt darrande överläppen för sin inre syn. Just nu gick det inte att gå hem till henne och be om pengar. Förresten hade hon sällan några. Hon brukade säga att han kunde fråga socialen själv, för det var därifrån hon fick sina. Han måste hitta på något annat eller vänta tills hon ringde. Hon var en sådan jävla kärring. Kunde inte ens sms:a. Det brukade komma två tomma sms och sedan brukade hon ringa.

Joakim satte sig med ryggen mot ringmuren på en bänk i Öster Gravar och funderade på vilka som kunde tänkas vara skyldiga honom pengar.

Sebastian, som städade på Romabadet, var skyldig honom femhundra spänn för visitkorten. Mest som ett skämt, hade han trott. Intuitiv massör. Joakim hade garvat rakt ut. Vad ska du med dem till? Kunde du inte ha valt något som lät lite bättre. Säljare? Managing director? Till och med produktutvecklare lät bättre. Problemet var att få tag på den idioten. I torsdags kväll när han letade efter Camilla på badet hade han samtidigt hållit utkik efter Sebastian för att få pengarna. Men han hade inte synts till. Det hade stått i tidningen att en städare hittat henne och att han chockad förts till sjukhus. Det kunde knappast vara någon annan än den tafatte jäveln. Det hade funnits en bild i tidningen av bastun. Den öppna dörren och björkriset och platsen där hon legat intill dörren var uppritad med kraftfulla linjer. Det vände sig i magen på honom när han tänkte på det. Han sparkade till en sten som låg framför bänken, en hård spark och ändå rullade den bara ett par meter i det dämpande långa gräset. Samma känsla som när man i drömmen springer i djup dy och inte kommer någon vart när man är jagad och hotet kommer närmare. Förbannat! Han ville inte tänka mer på henne.

Pengar. Vintern hade varit ett rent helvete när det gällde att överleva på ön. På sommaren finns det jobb, men på vintern är det kört. Handläggaren på arbetsförmedlingen hade hotat honom med flytt till fastlandet för att ta de arbeten som fanns. Är man arbetssökande måste man ta de lediga jobb som yppar sig, även om det innebär att man måste flytta från ön. De var fan inte riktigt kloka! Här hade han ju sina kompisar och allting. Morsan. Hela sitt liv hade han bott på Gotland. Att då flyttas omkring som en jävla fiatopp är respektlöst. Mer är inte det sociala livet värt. Arbetskraft är en förbrukningsartikel, hade Ubbe sagt när han var i samma situation. Sedan hade han börjat läsa på folkhögskola och om några år skulle han verkligen sitta i skuldfällan, utan jobb och med studielån han aldrig kunde betala, det puckot. Nej, man måste dra ihop pengar själv för att få stanna kvar på ön, på vilket jävla sätt som helst även om man det innebar en risk att bli oense med polisen.

Det var då han kom att tänka på farsan, Jesper Ek, som bara poppat upp som anden ur flaskan hemma hos morsan. Snutfan hade fått jobb på Gotland och ville ha kontakt efter tjugotvå år. Tjugotvå år, va! Hej, jag är din farsa. Kan jag hjälpa dig med något så säg bara till. Nej, någon stolthet måste man ha. När den jäveln inte hört av sig under hela tiden så var han körd. Enligt morsan hade han fem barn med fem olika kvinnor, men levde inte med någon av dem. Ingen stod väl ut med fanskapet. Ändå var tanken på att ha syskon lite här och där över landet kittlande. Han visste inte ens vad de hette eller hur gamla de var, bara att han själv var äldst. Ett jävla misstag som skett i fyllan och villan när farsan var nitton år och morsan ett par år yngre. De hade aldrig ens försökt att leva ihop. De första åren hade han bott hos mormor innan hon dog i cancer. Och då stod morsan där med en unge och inget jobb. Farsan hade säkert velat att hon skulle ta bort det. Någon gång måste Joakim fråga morsan varför hon inte gjorde det. Om hon var för sent ute, för rädd eller om hon kanske … kanske ändå … ville ha honom för att det var gulligt med en baby. Innan hon fattade vilket jävla jobb det blev, så klart. Nu önskade hon honom säkert ogjord.

Jesper Ek hade skrivit sin adress och sitt telefonnummer på en lapp och givit honom den när de sågs som hastigast i dörren hemma hos morsan. Så hade han varit försvunnen och morsan stängde dörren efter honom med en smäll. Det var först när Joakim frågade henne, som han fick veta vem Jesper var. På något sätt hade han smittats av hennes upprördhet och rivit sönder lappen i en sympatiaktion, men sedan stoppat tillbaka bitarna i plånboken igen när hon inte såg. Rädd att något viktigt skulle gå förlorat eller kanske mest av nyfikenhet. Vem var han? Var de lika?

Joakim plockade försiktigt fram pappersbitarna ur plånboken och började pussla. En vindil sopade dem med sig och han fick krypa på marken för att samla ihop bitarna igen och börja om från början med att lägga ut dem på bänken med skydd av kepsen. Byxorna blev gröna på knäna, så inihelvete onödigt. Det kostade pengar att tvätta.

Jesper Ek bodde i en villa på Linnégatan och Joakim begav sig dit till fots. Det fanns inte ett öre kvar att tanka bilen för, än mindre till skatten. På väg till Linnégatan försökte han erinra sig hur Jesper såg ut. Ganska kort till växten med stubbat brunt hår. På ögonen var de ganska lika. Blå ögon med långa mörka ögonfransar. Annars var det inte mycket. En snut. Bara tanken var skrattretande. Kan jag hjälpa dig med något? Ja visst, lite insidertips och en firmabil. Hur risigt ligger jag till, tänker de sy in mig för mord? Nej då, så hårt skulle han inte gå fram förrän det blev nödvändigt. Det räckte fint med någon tusenlapp, till att börja med. Mer kunde man knappast förvänta sig. Men om man lyckades slå an de strängar som ville sjunga om skuld så kanske snutjäveln skulle bli blöthjärtad och ge mer, det återstod att se. Det gällde bara att inte spela över.

Innanför det vita staketet under päronträdet satt Jesper Ek och drack öl och åt pizza direkt ur kartongen. Inget porslin. Bra, då var han antagligen ensam. Ändå kom nervositeten över Joakim i ett slag. Suget i magen när alla muskler drog sig samman i försvar. Det kändes ända ned i hålfoten som slemmiga spikar, fuktigt och krypande så att han inte kunde stå stilla. Pungen kröp ihop och tog skydd och hjärtat smattrade iväg så att det sjöng i öronen och huvudet susade. Jävla skit! Jävla helvetes skit! Det var farsan som var i underläge. Det var han som bar skulden och som övergivit dem. Det var hans förbannade fel och det var han som borde må skit och vara nervös. Joakim stannade i skuggan tills det värsta lagt sig och nervositeten byttes i vrede.

”Jag är här nu!” Rösten lät riktigt myndig.

Snutfarsan reste sig förvirrad upp och såg sig omkring, fortfarande med ölburken i handen, och kom fram till staketet.

”Men, Joakim, välkommen. Kliv på, vet jag.” Han öppnade grinden med en lite för yvig gest för att det skulle kännas naturligt. ”Så roligt att se dej.”

Skitsnack! Roligt? Du har haft tjugotvå år på dig om du hade tyckt det var roligt. Vi har funnits ett telefonsamtal bort, morsan och jag. Joakim vägrade att falla in i jargongen. ”Så det är här du bor?” sa han med nollställt ansikte.

”Ja, det är här jag bor. Men bara tillfälligt. Jag hyr det i tredje hand av en kille som jobbar i Stockholm, som i sin tur hyr det på vintern av en tant som flyttat in på ett äldreboende men som inte vill göra sej av med sitt hus. Hon var här och fikade med mej i förmiddags, tanten. Hon bara dök upp i taxi för att se hur löjtnantshjärtat vid husknuten där borta hade klarat vintern.”

”Jobbar du inte?” Joakims nyfikenhet var väckt.

”Jag fick ledigt ett par dagar och sen ska jag prova på ett nytt arbete i cykelförrådet.” Jesper skrattade torrt och himlade med ögonen.

”I cykelförrådet?” Joakim blev uppriktigt förvånad. ”Men grattis! Man har blivit befordrad alltså? Vad fan har du gjort för att hamna där? Stulit kompisarnas cigaretter eller fått ett extranummer hos en tjackhora?"

"Det är en militär hemlighet. Sekretess. Vill du ha en öl och en halv pizza? Gillar du Hawaii?"

"Jag äter vad fan som helst, har aldrig brytt mej. Vilken ände av pizzan har du börjat tugga på?" Joakim satte sig ned med en duns i soffan och greppade kniven.

"Ingen, jag hann inte börja innan du kom. Tycker du det är snålt tilltaget kan vi göra några varma mackor. Men jag varnar dej, jag är värdelös i köket. Det är därför jag äter köpmat varannan dag – för att överleva. Sist jag bjöd in mina arbetskamrater på middag tackade de flesta nej. Det är inte många som velat komma sen jag hade grillfest och brandkåren kom. Kompisar det med. Det blev lite snålt med maten … med det som inte var bränt och gick att äta alltså. Det blev en del dricka på fastande mage och ganska stökigt."

Joakim tog en ordentlig klunk av ölen och iakttog sin farsa från sidan. Gubben pratade alldeles för fort och för glättigt och insmickrande – typ, vi är i samma ålder och röjer med polarna. Ovärdigt, han var för gammal för den jargongen. Farsan knep nervöst i tyget på sina shorts, som om de satt för trångt över låren. Ett skratt här från Joakim och isen skulle ha varit bruten, men så lätt skulle det inte gå. Joakim antog en dyster min och petade lite i sin pizzahalva fast han var glupande hungrig. Ananasbitarna la han på kanten. Snart skulle farsan säkert säga: Kan jag göra något för dig så säg bara till. Eller också var det slutrepliken. Den man kastar ur sig när det inte finns något mer att säga, liksom i flykten i hopp om att det generösa erbjudandet inte ska antas.

"De flyttade dej till cykelförrådet för att du är min farsa, eller hur?" sa Joakim efter en stunds tystnad. Farsan hade inte modet att snacka väsentligheter. Han var nog fegare än man kunde tro, fast han var polis.

"Så var det." Jesper satte sig upp rak i ryggen och rättade till tröjan. Han verkade lättad att få tala rent ut. "De ville inte att jag skulle få reda på sånt du kan ha nytta av. Det handlar om trovärdighet. Annars skulle folk kunna antyda att du får fördelar för att jag är din farsa."

"Hittills har jag inte haft några fördelar av det." Joakim iakttog sin far när orden sjönk in. Det här var en bra öppning för skuldtemat och den slutliga repliken som skulle leda till den behövliga tusenlappen.

"Det är sant. Det är alldeles sant." Jesper såg honom i ögonen med stort allvar. "Jag var lika ung som du och fattade inte allvaret. Några år senare när jag ville träffa dej, fick jag inte göra det för din mamma. Hon ville inte släppa in mej, för hon hade en ny man och ni var en familj och inget fick förstöra det."

"Och du kände dej skyldig som fan och ville inte bråka? Jag har haft många låtsasfarsor sen dess. De flesta riktiga arslen." Det var svårt att inte dra på mun när han sa det där sista, men Joakim behöll sin allvarliga min. En tusenlapp är en tusenlapp. Han märkte hur tystnaden la sig som en snara runt Jesper Eks hals. Snart skulle han vara tvungen att säga något. Stillheten var kvävande. Joakim väntade. Hur ber man om ursäkt för tjugotvå år av försummelse utan att hala upp plånboken? Joakim kände sig segerviss.

"Du måste tycka att jag också har varit ett arsle. Det har jag varit och det kan vi inte göra något åt. Men om det är något jag kan göra för dej nu så säg till. Jag finns här och jag ska göra mitt bästa."

Yes! Nu hade han chansen. Joakim var precis på väg att svara när snutfarsan sa:

"Jag vet hur rättsväsendet fungerar och du kan behöva ett och annat råd."

"Ska du inte fråga mej först om jag är skyldig." Joakim fick något hånfullt i blicken. Ett fräckt utspel, ganska onödigt, men han blev besviken när pengarna varit så nära och hamnade utom räckhåll igen. Joakim såg på sin far, såg att han liksom hajade till. Det här var han inte beredd på, gubbjäveln. Raka rör och inget kärringsnack. Det fanns en viss tillfredsställelse i det också.

”Är du?” Jesper såg villrådig ut. ”Oavsett vad du svarar tänker jag göra mitt bästa för dej.” Sedan tillade han: ”Inom lagens gränser, annars kan det bli betydligt värre straff än ett cykelförråd för min del.” Han skrattade torrt åt sitt eget skämt.

”Jag är oskyldig, det kan du faan lita på. Camilla var min tjej och av någon jävla anledning var jag på fel plats vid fel tid. Vi hade just träffats, jag kände henne knappt.”

”Det räcker inte att du var där för att få dej fälld för mord, det begriper du väl. De måste bevisa att du gjorde det.”

”Jag gjorde det inte, men jag tänker döda den sjuke jävel som gav sej på henne.” Joakim drog efter andan innan han ställde den fråga som var mest brännande. ”Blev hon våldtagen?”

”Våldtagen, det kan jag inte svara på.”

”Om vi hade sex innan, typ. Kan de tro att det var jag då?”

”Du menar hur lång tid efter ett samlag man kan spåra sperma? Om hon var din tjej så gör det dej inte heller till mördare, eller hur. Jag kan ta reda på det om du vill. Men om själva utredningen kommer jag inte att veta mer än vad som står i tidningen. Jag är helt utestängd. Tog de prov för DNA på dej, med en bomullspinne innanför kinden?”

”Ja, och fingeravtryck och så ska jag hålla mej anträffbar, det känns fan som att ha fotboja. Men jag var inte inne på damavdelningen på badet. Jag gjorde det inte.” Joakim hörde hur rösten gick upp i falsett. Han måste andas djupt. Måste lugna sig innan paniken var ett faktum. Tårarna steg i ögonen och han vände bort ansiktet.

”Vem tror du det var som gjorde det då? Har du någon aning?”

Joakim tvingades möta sin fars blick. ”Det kan vara Sebastian som städar där.” Vreden flammade upp igen. ”Jag ska fan klämma sanningen ur honom när jag får tag på den faan.”

”Jag skulle låta polisen sköta det om jag var du. Rör du honom åker du dit för misshandel. Även om han skulle vara skyldig. Varför tror du att det är han?" frågade Jesper och försökte fånga varje nyans i sin sons ansikte för att gissa sig till om han talade sanning.

"För att han har ett så sjukt sätt mot tjejer." I samma stund som orden uttalades kom Joakim att tänka på Stina som han lämnat gråtande i ett hörn på toaletten med armarna som skydd över sitt huvud. Han bytte omedelbart samtalsämne. Han måste få tag i pengar innan allt var förstört. "Det är en annan sak", sa han och skruvade på sig. Det var alltid svårt att be om pengar. Att hota sig till dem kändes mera värdigt, men att tigga kändes inte bra. Inte ens av farsan som på ett sätt var skyldig honom en del efter alla fotbollsmatcher de inte sett ihop och efter alla julklappar och födelsedagspresenter han aldrig fått. Tusen kronor var en struntsumma om man tänkte på det sättet.

"Jag lyssnar." Ek lutade sig tillbaka mot trädgårdsmöbelns ryggstöd med händerna bakom nacken. Han såg nöjd ut.

"Just nu har jag jävligt ont om pengar. Jag behöver tusen spänn."

"Vet inte om jag har så mycket." Ek grävde i shortsfickorna efter plånboken. "Så var det när man var i din ålder. Jag minns det nu. Hyran var en oförutsedd utgift och alla pengar gick åt till nöjen. På den tiden bjöd man alltid tjejerna. Är det så fortfarande?"

"Jag har aldrig hindrat någon tjej från att bjuda mej om de absolut vill. Det är inte utgifterna som är problemet utan att det är så svårt att få jobb."

"Hundra spänn är allt jag kan slänga upp. Ta dem du, så behåller jag en tjuga till mjölk och bröd i morgon."

Joakim tog emot pengarna och reste sig. Han var grundligt besviken, men tänkte inte visa det.

"Ses vi igen?" undrade Ek. "Jag skulle gärna vilja lära känna dej lite bättre."

Joakim ryckte på axlarna och släntrade nedför gatan.

Jesper Ek gick fram till grinden och såg långt efter sin son. Känslan av olust fick honom att rysa till, eller var det kvällskylan som fick honom att huttra? Besöket hade väckt många tankar. Var grabben skyldig eller inte? Vad skulle hända om de utvecklade en bra kontakt, som Jesper innerligt önskade, och grabben i förtroende berättade att han var skyldig till mordet på Camilla Ekström? Eller värre än så, han kunde också vara skyldig till distriktssköterskans död och dessutom hade han skjutsat Frida Norrby innan hennes hus brann ned. Som polis är man skyldig att rapportera de brott man känner till om man vill fortsätta i branschen, och som pappa måste man följa sitt hjärta. Den här gången tänkte han inte smita från sitt ansvar och ta den enklaste vägen ut.

27

När Joakim Rydberg öppnade dörren till sin lägenhet fann han den olåst. Han måste ha glömt att låsa den i hastigheten, det var skrämmande. Men det var inte det som förvirrade honom mest. Inte heller var det den ovana doften av nybakat bröd som fick honom att bli stående i hallen med gapande mun. Det var något mer substantiellt. Det fanns någon inne i lägenheten som väntade på honom. Ingen av de vanliga polarna, inte heller någon av dem han var skyldig pengar, det var mycket konstigare än så.

Vid köksbordet med en skinande blank diskbänk bakom sig satt Frida Norrby och sörplade kaffe på fat med en sockerbit mellan tänderna. Hon sken upp och nickade beskedligt åt honom när han kom.

”Kan jag få bo hos dej ett slag? Jag kan sova på soffan. Det är gott om plats här ser jag”, sa hon utan omsvep och sträckte sig efter en bulle till.

”Vad i helvete ...” Joakim tappade hakan igen och fick inte fatt på orden, inte ens på tanken. ”Vad i helvete!” Han skakade på huvudet med samma snärt som man slår ned en kvicksilvertermometer. Förnekade det ögonen såg och öronen hörde. Men när hon fortfarande satt kvar på sin stol frågade han slutligen. ”Vad gör du här?”

”Jag behöver någonstans att bo, det begriper du väl när byggningen har brunnit ned? Det är inte särskilt bekvämt att sova i höet och inte särskilt varmt heller om man måste tvätta sej utomhus i kallvatten. Men här inne är det riktigt varmt och gott.” Hon sträckte njutningsfullt på sig, kavlade upp koftärmarna och gungade lätt på stolen medan ett stort leende spred sig i ansiktet.

”Vad i helvete …” Joakim kom inte på något annat att säga och började skratta. När han väl börjat kunde han inte sluta. Han skrattade så att han inte kunde stå på benen och med handen mot bordet sjönk han ned på knä på golvet och flabbade. ”Jag är inte med om det här! Det är bara inte sant!”

”Det finns kaffe i pannan så det räcker till dej med och bullar om det skulle smaka. Men sen måste du köpa mer mjöl för jag tog det sista i påsen. Och så har jag lagt ett par byxor och en skjorta i blöt. Det var ingen grann syn du. Det fanns inget skarpt skurpulver hemma. Du måste nog handla det med, tvättpulver, något skarpt och bra.”

”Vad faan, har du gått igenom mina skåp?” Tanken fick det att svindla. Hur i helvete vågade den här bräckliga gamla damen det som ingen slamkrypare i hela Visby med omnejd skulle drömma om att göra i sin vildaste mardröm. ”Du är ju helt sjuk i huvet ju!” Han dunkade handflatan mot tinningen. ”Helt sjuk!”

”Inte ännu, men risken finns att man blir förkyld. Ska man vara ute i kölden så blir man drabbad förr eller senare. Jag kunde ha fått lunginflammation och dött.” Frida tog ett girigt bett på bullen och sörplade ljudligt upp den sista skvätten från fatet som om det varit den sista måltiden före avrättningen.

”Hur kunde du hitta hit? Hur visste du var jag bodde?” Joakim reste sig upp och satte sig på den lediga köksstolen och sträckte sig efter en bulle. Det luktade fantastiskt gott och när han tog den första tuggan bara smälte den i munnen. Mycket smör, riktigt smör.

”Ditt namn stod på en lapp i taxin. Jag tittade efter var du bodde i en telefonkatalog hos Signe i Möllebos.”

”På min legitimation … och så kommer du bara hit och vill bli sambo! Det är det skamligaste förslag jag någonsin har fått.” Joakim skrattade så bullbitarna trillade ur munnen. Det här var nog det mest skruvade han varit med om.

Frida såg förnärmad ut.

"Å ja, ännu duger jag till en hel del. Jag tänker inte ligga dej till last." Hon plutade med munnen och ögonen smalnade.

Joakim kippade efter luft innan han storknade av skratt igen.

"När du inte har vett att hålla lorten av dej så behöver du hjälp. Du är som en kattunge som de har tagit från sin mamma för tidigt. De blir inte heller riktigt rumsrena. Och inte tvättar de sej heller som de ska och så ser de ut som du i pälsen", sa hon vresigt.

"I håret menar du, det är spikes. Det ska vara så, man gör det med frisyrgelé. Vad vill du mej egentligen?" sa han när han hämtat sig lite.

"Jag behöver din hjälp så klart. Jag är gammal och ska snart dö. Men jag vill inte gå nyfiken i graven." Frida gick efter en kopp åt Joakim och hällde upp en skvätt kaffe åt dem båda. Sedan lutade hon sig fram och sa: "Jag behöver hjälp att gräva. Men vi kan bara vara ute på natten, när ingen ser oss." Hon lutade sig fram lite till och han kände hennes söta kaffemättade andedräkt i sitt ansikte. "Det finns någon som vill att gömt ska vara glömt." Så nickade hon eftertryckligt igen och återgick till kaffefatet utan att släppa honom med blicken.

"Du är fan inte riktigt klok!" Joakim blev allt mer fundersam. När de talades vid i taxin hade den gamla tanten verkat helt klar och redig. Klok på ett sätt. Men det här verkade mer än vanvettigt. Ville hon att de skulle gräva en grav åt henne eller vad fan var det frågan om? Vad skulle han göra med henne? Ringa polisen och säga att hon kommit till rätta? Nej, han ville inte blanda in dem. Och hon hade ju ingenstans att ta vägen. Å andra sidan, vad skulle hända om hon dog hemma hos honom bara knall och fall av ålder? Skulle han få skulden för det också då?

"Jag har ingen annanstans att ta vägen. Du måste hjälpa mej. Jag vet inte vem det är, men någon tänker ta död på mej."

"Hur vet du att det inte är jag?" Joakim blev med ens mycket allvarlig. Var det inte vad alla andra trodde, att han var skyldig som fan? Hon borde vara rädd för honom och så kommer hon hit för att få beskydd. Så obegripligt.

"Om du hade velat ta livet av mej så hade du gjort det i Hunninge i mörkret. Ett rapp med spaden och sen kunde du ha knuffat ned mej i diket. Jag visste inte säkert vad du var för en skumming, men jag såg att du var inarg. Riktigt inarg och jag undrade vad det var. Men du var inte arg på mej fast du tog mej hårt i armen. Nej, du försökte till och med hjälpa mej upp för trappan fast jag ville klara mej själv. Därför är du den ende jag kan lita på. Du måste hjälpa mej. De försöker förgifta mej och huset har de bränt ned, men jag fick med mej Helges kartor. Det var väl dem som de var ute efter."

"Vem är det som är ute efter dej då?" Joakim hade fortfarande svårt att bestämma sig för om tanten var riktigt som hon skulle eller inte.

"Om jag visste det skulle jag gå till polisen, begriper du väl. Men jag är rädd att de inte tror mej och sätter in mej på något hem med bastanta systrar som hindrar mej från att uträtta det jag måste göra och bestämmer att jag ska sitta fånge på mitt rum och spela Bingolotto och lyssna på dragspelsmusik. Enligt lag har de inte rätt att göra på det viset, men jag vet nog hur det går till. Gör man motstånd får man medicin så man ska hålla sej passiv. Så mycket för rättssäkerheten när man blir gammal. Du måste hjälpa mej för jag orkar inte själv längre."

"Kan du ta det från början? Vad är det för kartor? Vad är det vi ska gräva efter?" Motvilligt kände Joakim en viss nyfikenhet och beundran. Det fanns något målinriktat och kavat hos den gamla damen som han tyckte om. Även om hon var oberäknelig och galen var hon underhållande och skingrade tankarna på det andra hemska han inte ville tänka på.

Och Frida berättade för honom om Helges nattliga färder, att hon först trott att det var till Signe han begav sig, men att det inte förklarade vad han skulle med spaden till. Det här var något annat, sa hon. Något som åt honom inifrån och tog all hans uppmärksamhet. Det måste vara något stort och viktigt och farligt han velat skydda henne från. Eller handlade det om att han själv var rädd att bli till åtlöje när han gick in för sin hemlighet med liv och lust utan att veta vad som skulle komma ut av det?

”Hur vet man det?” frågade hon. ”Hur vet man att man inte blir till åtlöje bara?” Medan Frida pratade vecklade hon ut de söndervikta papperslapparna hon haft i kappfickan och la dem framför sig på köksbordet.

”Det här är Möllebos. Där har vi ett kryss och ett frågetecken. Sen har vi Hunninge i Klintehamn – där har Helge mer diffust ritat en ring runt det här området vid vägen, och sen har vi abbotens hus vid Roma Kungsgård. Och det här vet jag då rakt inte vad det är.” Frida rullade ut det stora arket som svärtats av kol så man kunde se en inskription på latin. ”Jag begriper det inte alls. Kan du latin, du som gått i skolan?”

Joakim skakade på huvudet, lutade sig fram och fällde ned persiennen. Vad skulle hända om någon såg dem? Skulle de tro att han tagit tanten som gisslan? Tänk om det låg något i det hon berättade. Det kanske fanns en gnutta sanning i det.

”Ingrid, distriktssköterskan, blev dräpt precis här.” Hon pekade på krysset i munkens hus vid Möllebos. ”Är inte det väldigt märkligt?”

”Okej, där fick du mej. Jag är med.” Joakim tyckte inte längre att han hade något val. Det kunde tänkas att den gamla damen satt på information som skulle kunna rentvå honom. Eller också var hon sinnessjuk och levde i en annan verklighet och hade ritat kartorna själv. Det skulle till och med kunna vara så att det var hon som dräpt distriktssköterskan. ”Finns det någon mer än du som sett kartan?”

”Helge så klart och vilka han har visat den för vet jag inte. Jag frågade Signe om hon visste något om Hunninge, men hon sa att Helge bara feberyrade.”

”Hade han inga polare då, din man?” sa Joakim och följde med fingret vägen mellan Roma Kungsgård och Möllebos. ”Jag hörde av Ubbe att det skulle finnas en hemlig gång mellan Klostret och Roma kyrka. Undrar om den finns på riktigt. Vi snackade om det. Den som hittar en sån gång och köper marken blir rik. Det skulle vara som att hitta Lummelundagrottorna en gång till. Om det fanns en sån gång skulle man osedd kunna ta sej fram.”

”Helge och jag har pratat om den där tunneln många gånger och visst kittlar den fantasin. Men enligt Helge är den en ren omöjlighet. Hur skulle munkarna kunna ha grävt en hemlig gång med så vansinnigt mycket folk omkring sej, och förresten var hela området täckt av vatten. Den skulle ha blivit vattenfylld direkt, sa Helge till mej. Det finns en till karta där han har ritat vattenvägarna som han tror de såg ut på 900-talet.” Frida vecklade omständligt upp den i ljuset.

”Då måste båtarna ha kunnat komma in vid Kappelshamn och sen via Tingstäde träsk ned till Roma, coolt.”

”Precis. Fast från Lärbro fick de nog rulla dem på stockar till Tingstäde. Helge ansåg att Bulverket i Tingstäde var en hamn för båtar att lägga till vid. Med utdikningar och landhöjning blev det svårt för koggarna att ta sej ända ned till Roma. Så man byggde en ny handelsplats. Helge hade teorier om att det fanns ett likadant bulverk i sjön vid Roma Kungsgård. Han var uppe i ett litet flygplan han hyrde för dyra pengar och han sa att han såg en stor rektangel i växtligheten på marken. 800 gånger 800 meter. Den stämde inte med laga skiftes gränser.” Frida fick något mörkt i blicken och tystnade tvärt, det var kanske något minne som trängde sig på. Hon sköt kartorna ifrån sig och såg upp i Joakims ansikte. ”Signe berättade för mej om flickebarnet på badhuset. Camilla. Hon bodde granne med mej. Jag kan inte sluta att tänka på henne.”

Joakim ryckte till. Han ville inte tänka på det. ”Det var min tjej. Polisen är efter mej som faan.”

”Men Joakim, stackars sork …” Hon smekte honom över kinden och han kände tårarna komma. ”Vad tänker du om det då?”

”Jag orkar inte prata om det.” Joakim la sig över köksbordet och lutade huvudet i armarna så att hon inte skulle se att han grät. Frida strök honom över håret.

”Ibland inbillar man sej att man kan gå skadeslös genom livet, men så blir det aldrig. När man minst anar det så rasar allting och det som förut har varit värt något och viktigt för en blir bara strunt.”

”Var ska vi gräva i natt då?” sa Joakim när han hämtat sig lite.

”Först måste vi prata med kyrkvaktmästaren. Han kan latin. Det värsta är att jag inte vet om vi kan lita på honom. Sen får vi fortsätta i Möllebos, jag hann inte leta i munkhuset. Fast jag vet inte vad vi gräver efter, bara att det är viktigt.”

Joakim gned sig i ögonen som sved av salt och gick bort till kylskåpet efter en öl. Halvvägs tillbaka vände han sig mot Frida för att bjuda henne en burk, men hon skakade på huvudet. Han fortsatte till sin plats igen medan han funderade.

”Jag har bil, men inga pengar till bensin. Du råkar inte ha …?”

Frida klappade på sin handväska. ”Här finns det resurser du. Räcker tjugotusen att tanka för?”

”Tjugotusen! Du är inte klok. Går du med tjugotusen i handväskan? Du kan bli nedslagen för mindre än så.”

Senare när Frida somnat i soffan och drog långa timmerstockar låg Joakim och stirrade i taket. Vad skulle kompisarna säga om de såg det här?

28

Morgonen var sval och frisk och vinden låg på från havet. Maria Wern hämtade tidningen, satte på kaffe och bredde två skivor fullkornsbröd med brieost och salami. Morgonens huvudnyheter handlade om faran för kvinnor att vistas ute efter mörkrets inbrott. Flera kvinnor hade intervjuats. De tillfrågades om de kände större rädsla för att gå ut nu efter morden och vad de vidtog för försiktighetsåtgärder. Frågeställningen var tydligare än klartext. Våldet var riktat mot kvinnor, bara mot kvinnor. Offren var i alla åldrar. Om mordbranden räknades in hade tre kvinnor blivit offer. En av de intervjuade kvinnorna hade en teori om att män som tar till våld mot kvinnor väljer små spröda kvinnor, inte vältränade och välväxta damer som kan slåss på lika villkor. Hon uppmanade alla kvinnor att delta i självförsvarskurser. Makt får man inte, makt tar man sig. Enligt den senaste statistik Maria läst var det betydligt farligare för unga män att vistas ute på nätterna än för kvinnor. De hamnade oftare i bråk och blev svårare skadade. Men sådan statistik håller inte när tre kvinnor på samma ort blivit utsatta.

Varken Camilla Ekström eller distriktssköterskan Ingrid Bogren hade blivit utsatta för sexuellt våld enligt de preliminära obduktionsprotokollen. Det fanns ingenting mer än statistiken som talade för att det skulle ha varit en man och inte en kvinna som tagit deras liv. Polisen visste inte ens om det var samma gärningsman vid de tre dåden. Efter alla förhör med vittnen återstod ett gigantiskt pussel att lägga. Vem såg vem vid badet i Roma och vid Möllebos? Var och vid vilken tidpunkt? Vittnen minns med olika skärpa, somliga minns bort i tok och andra tvekar i det längsta för att inte säga fel. Ju tidigare man får in vittnesmålen, innan folk hunnit prata ihop sig, desto bättre. Det som till en början är ett faktum kan lätt smulas sönder om en detalj inte stämmer. När man väl funnit en misstänkt gärningsman är det så lätt att söka de fakta som stämmer in för att man inget hellre önskar än att det ska bli uppklarat. Det farligaste man kan göra är att tvärsäkert låsa tanken vid en hypotes. Och ändå … är det en hypotes som krävs för att man ska få struktur och orka jobba vidare. Att det skulle handla om en gärningsman som var ute efter att skada kvinnor var just en sådan hypotes, tänkte Maria.

Maria Wern skulle just lämna sitt gula hus på Södra Murgatan och fara till arbetet när mobilen ringde. Det var Rebecka. Redan när hon sa hej och frågade hur det var kände Maria sig matt av anspänning. Var Per sämre? Han hade väl inte dött? Säg något! Jag måste få veta nu. Sluta upp med artighetsfraserna någon gång. Jag orkar inte vänta!

”Varför svarar du inte?” Rebeckas röst lät spänd.

”Är det något med Per, vet du något?” Maria kunde inte tygla sin iver. Det måste vara något viktigt, annars skulle Rebecka inte ha ringt.

”Han anses medicinskt färdigbehandlad i Uppsala och kommer att skickas hit till Gotland för rehabilitering.”

”Är det sant! Så underbart! Är han så mycket bättre?” Maria jublade inombords. Han skulle snart vara hemma och ingen eller inget skulle kunna skilja dem åt mer. ”När kommer han?”

”Nu i eftermiddag. Det är en sak jag vill att du ska veta. Lyssna noga på mej nu, Maria. Han har förändrats. Han kommer antagligen aldrig mer att bli som förut.”

”Hur menar du?” Maria kände hur luften helt gick ur henne och hon började skaka okontrollerat. Hon ville inte höra. Allt måste bli bra. Hon måste få höra det. Säg att allt är bra. Älskade, älskade Per. Det måste bli bra, måste.

”Han vill inte träffa dej, Maria. Han bad mej säga det till dej. Han vill inte att ni ses mer.”

”Varför?” viskade hon. ”Varför vill han inte? Kan jag inte bara få prata med honom? Jag måste få prata med honom.”

”Du får finna dej i att han inte vill det, Maria. Så är det bara. Jag hoppas att du respekterar hans önskan … Efter allt han gått igenom”, tillade Rebecka.

”Hur mår han då? I vilket skick är han? Det är tortyr att inte veta …” Mer hann hon inte säga innan Rebecka la på luren. ”Hallå! Hallå!” Maria försökte ringa upp henne igen men telefonen var avstängd. Hon sjönk ihop på huk med ryggen mot planket. Benen bar henne inte. Det sög till i magen och det kändes som att hon skulle kräkas. Kallsvetten sipprade ned mellan brösten och munnen blev alldeles torr. Per! Varför ville han inte? Efter all längtan, all oro, alla löften om en framtid ihop oavsett vad de skulle behöva gå igenom … Hon måste höra honom säga det själv. Se mig i ögonen och säg att du inte älskar mig utan vill leva med din fru så ska jag tro dig. Se på mig och säg det rent ut så ska jag lämna dig ifred och aldrig besvära dig mer.

Så fort Maria kom till polishuset skyndade hon upp till Hartmans rum. Han satt i telefon, men avslutade samtalet genast när han såg hur uppriven hon var.

”Vad är det, Maria? Vad har hänt?” Han reste sig upp för att dra ut en stol åt henne, men hon stod kvar framför honom med ena handen mot skrivbordet som ett bräckligt stöd. Hon berättade det för honom så behärskat hon kunde.

”Jag har bara Rebeckas ord på det. Jag måste få veta hur det är med honom. Om han tar emot dej, Tomas … kan du fråga om han vill träffa mej då.”

”Jag ringer Rebecka i eftermiddag när han kommit till Visby lasarett. Orkar du jobba i dag? Du kanske skulle …” Hartman sökte efter orden. ”När både jobbet och privatlivet kräver det övermänskliga måste man vara rädd om sej.”

”Jag klarar mej. Vad är på gång?” Maria drog ihop håret i en stram hästsvans och satte sig framför Hartman rak i ryggen. ”Jag blir galen om jag inte har något att göra. När det gäller att få prata med Per kan jag bara vänta och hoppas och önska. Här på jobbet finns en del att ta tag i, eller hur?”

Hartman nickade och drog handen över hakan. ”Den där städaren på badet som du hörde … han som hittades i ett dike i chock …”

”Sebastian Sverkersson.”

”Ja. Vi har sökt honom under hela gårdagen utan att få svar. Det finns en del oklarheter i hans vittnesmål och vi har försökt kalla hit honom för att komplettera ett och annat.”

”Och nu tycker du att vi ska hälsa på honom?”

”Precis.” Hartman samlade ihop sina papper i mappen och satte på sig skorna han sparkat av sig under bordet. ”Han bor på Järnvägsgatan i Roma. Ett stenkast från din akvarellärare Simon, om man kastar bra.”

Försommaren visade sitt vackraste ljusgröna leende. Solskenet låg över gärdena där sådden spirade. Björkarna hade just slagit ut och lindarna släppte igenom ett dunkelgrönt ljus i allén mot Roma Kungsgård och den gamla klosterruinen. Doften av solvarm jord och rabattblommor slog emot dem när de stannade utanför den lilla vitputsade villan där Sebastian Sverkersson bodde. På andra sidan vägen låg det nedlagda sockerbruket som en jättelik och tom kakburk omgärdad av ett högt ståltrådsstängsel. Det är märkligt så ett samhälle förändras. Hantverksgatan, Bruksgatan och Järnvägsgatan – namnen bar minnet av en hektisk tid när järnvägen fortfarande fanns på ön och samhället var en knutpunkt och centrum för betkampanjen. Alla vägar bar till Roma dit man for för att arbeta. Betorna skulle vara uppe till Mårtendagen. Från mitten av september och fram till jul höll betkampanjen på och samhället var fullt av liv. När Maria Wern och Hartman kom dit verkade hela bygden ha tagit sovmorgon. Inte en människa syntes till.

De steg ur och ringde på. På glasrutan satt en klisterlapp med en schäferhund och texten: *Break in, make my day.* Men inga hundskall hördes. Hartman ringde på en gång till, signalen gick tydligt fram. Inget svar. De gick ett varv runt huset. Gräset växte högt som om ingen längre brydde sig om eller orkade sköta trädgården. Persiennerna var neddragna i flera av fönstren.

Maria ställde sig vid ytterdörren igen, kupade händerna framför rutan och ropade, men inte ett ljud hördes där inifrån.

"Vi skulle kunna gå fram till affären och fråga om han varit där och handlat på sistone", sa hon. "Jag känner Gun i charken. Hon går på min akvarellkurs." Maria började vandra iväg medan Hartman tvekande stod kvar vid dörren. "Kom nu. Vi kan få veta ett och annat."

"Vi kanske skulle ta bilen?" Hartman vägde nycklarna i handen.

"Var inte en sån latmask. Det är bara några hundra meter."

Gun i charken hade inte sett Sebastian sedan den dagen då han kom hem från sjukhuset.

"Han fick ju en chock, stackarn, efter att ha hittat flickan i bastun. Men hans mamma var här så sent som i går och då tittade hon till honom. Han lagar ingen mat själv, äter knappt, sa hon. Han bara ligger på sin säng och grubblar. Han har inte varit på jobbet heller och inte orkar han prata med sin chef och berätta hur det är. Det får hans mamma sköta."

"Men hon har nyckel till hans hus, är det så?"

"Det måste hon ju ha." Gun torkade fundersamt av sina blodiga händer på förklädet.

”Vet du var vi kan få tag i henne?”

”Jag såg henne alldeles nyss”, sa Gun ivrigt. ”Hon sa att hon skulle till frissan och bli fin i håret.” Gun pekade åt det håll från vilket de kommit. ”Ni går förbi ’Espegards lilla kringla’, Coop och Apoteket tills ni kommer till ett gult hyreshus. Där är det.” Gun följde dem ut ur affären. Vinden låg på och blåste hennes bruna burriga hår i mittbena. Det fick henne att likna det penntroll Maria haft när hon gick på lågstadiet. Hon slog bort tanken.

29

Genom glasrutan på frisersalongen såg de en välklädd kortväxt kvinna betala i kassan. De väntade tills hon kom ut, presenterade sig och berättade sitt ärende.

”Ja, jag är Sebastians mamma. Han mår inte bra. Jag tror inte att ni får ut så mycket av att träffa honom. Jag kanske kan hjälpa till. Vad är det ni vill veta?” I dagsljuset såg den medelålders kvinnan trött och härjad ut, den nya frisyren till trots. Årsringar av sorg och oro bildade halvmånar under ögonen. ”Han gjorde det inte. Han dödade inte flickan även om han skulle säga till er att han kanske gjorde det. Jag förstår att det låter konstigt. Men Sebastian tvivlar på allting. Det finns morgnar han ringer mej för att jag ska övertyga honom om att han inte är död. Hur vet man att man inte är död och bara går omkring bland de levande som en skugga, säger han. Då svarar jag: knip dej i armen och om det gör ont så lever du. Om han säger att han kanske dödade flickan är det för att han inte säkert vet. Hur *vet* man att man minns allt man varit med om? Det finns tusentals sinnesintryck som bara filtreras bort och som vi sen aldrig minns … Hur *vet* man att det inte var ett av dem, som försvann? Så brukar han resonera så man blir alldeles galen på honom. Men han gör sej inte till. Han tvivlar verkligen på sej själv och på hela universum. Så sorgligt är det.”

De promenerade tillbaka till Sebastian Sverkerssons hus.

”Det är låst. Har du nyckel?” frågade Hartman när de kom fram till grinden.

”Har han låst om sej? Det brukar han inte göra. Han är så rädd för att det ska börja brinna och att han inte skulle hinna ut. Han har inget av värde som kan bli stulet, säger han. Ja, jag har nyckel.”

Sebastians mor gick fram och öppnade ytterdörren för dem och ropade. ”Sebastian! Han kan väl inte ha gått ut? Han har inte varit ur sängen sen han kom från sjukhuset. Det har hänt tidigare att han bara blivit sängliggande och läkaren har bedömt det som depression. Han har börjat med medicinen igen, men det tar säkert ett par veckor innan han blir sej själv igen. Sebastian, är du där?”

De delade på sig och sökte igenom bottenvåningen. Köket var skinande rent. Badrummet såg ut som om det aldrig använts. Handdukarna som hängde vid tvättfatet var bländvita och vardagsrummet var prydligt men sparsamt pyntat. Maria fick en otäck känsla. Är det så här man städar efter sig innan man väljer att lämna livet? För att de som kommer efter ska slippa besvär, slippa städa och ta reda på saker efter ens död? Hon skyndade sig upp för trappan till övervåningen. Där uppe fanns en toalett och två vindsrum, i det ena stod en dator vid ett skrivbord. Det hängde ett blårutigt skynke över skärmen. Det andra rummet vilade i mörker. Persiennen var fördragen och först när hon vant sig vid mörkret kunde hon se att någon låg i sängen.

”Sebastian, är du där?” Hon kände med händerna på täcket och märkte att han ryckte till. En stor lättnad. I dörröppningen kunde hon skymta de andra. Hon vinkade åt dem att hålla sig i bakgrunden. ”Du får ursäkta att vi väcker dej så här abrupt. Men dörren var låst och du öppnade inte så vi blev lite oroliga. Maria Wern heter jag. Från polisen, vi har träffats förut. På sjukhuset.”

”Jag hörde när det bankade. Jag tror att jag hörde det. Jag hörde när kilarna slogs i bastudörren, men jag såg det inte. Jag tror att jag hörde det alltså, men är inte säker. Det lät dovt som trä mot trä. Jag gissar att man kan göra såna själv om man har en plåtsax." Maria höll med. Det var vad teknikern hade kommit fram till, att kilarna knappast var gjorda av en plåtslagare. De var antagligen hemmagjorda. I uthuset på Möllebos hade man funnit en plåtsax. Det återstod ännu att se om det fanns några andra fingeravtryck än de förväntade på det material man samlat in.

"När hörde du det bankande ljudet?" frågade hon.

"Det var precis när jag skulle gå hem. Det kan ha varit hon som knackade och ville ut eller också var det när kilarna slogs i. Det är mitt fel. Det var jag som dödade henne. Om jag stannat kvar ... men det gjorde jag inte. Det var en film på teve. Jag var tvungen att se den. Jag ville hem och se den och då lät jag bli att kontrollera ljudet från bastun. För annars skulle jag ha missat början. Den var med Marilyn Monroe och började 21.15. Camilla Ekström kunde ha levt nu. Det är mitt fel. Jag orkar inte. Jag vill inte leva längre." Sebastian vred täcket mellan sina seniga händer till en hård rulle. "Jag vågar inte leva och jag vågar inte dö." Hans andning accelererade och en svag jämmer hördes från sängen.

Maria lät honom fortsätta. Väntade in honom förutsättningslöst fast hon så gärna velat trösta honom i hans vånda. Hon reste sig och gick bort mot fönstret. "Gör det något om jag släpper in lite ljus? Det är svårt att se vad jag skriver annars."

Sebastian skuggade med handen över ögonen och nickade bifallande.

"Finns det några personer du kan erinra dej från den kvällen på badhuset? Ta god tid på dej, det är viktigt."

"Det var inte så många där. Turisterna har inte börjat komma på allvar ännu. Det var Bibbi, hon med hunden som bor granne med huset som brann ned, men hon skulle inte bada utan reklamera ett presentkort på massage. Man får inte ha hundar inne på badhuset. Hon var väldigt påstridig. Sen var Signe där, en gammal tant som varit vinterbadare. Hon brukar simma med uppsträckt hals för att inte bli våt i håret fast hon har en knallgrön badmössa. Bröstsim – så långsamt att man tror att hon ska drunkna." Sebastian drog inte ens på mun, antagligen såg han inte det roliga i det han just sagt. Maria lät honom tänka i lugn och ro tills han började skruva på sig oroligt. Då kände hon sig nödgad att hjälpa honom på traven.

"Fanns det fler människor på badet som du minns?"

"Det har jag redan berättat för dej. När jag var på sjukhuset och fick dropp. Du skrev upp det då. Hur mycket ska man behöva tjata om samma sak? Jag orkar inte. Låt mej vara."

"Jag önskar att jag kunde det, men vi behöver din hjälp. Du sa förut att Joakim Rydberg var där." Hon lät honom inte glida undan med blicken. Catrin i receptionen hade sett Sebastian prata med en ung man som helt stämde in på beskrivningen av Joakim Rydberg. Därför kom hans påstående just nu som en överraskning.

"Nej. Aldrig hört talas om honom." Svaret kom snabbt och hårt.

"Sist vi talades vid sa du att du trodde att det var han som gjort det. Att du sett honom på badet."

"Jag hade väl fel", sa han vresigt och vände sig om i sängen med ryggen mot Maria.

"Men du känner honom, eller hur?" Maria grävde i jackfickan. "Jag har ett visitkort här där det står *Sebastian Sverkersson, intuitiv massör*. Vem har tryckt upp det åt dej?"

"Det är inte straffbart. Det är inte någon legitimation. Det är inte som att förfalska id-kort. Vi gjorde det som en kul grej."

"Du och Joakim?" Maria lät honom inte komma undan. "Du känner alltså Joakim Rydberg?"

"Han ville ha betalt och jag hade inga pengar. Inte på mej. Jag vill inte ta ut i automat. Jag vill ta ut av en riktig människa som sitter i en kassa, någon man kan prata med så det blir rätt. Jag kan ha skrivit fel belopp och få ut pengar jag inte ska ha eller förlora pengar, jag behöver någon som kontrollräknar och därför kunde jag inte ta ut pengar åt honom i en automat, men det förstod han inte. Han var så arg i telefon. På badet såg han mig inte."

"Joakim Rydberg var alltså på badet kvällen innan du hittade Camilla Ekström i bastun?"

"Jag tror det. Jag vet inte säkert. Kvällarna flyter ihop och jag är inte säker på om det jag minns är från den kvällen eller någon annan kväll. Jag tror att han var där om inte minnet blivit felkopierat och grumlat så att jag bara tror att jag vet."

"Men du minns de andra, du är säker på att de var där den kvällen?"

"Inte säkert, men jag tror det, fast jag lovar det inte. Jag kan inte lova någonting alls", sa han olyckligt.

30

Det var sen eftermiddag när de samlades i polishusets konferensrum. Värmen var olidlig och stämningen irriterad.

”Jag vet inte om det är olagligt att trycka upp visitkort med felaktiga uppgifter”, sa Hartman. ”För några år sen hade vi en man som reste runt och lämnade sitt visitkort när han tog ut varor och bad företagen skriva fakturor till en adress som inte fanns. Det var bedrägeri. Om man skriver massör, eller ännu värre, intuitiv massör på korten är det svårbedömt. Vem som helst kan ju anse sej vara intuitiv massör. När det gäller Joakim Rydberg tror jag inte vi kan plocka in honom för det. Det är mer en sak för skattemyndigheten om han tar betalt svart av sina kunder.”

”Men han nekar till att ha varit på badhuset, trots att vi har två vittnen som kan gå ed på att han var där och ett vittne som ’kanske’ minns det. Det kan vi ta in honom för, ett kompletterande förhör. Har vi något mer att gå på?” Maria bollade över frågan till Erika Lund som hittills suttit tyst och begrundande på sin plats i konferensrummet. Konstigt att man så fort får bestämda platser, tänkte Maria. Själv brukade hon alltid sitta vid fönstret i fikarummet och blev lite husvill om den platsen blivit upptagen. Erika satt alltid längst framme vid tavlan i konferensrummet. Hon var lite närsynt, men ville inte använda glasögon.

”På kilarna som höll fast bastudörren finns det inga fingeravtryck. Vi har tagit med plåtsaxen från Möllebos och utan tvekan är det den som har använts. Det finns ett litet jack på det ena bladet som har givit avtryck i järnet. Men vem som hållit i plåtsaxen vet vi inte, den saknar också fingeravtryck. Däremot finns det fibrer. Någon har torkat av den med en bomullstrasa, vanligt vitt bomullstyg från vilket sönderrivet underlakan som helst. Signe Nilsson har inte lånat ut plåtsaxen till någon, inte heller saknat den. Hon visste inte ens att den fanns, säger hon. Kilarna är klumpigt och amatörmässigt gjorda av bockad plåt, enligt den plåtslagare jag kontaktade för att få en bedömning. Plåtsaxen från Möllebos och mordet på Ingrid Bogren visar på ett samband. Det var rätt att hålla samman utredningen. Mordbranden står ännu lite för sej själv. Vi vet inte om den har med de övriga brotten att göra."

Eriksson hade suttit tyst en lång stund. "Jag tänkte på Frida Norrby, som försvann vid branden, vet vi något mer om henne?"

"Dessvärre inte." Hartman kände ett tryck över bröstet, luften kändes kvav och svår att andas. "För varje timme hon är försvunnen minskar chansen att hon är vid liv. Vi har ett vittne som tyckte sej ha sett henne på bussen till stan. Men han var alkoholpåverkad så till den grad att han kan ha sett vad som helst. Det var snudd på att han blev körd till tillnyktringen. Han kunde inte ens ta sej ur bussen utan hjälp. Hade inte hans fru kommit och hämtat honom, hade vi fått plocka in honom över natten."

"Vi har två mord och en mordbrand inom loppet av några dygn – men vad finns det för motiv?" Maria tyckte att det var den viktigaste frågan att diskutera just nu. "Det handlar knappast om sexualbrott, inte rånmord … inget är såvitt vi kan se stulet, utom möjligen Ingrids mobiltelefon, och varken Camilla eller distriktssköterskan var särskilt förmögna. Finns det något annat som binder dem samman? Finns det någon som kände dem alla tre? Finns det en enda beröringspunkt mer än att de alla bodde i Roma?" Maria såg på sina kollegor i väntan på en reaktion. "Är det en ren slump att det blev just de här kvinnorna?"

"När det gäller mordbranden var stugan inte ens försäkrad. Sista premien betalades in när Frida Norrbys man fortfarande levde och sen har den försäkringen förfallit. Det talar väl också för att hon inte var helt klar och redig. Tanten gick alltså med förlust om det var hon som tände på sitt hus." Haraldsson reste sig upp i sin fulla längd och sträckte på ryggen. Efter fyra timmar vid dataskärmen där han sorterat och kontrollerat inkommande information var han ganska stel. "Vi har inga vittnesmål kring mordet på distriktssköterskan. Ingen har sett någon fara till eller från Möllebos i bil. Det är nästan så man börjar tro på den gamla sägnen om en tunnel under jorden. När det gäller badhuset fanns det hur mycket folk som helst på plats. Mordet måste ha varit planlagt eftersom kilarna tillverkats. Men när det gäller Ingrid Bogren har det mer karaktären av dråp, skulle jag säga."

"Vilket ändå kan betyda att det är samma person som genomfört det?" sa Erika utan att vända på huvudet mot Haraldsson. Maria anade en viss rivalitet där.

"Kan vara det, men det är föga troligt", kontrade Haraldsson. "I de flesta fall använder mördaren samma modus operandi. Har man lyckats med en metod är det dumt att chansa. Men du kanske sitter med något ess i rockärmen? Har du något för belägg för att det skulle vara samma person? Något du kan dela med dej av till oss andra dumma satar kanske?"

"Den springande punkten är ändå varför", avbröt Hartman. De var trötta. Det var varmt. Media och allmänheten krävde resultat de ännu inte hade. Det enklaste sättet att få tyst på drevet vore att ta in Joakim som misstänkt, men risken var att de skulle tvingas släppa honom igen i brist på bevis. "Jag blev uppringd av Camillas pappa precis innan jag kom hit. Alla frågar sej samma sak. Varför? De finner ingen enda rimlig förklaring. Vi saknar ett hållbart motiv."

"Om vi tänker oss att det är en galning, en känd galning ..." Haraldsson sneglade på Erika, men hon ignorerade hans blick. "... så finns det ingen som dömts till rättspsykiatrisk vård ute just nu, inte på Gotland. Däremot har vi en och annan som tidigare dömts för misshandel. Till exempel Joakim Rydberg."

"Vad handlade den misshandeln om?" frågade Hartman.

"Fylla och slagsmål. Några skitord och en smocka på Hemse marknad, grabbar emellan. Ingen kvinnomisshandel."

"Det hindrar ju inte att han senare ger sej på kvinnor om det är på det viset han brukar lösa konflikter", sa Erika vasst. "För vissa män är fysiskt våld det enda som finns att ta till när orden inte räcker."

Haraldsson som nyss sjunkit ned på sin stol exploderade. Han reste sig hastigt och tog ett par steg mot Erika som skrattade honom rakt upp i ansiktet.

"När ska vi män bli respekterade som individer och inte behandlas som ett jävla kollektiv! Jag är så förbannat trött på att behöva stå till svars för halva mänsklighetens tillkortakommanden. Det räcker att var och en står för det den gjort och gör. Alla män spöar inte kvinnor. Alla kvinnor är inte offer. Det finns kvinnor som spöar sina män. Det talar vi nästan aldrig om. Varför får män som spöas av kvinnor inte samma uppmärksamhet och sympati?"

"Var inte så säker." Erika snärtade till Haraldsson i baken och han vände sig om med svart blick.

"Jag kunde anmäla dej för sexuellt ofredande för det där. I vittnens närvaro har hon klappat mej i baken."

"Vi har ont om tid och bör hålla oss till sak", bet Hartman av. "Ska vi komma någon vart måste vi hjälpas åt. För att tänka kreativt behöver man känna trygghet och ingen blir trygg av att få gliringar eller påhopp. Det här är ett klimat jag inte accepterar. Fungerar ni inte i utredningen måste jag överväga omplacering. Och Haraldsson har rätt." Hartman vände sig till Erika. "Det du just gjorde är åtalbart. En gång till från vem det vara må och jag kommer inte att se mellan fingrarna. Det är allvar nu. Det här är fan ingen lekstuga!"

Maria häpnade. Det var verkligen inte ofta Hartman höjde rösten. Hon såg trött på hur Erika och Haraldsson gjorde miner åt varandra som barnungar. ”En teori Hartman kom med och som jag inte kan släppa är att Stina Haglund gjorde det”, fortsatte hon. ”Stina hade varit ihop med Joakim, i alla fall enligt Camillas dagbok. Anta att hon kom på att Camilla var ihop med Joakim nu. Hon ser till att han infinner sej på badhuset och sen tar hon livet av sin rival och den svekfulle unge mannen får sitt straff genom att bli misstänkt.”

”Är inte det lite långsökt?” sa Erika. ”Varför tar hon i så fall livet av distriktssköterskan och eldar upp Frida Norrbys hus? Tjejer i den åldern kan visserligen vara ganska lömska och intriganta, men därifrån till kallblodigt och välplanerat mord ...?”

”Såna är kvinnor”, sa Haraldsson och fick en varnande blick av Hartman.

”Men det kan lika gärna vara Joakim. Även om ingen sett någon bil på vägen till Möllebos kan en bil ha passerat obemärkt. Han om någon hade alla möjligheter. Frågan är bara vilka motiv som finns.” Maria kunde inte släppa tanken.

”Han kanske var sur på Camilla för något vi inte vet, hon kanske tänkte lämna honom? Men fortfarande förklarar det inte distriktssköterskans död eller varför han skulle tända eld på Frida Norrbys hus. Men det är ganska märkligt ändå att hon åkte taxi med honom just den natten det brann.” Hartman gick fram och ställde sig vid det öppna fönstret, det var verkligen kvavt.

”Joakim länkar Frida till Camilla, Möllebos länkar till Ingrid, Ingrid träffade Camilla i affären. Men vad är det vi inte ser och förstår ... Hur går ekvationen ihop?”

”Jag vet inte vad jag ska tro om Joakim. Det tog slut med Stina och henne har han inte gett sej på”, inflikade Hartman. ”Inte vad vi vet, i alla fall?”

”Jag träffade Joakims mamma i affären i går kväll. Vi gick en buggkurs ihop i höstas så jag känner igen henne", berättade Eriksson. "Hon ser ut att ha åkt på en rejäl smäll."

"Frågade du henne om det?" undrade Hartman.

"Hon undvek mej och höll handen över ansiktet och böjde sej ned över kyldisken, men jag hann se." Eriksson blev tyst en stund och funderade. "Mödrar anmäler sällan sina söner. Jag antar att många fall av misshandel inom familjen aldrig anmäls. Jag tycker vi tar in honom och pratar med honom igen. Han ska känna sej påpassad."

"Men vi har haft honom inne. Han säger inte ett dugg. Det är som om det inte bekommer honom alls. Han bara sitter och hånler." Haraldsson suckade uppgivet. "Någon annan får höra honom. Jag blir provocerad."

"Hånleendet kan vara ett försvar. Då får vi anta att han döljer något. Har Erika något mer?" Hartman dröjde med att samla ihop papperen i väntan på vad hon hade att säga.

"Enligt Stina Haglund var en toalett i damernas omklädningsrum låst när hon lämnade badet i torsdags. Vi har gått igenom allt som fanns där i papperskorgen. Lite smååckligt, om man inte är härdad. Vi har tagit en hel del fingeravtryck, det fanns mängder. Min förhoppning är att vi ska finna Joakim Rydbergs fingeravtryck eller DNA på damernas toalett för att bevisa att han varit på fel sida planket."

"Bra tänkt. Är det inget mer vi behöver informeras om allihop jobbar vi vidare var och en för sej." Hartman var den förste av dem att lämna rummet.

31

När Maria Wern satte sig i bilen för att fara mot Roma fanns hennes tankar hos Per Arvidsson som för ett par timmar sedan anlänt till Visby lasarett. Hartman hade talat med Rebecka för att höra om Per kunde ta emot besök. Maria hade stått bredvid honom när han ringde för att kunna lyssna, alltför nervös för att kunna sitta ned. Rebecka hade varit kort och avvisande, som om hon anat att Hartman inte var ensam. Nej, Per kunde inte ta emot besök. Inte på länge. Han önskade vara ifred och behövde få träna i lugn och ro utan att bli störd eller distraherad. När Maria tänkte efter kunde hon se flera orsaker till exfruns beteende. Antingen hade Rebecka blivit dumpad av sin älskare på sjukhuset och längtade tillbaka in i äktenskapets trygga famn. Eller också var det Per själv som omvärderat livet och fattat ett nytt beslut. Det var förståeligt om han ville ha sina barn hos sig varje dag och därför var beredd att ge äktenskapet en andra chans. Eller också var han så skadad att han inte ville visa sig för dem … på något urfånigt superhjältemanér. Rebecka hade vägrat säga i vilket skick han var – om han ens kunde gå. Maria flämtade till vid tanken; tänk om han var totalförlamad. Vore det inte enklare att berätta det då än att låtsas något annat? Skulle han bara kunna visa sig om han var helt återställd? Och om han inte blev det … om han förblev invalid … skulle han hålla sig gömd för världen då? Jag förlåter dig aldrig om det är så du menar, tänkte Maria. Om du stänger mig ute nu, vågar jag inte leva med dig. Vad skulle du göra med mig då … när jag blir ett gammalt monster? Om jag blir sjuk och skröplig och behöver dig? Skulle du välja bort mig då för att jag inte lever upp till förväntningarna på den kvinna du valde, hon som var frisk och som du tyckte var vacker och glad. Av alla onda ting skulle det vara det värsta. Att inte våga lita på att man duger som man är. Kan man leva med någon som har ett sådant förakt för svaghet?

En vecka hade nu gått sedan kvällen då de varit på akvarellkurs på Kungsgården och undrat var Ingrid Bogren tagit vägen. Det kändes som om eoner av tid passerat sedan dess. I kväll var det kursavslutning. Maria hade först inte tänkt komma, men Simon hade ringt och övertalat henne. Han ville så gärna att de kom allihop. Det känns viktigt att få prata ut om det som har hänt, sa han och Maria höll med om det. Fredagskvällen hade slutat i kaos, oro och förtvivlan när man fann Ingrid död i munkhuset på Möllebos. Vi måste prata om det, hade Simon sagt och Maria hade låtit sig övertalas att komma till festen, fast det kändes motigt.

Kvällen var ljum och stilla. Simon hade gjort sitt bästa för att ordna en trevlig avslutningsfest. Alldeles invid örtagården hade han tänt en grill och på det grovhuggna träbordet hade han dukat upp med bröd och sallad, grillspett och klyftpotatis. Rött vin fanns upphällt på lerkrus och i centrum stod en bytta med tryffelsmör. De gröna servetterna matchade pappersduken han köpt i stan och ytterst på bordet stod en vacker vas från glasbruket med generöst utslagna vildtulpaner. Han vinkade till Maria med grillvanten när hon kom gående runt hörnet. Förklädet spände över magen som på en riktig kändiskock. Han log stort och varmt mot henne.

”Du var tidig. Välkommen. Får jag bjuda på något att dricka?”

”Jag kör.” Maria såg sig om efter något lämpligt alternativ.

”Inga problem, du kan bo över hos mej.” Mirja dök upp ur grönskan och sparkade av sig skorna innan hon la sig på mage på en filt.

Maria kunde inte undgå att lägga märke till de rödmålade tånaglarna och de välvårdade fötterna där huden var mjuk som på ett spädbarn, tvärt emot vad Erika hade sagt om spruckna hälar och kärlekslöshet. ”Det går finfint, förstår du. Det är promenadavstånd härifrån. Kom igen, Maria, du behöver släppa loss lite. Det är du värd. Vi har massor av plats hemma hos oss.”

”Kanske det.” Maria kände hur skönt det skulle vara att för en gångs skull släppa kontrollen och sluta vara så duktig. Det här var fritid. Hon var bland vänner. Några hade hörts som vittnen, men ingen av dem var misstänkt. Varför skulle hon inte kunna unna sig det? ”Du ska inte prata med din man först?” frågade hon.

”Han kommer inte ens att märka det.” Mirja skrattade ett kvillrande skratt och fick med sig Simon i det. ”Gubben sover när vi kommer hem. Garanterat. Och sover fortfarande när du åker i morgon bitti. Möjligen om ni stöter ihop i badrummet då. Fast det är inte säkert han skulle reagera på det heller, du kan ju vara en del av hans nattmara. Nej, jag skojar bara.”

”Var så god.” Simon räckte över ett stop vin och Maria kunde inte låta bli att småle för sig själv. Han såg så förtjust ut. ”Gott va? Jag har hämtat det själv i Frankrike. Jag har en egen rad med vinplantor i Provence och så får jag köpa ett par lådor per år.”

”Det var flott”, sa Gun som kom travande över gräset med två stora bärkassar i nävarna. ”Jag tog med lite hembakat. I fall det kunde smaka. Ubbe kommer också. Han skjutsade mej hit. Skulle bara på hemlighuset först, sa han.”

”Det var en hemlighet han hade i huset”, skrattade Mirja. ”En liten överraskning till dej, Simon.”

”Nu blir jag nyfiken.” Simon petade i glöden och la på grillspetten medan han ivrigt spanade efter Ubbe, som var barnsligt förtjust i överraskningar. Det här skulle bli en glad fest. De behövde det efter allt det hemska som hänt. Lycka skapar man, olycka kommer av sig själv.

”Tja, allihop.” Ubbe slängde undan sin långa svarta lugg så att de kunde se hans ansikte. På huvudet hade han en anskrämligt ful gubbhatt, så ful att den var cool, och den svarta trenchcoaten släpade nästan i backen. Han räckte över ett paket till Simon. ”Det är från oss allihop. Det var faktiskt Ingrids idé”, tillade han lågt liksom på prov, för att se om hennes namn fick nämnas eller om det blivit tabu efter hennes död.

”Vad kan det vara?” Simon klämde på paketet.

”Något vi tycker att du behöver.” Mirja började skratta igen. Lite för högt och oprovocerat, och Maria funderade på om hon möjligen hade startat festen i förväg.

”Ett par hängslen och ett par Björn Borg-kalsonger, man tackar”, sa Simon när han öppnat paketet. Det lät på tonfallet som att han väntade sig en förklaring.

”Det är en antingen-eller-present”, förtydligade Ubbe.

”Jaha”, sa Simon och vände och vred lite på dem. ”Hur menar du nu, mer exakt alltså? Jag fattar inte.”

”Antingen har du Björn Borg-kalsongerna på dej så vi får något snyggt att kolla på när brallorna hänger eller också använder du hängslen så slipper vi se dina urtvättade gubbfilsingar.”

”Vilket jädrans påhopp! Var det Ingrids idé? Om hon hade varit här så skulle jag ha tagit med henne bakom knuten så vi fick göra upp. Man mot kvinna.” Där sprack rösten och han började gråta. ”Jag saknar henne så … Nej, det är inte farligt att prata om henne. Det är därför vi är här, för att minnas henne tillsammans. Inte stelt som på en begravning utan mjukt som på en picknick i det gröna. Här får vi gråta ihop och skratta ihop och trösta varann och på något sätt finns hon med oss.”

”Jag är så ledsen för din skull.” Maria såg i det ögonblicket hans stora saknad, gav honom en kram och började själv gråta. Och när hon börjat kändes det som att hon inte kunde sluta. Det var gråt av trötthet och besvikelse för att Per inte ville veta av henne. Och när hon sedan såg upp ur Simons famn märkte hon att de grät allihop och det kändes märkvärdigt nog riktigt och bra.

"Jag älskade henne så mycket", sa Simon. "Så mycket som man kan älska någon utan att bli galen. Jo, lite galen blev jag nog. Man kallar det för 'regression i fortplantningens tjänst'. Jag pratade småbarnsspråk med henne och när jag kom på det – alltså hur fånigt det lät, tänkte jag att det här kan inte vara jag, Simon. Jag är förhäxad."

Mitt i gråten fanns skrattet och de skrattade utan att riktigt kunna förklara varför – det låg så nära till hands.

"Jag skulle vilja att vi pratar om Ingrid, sånt vi minns. Jag vill att vi stänger det onda och hemska ute från hennes minne så att det blir vackert." Simon såg vädjande på dem.

"Jag träffade henne bara några få gånger", började Maria. "Men jag minns en sak som Signe berättade. De, mor och dotter, stod nere vid dammen i Möllebos i skymningen. Ingrid var bara ett barn. I ett av träden bodde det fladdermöss och just den här kvällen hade en liten unge ramlat ut. Så Ingrid fick ta hand om den och vet du vad hon kallade den?"

Simon skakade på huvudet.

"Han fick heta Simon den skumögde. Konstigt sammanträffande, va?"

Innan någon han kommentera det tog Gun över.

"Det fanns en gång en förrymd mördare som hette Noak som gömde sej i höet i Möllebos ladugård. Det var när Signe var mycket ung. Så otäckt för dem på gården. De visste ingenting förrän polisen kom." Gun fortsatte utan att känna av de andras ovilja. Det Simon hade bett dem om var att stänga det onda ute. "Tänk om det är han som går igen, Noak ... Det kanske är han som är mördaren. Jag menar, Ingrid ... Vi vet ju inte vem ..."

"Jag minns", avbröt Mirja. "Jag minns att Ingrid berättade att hon en gång vann en resa. Hon och Lennart Björk var ett par på den tiden, jodå, det visste ni inte. Kyrkvaktmästaren och hon hade ihop det. Det är kanske inte så konstigt. Hur många finns det att välja på i en så liten socken? De höll det hemligt. Signe visste inget heller. Det var en resa för två personer till Teneriffa. Hon hade vunnit den på en frågetävling och såg verkligen fram emot att få resa. Men så bröt Signe armen, hon föll i trappan mitt i natten. Och Ingrid stannade hemma och skötte om henne utan att säga någonting om resan. Inte ett ord, för att Signe inte skulle få dåligt samvete. Sån var Ingrid. Så självuppoffrande och omtänksam. De hade verkligen ett avundsvärt och innerligt förhållande, Signe och Ingrid."

"Hade hon inget avbeställningsskydd då?" undrade Gun.

Mirja ryckte på axlarna, det var liksom inte det som var poängen med historien.

"Jag minns också en grej." Ubbe som legat på filten i gräset reste sig upp på ena armbågen och kisade mot kvällssolen. "Jag skjutsade henne hem i vintras. Terminen hade precis börjat efter jul och nyår. Vi satt i bilen och snackade om vad vi ville måla ... vad som var själva grejen med att måla. Och då sa hon något viktigt. Man målar för att göra sej själv tydligare."

"Det var fint sagt." Simon blev blank i ögonen igen.

Ubbe fortsatte: "Jag visade henne mina bilder, och utan att hon visste något om mej började hon berätta vad hon såg. Det hon såg var precis rätt, precis som jag känner det. Bilderna gjorde mej tydlig. Sen bad jag att få kolla på hennes bilder."

"Spännande", sa Mirja. "Hon var verkligen duktig."

"Det var bilder på dej, Simon, skitcoola bilder. Hon såg dej på ett annat sätt. Hon var nog lite kär i dej, du. Men det fanns också andra bilder", tillade Ubbe och fick något konstigt i blicken. "Bilder i svart och rött och ett litet, litet barn som uppslukades av mörker. På en av bilderna stod barnet i ljuset av en tunnel. Jag frågade henne vad de betydde, men hon ville inte svara på det. Det här får du inte berätta för någon, sa hon. Hon hade druckit en del vin den kvällen, minns ni. Hon var inte som vanligt. Efter den gången var stämningen bruten liksom, och vi kom aldrig mer så där nära igen, så där så man kan snacka om det som är riktigt viktigt. Det var bara den gången. Och just då tyckte jag att hon blev en helt annan person."

"Jag visste inte att Ingrid och Simon var ett par. Gissa om jag blev förvånad", sa Mirja så fort de lämnat festen.

"Nej, det var inget de lät oss märka på kursen."

"Jag är så glad att jag slipper gå ensam hem härifrån i mörkret." Mirja tog Maria under armen. "Det är så otäckt efter allt som hänt. Vad tror du, är det en galning, en riktigt sjuk jävel som kan dyka upp var som helst? Vi har utedass och den sista veckan har jag kissat i potta för att slippa gå ut när det är mörkt. Och så har vi skaffat brandvarnare och brandsläckare och brandfilt sen det brann hos Frida. Man måste ha brandfilt, för syntetfiltar smälter när det brinner. Folk tänker inte på det. Vem vill ha smält filt på huden, fattar du vad det skulle brännas? Den snåle fan jag lever med hyr torpet med utedass för att det är billigast. Jag hatar det! Jag vill ha flärd, ett utedass är inte flärd. Det är så långt från flärd man kan komma. Han gör det med flit, för att plåga mej. Jag hatar utedass."

"Ja, det kan vara lite bökigt."

"Jag ser så konstiga saker i mörkret. Jag såg en skräckfilm om en kvinna som körde bil i mörkret. Plötsligt ser hon något framför sej på vägen. Det flyttar sej inte. När hon kommer närmare ser hon att det är ett litet barn i en babysitter, mitt på vägen. Då stannar hon så klart. När hon kommit ur bilen ser hon att det bara är en docka med babykläder. Det prasslar till i diket och hon blir rädd, tänker att det är en fälla. Hon rusar mot bilen, drar igen dörren med en smäll och låser den. När hon kör hem i mörkret sneglar hon hela tiden i backspegeln. Kan någon ha smitit in i baksätet? När hon öppnar bildörren ramlar tre avklippta fingrar ned på marken. Så nära faran har hon varit."

”Vad otäckt! Ska vi gå hem till dej i mörkret vill jag inte tänka på otäcka saker.” Maria kontrollerade om hon kommit ihåg att låsa sin bil. Bandspelaren hon haft vid förhören under dagen fanns kvar. Hon vågade inte lämna den utan stoppade ned den i sin portfölj, som hon tog med sig.

Mirja gick inte helt stadigt och Maria fick fånga upp henne mer än en gång när hon snubblade i sidled. Månen lyste stor och rund, och märkliga skuggor följde dem i allén upp mot kyrkan. Det var så att man kunde ana munkarnas ljusa kåpor fladdra förbi för att sedan försvinna när perspektivet mellan trädstammarna försköts vid nästa steg. Ibland kunde Maria uppfatta dem som en svart skugga som upplöstes i ljuset från månen när det föll genom bladverket. Det kunde stå någon bakom nästa trädstam orörligt väntande. Två ensamma kvinnor i natten är svårare att överfalla än en ensam, tänkte hon, smittad av Mirjas rädsla. Det susade svagt i lindarna som om de ville berätta om allt de varit med om genom tider av sorg och glädje. Hemligheter som bevarats i mullen under deras fötter – vilka hade vandrat här förut? Kanske var det sant som det berättades, att de munkar vars stoft använts som utfyllnad av vägen sedan spökade för att visa sitt missnöje över den respektlöshet de utsatts för efter sin död.

”Jag fick inga toalettsaker med mej. Jag tänkte inte att jag skulle stanna över natten.” Maria började så smått önska att hon ändå hade kunnat ta bilen. Det kändes krångligt nu och ännu trassligare i morgon när hon först skulle gå till Kungsgården för att hämta sin bil och sedan fara till stan. Hon längtade till den egna sängen och tryggheten.

”Jag har en gästtandborste jag brukar låna ut om någon övernattar.”

”Samma till alla gäster?” frågade Maria.

”Samma till alla. Inga kelgrisar och inga styvbarn.” Mirja skrattade till och blev sedan alldeles tyst. ”Hörde du? Det är någon där framme. Vi vänder om. Kom!”

Maria stannade till och lyssnade, men hörde ingenting. Efter ett par steg stannade Mirja igen. ”Men hör du inte?”

”Vadå?” Maria skärpte hörseln till det yttersta. Trädkronorna svajade lätt i frånlandsvinden. En bil accelererade på långt avstånd och nu hördes ett prasslande ljud från diket.

”Vi måste härifrån. Det är någon där i diket. Det låter som om någon jämrar sej. Akta dej, gå inte nära!” Mirja grep tag om Marias arm så hårt att det gjorde ont och drog henne därifrån.

32

”Det är någon där.” Nu var också Maria övertygad om den saken. ”Hallå, vad har hänt?” Hon tog sig varsamt loss ur Mirjas grepp och började sedan sakta gå mot ljudet. ”Är det någon där?”

Det jämrande ljudet övergick i ett flåsande, grymtande stön.

”Kom, Maria. Vi drar! Det kan vara livsfarligt, fattar du inte?” Mirjas röst blev gäll. Hon snubblade bakåt på vägen. ”Kom hit!”

”Vi måste se vem det är. Det kan vara någon som skadat sej.” Maria överlade med sig själv. Hon kunde inte lita på att få hjälp av Mirja i ett skarpt läge, inte i det skick hon var. Å andra sidan, om de försökte springa från platsen skulle Mirja sinka dem ordentligt. Hon kunde knappt stå för sig själv. Maria närmade sig ljudet. ”Hur är det?”

”Aj som fasen!” hördes en mörk röst och sedan lät det som att metall skrapade mot metall. ”Jag har så jäkla ont.”

”Men Gunnar! Det är ju Gunnar!” Mirja raglade fram och försökte ge sin man en hjälpande hand, men landade själv i diket. ”Vilken fantastisk överraskning, älskling. Tänk att vi skulle träffas så här.” Mirja gapskrattade och försökte resa sig upp, men misslyckades och landade tungt på baken igen. ”Maria, det här är min man. Han är inte nykter. Men vem fan är det? Gunnar, det här är Maria Wern från polisen. Nu kan vi sova tryggt och gott med en polis i huset i natt, eller hur, älskling? Du skrämde skiten ur oss, Gunnar.”

”Hur gick det?” frågade Maria medan hon försökte baxa upp mannen och cykeln med Mirja hängande i hans byxbak.

”Jag har ont överallt. Det känns som om tåget har kört över mej av och an.” Ett rödmosigt ansikte blev synligt i det svaga månljuset.

”Vad fan skulle du göra ute mitt i natten då?” sa Mirja anklagande och kröp på egen hand upp ur diket.

”Jag skulle möta dej, lilla hjärtat, så att du slapp gå ensam hem i mörkret. Det kallas godhet.”

”Man tackar. Och för att våga det tömde du hela vårt barskåp. Jag ska säga dej, Gunnar, mördaren är inte ute efter gubbar som du. Det är någon som vill straffa kvinnor. Ni har väl haft en sån där psykolog på polisen som gör en gärningsmannaprofil. Det har med skulden till modern att göra. Har du läst Melanie Kleins teorier om det onda och det goda bröstet? Hur ska man någonsin kunna betala igen en moderskärlek – den ultimata uppoffringen att härbärgera någon i sin egen kropp och klämma ut dem i glödande smärta. Den godheten leder till evig skuld. Skuld föder vrede. Mördaren är förbannad, förstår ni väl. Förbannad på alla kvinnor som ger honom skuld. Välanpassad på dagen och ett monster på natten när han inte längre kan kontrollera sin frustration över att vara skuldsatt i förhållande till det andra könet. Om jag hade barn skulle jag säga till dem att det räcker om jag får en flaska vin och lite camembert och en torr blöja så klarar jag mej på min ålders höst, då är vi kvitt. Ingen ond mjölk där inte.”

”Om du inte håller tyst snart så kommer mitt huvud att explodera.” Gunnar tog sig om huvudet med båda händerna och såg lidande på Maria som ledde cykeln. ”Nu ser du vilket helvete jag har. Vilket huskors man har att dra på. Inte en lugn stund får man.”

”Du då, din gris. Se på dej själv i spegeln! Du är inte precis en man som kvinnor suktar efter: trött, fet, blek och femtio. Du ska vara jäkligt tacksam att jag inte lämnar dej”, fräste Mirja. ”Jäkligt tacksam.”

Maria ångrade bittert att hon givit efter för impulsen att låta bilen stå. Det värsta hon visste var människor som hackar på varandra i andras närvaro och drar in dem för att få medhåll och på det sättet optimerar straffet.

"Om det inte varit för mej skulle du ha fått tigga på gatorna i Ryssland."

"Hör på honom! Hör hur dum han är." Mirja slog ut med armen i en överdimensionerad gest som en teaterdirektör som presenterar nästa nummer i väntan på applåder eller burop. "Det du har att säga, Gunnar, kan rimligen inte intressera Maria. Du är så tråkig så att blommorna vissnar. Jag hade en paraplyaralia en gång ..."

Maria sackade efter med flit. Hon tyckte att det var olidligt att lyssna på dem.

Grälet pågick åtminstone i tre kvart till. När paret Fredlund tystnat där nere i köket och rumlat i säng låg Maria och stirrade i taket. Gunnars snarkningar flöt som en jämn bullermatta på nedre botten. Månen lyste in som en strålkastare i rummet och skuggorna från träden dansade i taket när vinden rörde vid bladen. Då kom ensamheten över henne. Varje dag av väntan på att Per skulle komma tillbaka, själva det mål hon haft i sikte, hade upplösts i ingenting. Och ändå kunde hon ha gissat att något var fel när han inte hörde av sig till henne. I ensamheten längtade hon också så förtvivlat efter sina barn. Emil och Linda var med sin pappa på fastlandet för att hälsa på farmor Gudrun. Svärfar hade i ett lappkast hittat en ungdomskärlek och lämnat sin hustru. Maria kunde bara gratulera honom. Allt måste vara bättre än att leva med Gudrun Wern. Deras förhållande hade på många sätt liknat Gunnar och Mirja Fredlunds. Det ständiga hackandet och misstänkliggörandet av alla avsikter som själviska och onda. Även de goda ansatserna drunknade i den svärtan. Maria hade inte tyckt att Krister skulle dra med sig barnen in i den soppan. Hon kunde alltför väl föreställa sig vad svärmor kunde ha att säga om sin exman. Hon skulle inte ge sig förrän barnen tog parti mot sin farfar. Det var inte rätt mot dem att behöva välja. Inte heller att behöva lyssna på en vuxen människa som helt tappat ansiktet och kontrollen. Men Krister var obeveklig på den punkten. När orkanen Gudrun härjar står stormen stilla och han bara lydde sin vana trogen. Svärmor ville ha tröst av sina barnbarn utan tanke på att hon faktiskt i sin själviskhet gjorde dem illa. Hur som helst, det var Kristers vecka och han fick bestämma vad de skulle göra. Så hade de avtalat och så var det.

Lika tröstlöst som hennes privatliv var den polisutredning som stod och stampade. Maria tänkte på Camilla Ekström som blivit instängd i bastun. Att ha ett astmaanfall känns som att andas genom ett sugrör. Så fasansfullt att vara instängd i hettan och inte få luft. Men varför? Det stod klart att en fullständigt förvirrad galning inte kunde ha gjort förberedelserna, det här var planerat. Det handlade om någon som visste att flickan var allergisk mot björkpollen och som också visste att hon skulle till badet. Gun i charken visste det, liksom Joakim och Stina. Det var inte heller uteslutet att flera kunder i affären hade snappat upp det när de pratade om det, sa Gun. Camilla ville gärna gå tidigare den ödesdigra måndagen, men det gick inte att ordna. Vad kunde motivet vara till att stänga in henne i bastun? Var det ett skämt som slutade i katastrof eller var avsikten att ta flickans liv? Om gärningsmannen efteråt hävdade att det var ett dåligt skämt skulle domen kunna bli vållande till annans död i stället för mord. En sak var i alla fall säker. Den som dödade Camilla visste också att hon brukade bli sist kvar i bastun.

Maria kastade sig av och an i sängen tills lakanen blev en knölig rulle. Hon måste försöka sova. Men tankarna malde oavbrutet vidare. Gun hade gått hem ett par timmar mitt på dagen den måndagen. Hon skulle ha haft en möjlighet att ta sig till Möllebos och hämta en plåtsax. Men återigen motivet, varför skulle ett femtiofemårigt affärsbiträde ta livet av en nyförälskad ung kvinna? Hon såg Gun framför sig. Ansiktet var truligt och blekt och de märkligt ljusblå ögonen rödkantade. Hela hennes kroppsspråk signalerade avoghet. De lite knyckiga rörelserna och bristen på ögonkontakt. Hon var inte alldeles lätt att tycka om, inte vid en första anblick i alla fall. Att se förälskelse hos andra kan vara påfrestande om man själv aldrig blir älskad. Kunde det handla om svartsjuka? Maria försökte tänka sig Gun som gärningsman och det var i det närmaste omöjligt. Hon var en tant och tanter begår sällan våldsbrott. Och ändå, när brott så småningom klaras upp var det inte sällan det skedde med en viss förvåning.

Gun hade sagt att Camilla var lösmynt. Maria tänkte att bara själva vördnaden för döden hade hindrat henne från att säga pladdrig och lösaktig, för det var vad hon verkade tycka. Man ska vara trevlig och korrekt mot kunderna, men man behöver inte gå till överdrift, för då får man män efter sig som till exempel Lennart Björk. Män som tror att den där vänligheten och de där leendena betyder att man vill bjuda på något mer. Gun hade berättat hur hon läxat upp Camilla när hon följde med för långt i skämten om silkiga strumpbyxor och silikon i brösten. Risken är att det missförstås och då har man sig själv att skylla. Så hade Gun varnat Camilla. Och sedan hade Gun hindrat henne från att gå en enda minut tidigare, för arbetstid är arbetstid och det är stöld att ta tid från sin arbetsgivare, menade hon. Gun hade minsann också rapporterat att Camilla satt vid chefens dator på arbetstid, för det var också stöld. Så fort hon kunde smita ifrån kassan satt hon där och gjorde bankaffärer eller kollade sin mejl, hade Gun berättat i sitt vittnesmål. Här skulle ingen gå tidigare eller ta sig andra fördelar. Lika för alla även om man var stormförälskad och hade bråttom. Det fanns något småaktigt och bestraffande över Gun, tänkte Maria. Det hon inte fått av livet skulle heller ingen annan ha. När Ingrids semesterresa diskuterades, den som aldrig blev av, hade hon suckat tungt och sagt att hon inte heller hade råd att åka på semester och om så vore, hade hon ändå ingen att resa med. Det var snudd på att Simon, trevnadens riddare, hade erbjudit sig. Om livet är snålt mot en, kan det vara svårt att vara generös mot andra, tänkte Maria. Hos Camilla hade förälskelsen blommat och hos Ingrid hade den svämmat över av lycka och där fanns Simon. Vem visste vad Gun kände för Simon egentligen? Att bara se på andras lycka kan göra bristen på kärlek outhärdligt tung att bära, men därifrån är det en bit kvar till att begå mord. Först Ingrid, i en hastig ingivelse, och sedan ett planlagt mord på Camilla Ekström? Men inget av det kunde förklara varför Frida Norrbys hus brunnit ned eller om det var en ren slump att det inträffade samtidigt.

När Maria kommit så långt i sina funderingar kände hon sig olidligt kissnödig. Det hade blivit vartannat glas vin och vartannat vatten och det kräver en verklig festblåsa att knipa då. Att gå ut i mörkret till det där utedasset kändes inte alls lockande och att väcka Mirja för att låna ett nattkärl var otänkbart. Maria försökte blunda och slappna av, men det var rent omöjligt. Hon var tvungen att gå ut.

Gästrummet hon fått låna låg en trappa upp. Trappan knakade och hon ville inte gärna störa värdparet när de äntligen kommit till ro. Snarkningarna ökade i styrka. Dörren till deras sovrum stod på glänt, så hon tände inte ljuset när hon trevade sig fram i hallen. Maria flämtade till. Precis vid dörren satt en stor svart hund. En hund med lång svart nos. Hade Bibbi Johnssons fuling hittat hit? Hur fort kan en sådan best slita en i stycken? Maria vågade inte röra sig. Hunden rörde sig inte heller. Snart kunde den börja skälla och väcka upp hela huset. Eller ännu värre, gå till attack. Ögonen syntes inte, hon fick ingen kontakt. Var den ondsint eller välvillig? Hon viskade lugnande till den och närmade sig försiktigt. Hunden rörde sig inte ur fläcken. Det var ännu mer skrämmande. Försiktigt sträckte hon ut handen för att klappa den. Då upptäckte hon till sin lättnad att det var en golfbag med en strumpa trädd över en klubba. I mörkret hade det blivit en nos. Hon skrattade generat åt sig själv och låste upp ytterdörren.

Utanför var natten sval och fuktig. Utedasset som Mirja pekat på just när de gick in låg på baksidan av huset bakom syrenbersån. Här verkade varje fastighet med självaktning ha en syrenberså. Med mörkret och ensamheten kom rädslan. Bakom husknuten, bakom varje träd och buske skulle någon kunna hålla sig gömd. Hon kanske ändå skulle ha väckt Mirja och bett om sällskap till utedasset, precis som man gjorde i tonåren. Gick på toa ihop och bytte kläder med varandra och lånade smycken och skor. Tankarna ledde vidare till mordutredningen. Camilla och Stina – att ha en bästis kan också leda till svartsjuka. Det är en innerlig kärlek som kan förbytas i hat lika snabbt som ett förfluget ord. Som regel är det inte farligt, men om man har en personlighetsstörning?

Maria kände olusten öka när hon rundade hörnet och såg hur långt bort utedasset låg. Hon var egentligen inte tvungen att gå ända dit bort. Hon kunde faktiskt bara kura ihop sig och kissa i gräset. Ingen skulle se henne om hon hukade sig ned. Hon såg sig hastigt omkring. Det kändes som om hon var iakttagen. Som om någon fanns där ute i mörkret redo att anfalla henne när hon var skyddslös med nedhasade byxor och inte kunde springa iväg. Hjärtat pickade hårt i bröstet. Känslan av oro kunde hon inte rå över. Hon såg sig om ett varv till. I den stunden upptäckte hon en mörk gestalt i fönstret. I det svaga skenet från en kandelaber skymtade hon Mirja med det långa mörka håret hängande löst över axlarna. Ansiktet gick inte att se i dunklet. Det här var inte sovrummet. Sov inte Mirja i sängkammaren? Maria kunde i sin vildaste fantasi inte föreställa sig dem ha sex ihop. Vad såg Mirja hos honom? Hade de någonsin varit ett älskande par? Nu gick hon över golvet och försvann in i rummet.

När det fanns någon i huset som var vaken och kunde höra om hon skrek på hjälp repade Maria nytt mod och gick mot utedasset. Hon haspade inte på utan lät dörren vara lite på glänt. Om någon kom för att stänga in henne skulle hon ha en chans att upptäcka det i tid och kunna rusa ut. Det var illa kallt om baken och toalettpapperet var fuktigt och skrynkligt efter vinterns köld och vårens töväder. Från sitt gömställe på utedasset kunde hon se ljuset slockna i rummet där hon skymtat Mirja. Månen gick i moln och det blev riktigt mörkt. Maria reste sig och gick ut i natten igen. Hon torkade av händerna på det daggvåta gräset när hon hörde ett gällt och fasansfullt skrik från andra sidan huset. Det lät som Mirja. Maria skyndade dit, snubblade fram över grästuvorna när hon inte kunde se marken framför sig. Tankarna, den ena hemskare än den andra, avlöste varandra i snabb följd. När Maria rundade hörnet såg hon Mirja ligga nedanför yttertrappan.

33

Efteråt funderade Maria över sin reaktion. Hennes första impuls var inte att rusa fram till Mirja som låg i gruset nedanför stentrappan. År av vaksamhet och försiktighet i skarpa lägen satt i ryggmärgen. Den dag då Per blev skjuten hade för alltid ristats in i hennes medvetande. Skillnaden mellan liv och död kan vara en enda liten rörelse. Den första impulsen hade varit att se sig om efter gärningsmannen. Den andra att hitta ett tillhygge. Han måste finnas alldeles nära, gömd, kanske beredd att kasta sig över henne också. Maria stod stilla bakom husknuten och lyssnade efter ljud, såg sig om efter en rörelse, som kunde avslöja hotet. Långsamt greppade hon en stor vass sten. Tystnaden svajade och bet sig in i medvetandet. Mirja låg alldeles stilla med benen i en konstig vinkel under det korta vita nattlinnet. Det mörka håret hade flutit ut som rödvin ur ett omkullvält krus. Ansiktet var gulblekt. Ur hennes öppna hand hade ljusstaken i mässing fallit och ljuset slocknat. Ytterdörren stod öppen. Inifrån huset hördes ingenting. En bit bort slängd i gruset låg en spade. Allt detta noterade Maria under loppet av någon sekund. Samtidigt som ögat sökte av omgivningen och hörseln var på spänn, gick Maria fram till Mirja och hukade sig ned. Ena kinden var repad och blodig. Maria kände efter på Mirjas hals, letade efter ett tecken på liv. Hon kände först pulsen i sina egna fingrar innan hon hittade det rätta stället på halsen. Den var snabb, men tydlig. I samma ögonblick fladdrade det till i Mirjas ögonlock. Hon gnydde och tog sig med handen mot huvudet.

”Vad hände?” Maria strök henne försiktigt över håret och fick blod på fingrarna. Hon såg sig hastigt om över axeln. Den som slagit ned Mirja kunde inte finnas många steg bort. Det krävdes mod att stanna kvar när ens instinkt säger åt en att rusa bort från hotet.

”Jag hörde ljud. Det var någon här ute i trädgården. Jag blev nedslagen. En man. Mitt huvud. Han försöker döda mej! Han tänkte slå en gång till med spaden, men så måste han ha hört dina steg i gruset. Du kom. Han hörde dina steg. Hjälp mej in, vi måste låsa om oss! Han finns där ute!” Mirja reste sig halvvägs upp. ”Jag mår så illa. Jag tror att jag måste kräkas.” Hon rullade över på alla fyra och ulkade medan tårarna rann ned för kinderna. På sviktande armar kröp hon i sitt ömkliga tillstånd framåt mot trappan. Svajande reste hon sig upp med hjälp av Maria. ”Skynda dej!”

Maria mer eller mindre lyfte med sig Mirja upp för trappan. Hon gnydde och klagade över sitt värkande huvud. På hallgolvet föll hon ihop igen. ”Lås, lås fort!” Mirja grep tag om Marias ben så hårt att naglarna letade sig in i köttet. När nyckeln vridits om och hon hörde det klickande ljudet av kolven slappnade hennes krampaktiga grepp och hon blev liggande som en trasa på golvet. De stora mörka ögonen var uppspärrade och hon skakade i sitt tunna vita nattlinne.

”Såg du vem det var?” Maria letade efter sin mobil i jackfickan medan hon spanade ut genom fönstret. Trädgården låg höljd i dunkelt månljus. Det fanns många ställen att hålla sig gömd på. Skuggorna rörde sig när vinden strök genom bladen och månen gick i moln och åter dök upp. För ett ögonblick anade Maria en rörelse. En skugga som lösgjorde sig från en trädstam och sakta vandrade bakåt in i mörkret. Men det kunde förstås ha varit inbillning.

”Det var en man som slog ned mej, eller någon som är större än jag. Längre. Det hände så fort. Jag hann inte se hur han såg ut, han kom snett bakifrån.”

”Hur mycket längre var han än du? Kan du minnas något mer?”

”Nej, mitt huvud spränger. Jag har så ont!”

”Om du fått hjärnskakning ska du ligga helt stilla. Du var medvetslös en kort stund. Jag hämtar en kudde. Och så måste vi få hit ambulans och polis.” Marias mobil låg inte i jackfickan. Hon hade plockat ur den och lagt den på nattduksbordet. Mirja hade fått ett ordentligt slag i huvudet och behövde komma till sjukhus. Förstärkning från polisen måste tillkallas och området genomsökas. Kanske handlade det ändå om en ensam galning som var ute efter kvinnor. Maria tog trappan i några få språng. Genom sovrumsdörren skymtade hon Gunnar som låg med näsan i vädret och munnen vidöppen. En stråle månljus lekte i hans ansikte. Snarkningarna hade övergått i en snusning. Nu rörde han sig och muttrade något ohörbart.

När Maria kom ned igen efter att ha talat med vakthavande befäl på polisen, vacklade Gunnar fram till köksbordet endast iförd kalsonger och en för kort T-shirt. Det kändes beklämmande närgånget och privat. En stank av svett och kön omgav honom. Pungen jäste ut ur de allt för vida benen på kalsongerna när han satte sig ned. Maria försökte undvika att se på eländet. När han reste sig och gjorde en ansats att tända lyset, stoppade hon honom direkt.

”Vi syns som på en bioduk om ljuset är tänt här inne. Det är bättre att se än att synas.”

”Vad är klockan?” Han sjönk ned på köksstolen igen och lutade huvudet i händerna, fortfarande inte helt vaken. Maria förklarade vad som hänt. Klockan var kvart i två på natten.

”Vi kanske skulle ringa grannarna och varna dem!” sa Mirja och lyfte lite på huvudet innan nästa våg av illamående kom.

”Så de går ut och blir nedslagna de med? Är du precis dum?” sa Gunnar från sin stol. Han gick inte fram till henne för att se hur det var med henne, visade ingen medkänsla. Antagligen var han fortfarande kraftigt berusad.

”Vi måste varna dem så att de *inte* går ut”, fräste Mirja till svar.

”De måste ju få veta, eller hur? Ser du något?” fortsatte hon sedan och såg på Maria som stannat till vid sidan av fönstret. ”Tänk om han tänker bränna oss inne? Hur fort går det om man häller en dunk bensin på verandan och tänder på?”

”Då är vi i alla fall vakna och kan hoppa ut genom ett fönster på baksidan.” Gunnar lufsade fram till kylskåpet och knäppte upp en öl. ”Vad skulle du ut och göra, Mirja?”

”Jag hörde ljud. Det var någon som gick på gruset och jag tänkte se efter om vi låst ordentligt. Det hade vi inte. Dörren var olåst och då gick jag ut för att se mej om och då hörde jag det igen. Steg och en sorts krafsande.”

”Det var jag.” Maria kände sig nästan skyldig. ”Jag var ute. Behövde kissa. Jag kunde inte låsa efter mej för jag hade ingen nyckel. Jag tänkte bara på att skynda mej så att jag fort skulle komma in igen. Jag var ute ett par minuter högst.”

”Han måste ha legat och väntat på det tillfället. Han fanns säkert där hela tiden.” Mirja tänkte febrilt. ”Vem var han ute efter? Varför överföll han mej? Det hemskaste är att inte veta varför, för då kan det hända igen. Om du inte hade kommit skulle jag ha varit död nu.”

”Det vet vi inte.” Maria försökte hålla det onda ifrån sig.

”Måste verkligen polisen och hela drevet komma hit i natt? Det känns jävligt onödigt. Kan det inte vara till i morgon? Vi lever ju? Det har egentligen inte hänt något.” Gunnar tystnade och drack upp ölen i ett långt svep medan Mirja och Maria bara såg på varandra. ”Jag orkar inte med det här”, sa han och lufsade in i sovrummet. ”Jag behöver lugn i mitt liv, inte en massa bråk och skrammel. Jag kollar om jag ser någon på baksidan”, sa han och stängde dörren efter sig.

”Jag tycker att vi ringer Lennart Björk. Han äger det här huset. Han borde få veta vad som händer. Det skulle kännas bättre om han kom hit så att vi är fler. Gunnar har man ingen nytta av, det fyllot.”

Maria tvekade. ”Jag tror att Gunnar har rätt på ett sätt. Det viktigaste är att ingen går ut. Men vi kanske ska ringa och varsko Lennart och be honom att inte tända lyset. Det kunde också vara bra att veta om han varit vaken och sett något."

"Bibbi Johnsson har i alla fall sin hund." Mirja reste sig långsamt upp på ena armbågen och kravlade sig sedan upp och kom och satte sig bredvid Maria vid fönstret. "Det är så jäkla otäckt. Jag hade det på känn när vi gick hem. Att det fanns någon där, någon som kollade på oss. Om inte Gunnar mött oss kanske det skulle ha hänt tidigare. Det kunde lika gärna ha varit du som blivit nedslagen, någon minut senare, så hade det varit du." Mirja skakade i hela kroppen och Maria reste sig för att hämta en filt åt henne.

"Du ska nog ligga ned alldeles stilla när du slagit i huvudet. Fryser du? Vill du att vi sätter på lite te eller kaffe?" Det var viktigt att hon höll sig varm och inte chockade ned, tänkte Maria.

"Te blir bra. Jag kommer inte att våga bo kvar här. Jag vill hem till stan. Jag ska prata med Gunnar i morgon. Det kanske går att boka om biljetterna." Mirja reste sig upp och gick ut i badrummet, tog en varm dusch och sköljde håret rent från blod, fast Maria sa åt henne att hon borde ligga stilla. Det var inget stort sår. Maria trodde inte att det behövde sys. Men det kunde finnas skador på insidan av skallen de inte såg. Mirja behövde komma till lasarettet och få en röntgen gjord. En ambulans var på väg.

När tevattnet kokat upp slog de sig ned vid köksfönstret igen. Nu borde polisen snart vara här. Mirja verkade ha hämtat sig något, färgen hade stigit på kinderna och Maria kände att hon vågade börja ställa frågor igen.

"Finns det någonting, någon enda detalj du kan minnas av mannen som slog ned dej? Är du helt säker på att det var en man?"

"Vet inte, jag bara tror det. Personen var, som jag sa, längre än jag."

"Ibland kan man minnas en doft. Eller en röst, om han sa något ..."

”Nej, han var helt tyst. Men jag tänkte på en sak. Jag tror att jag slog honom med ljusstaken. Mässingsljusstaken. Jag slog till så mycket jag orkade innan han stoppade mej. Han borde ha fått ett blåmärke. Kanske till och med ett brännmärke.”

34

Kyrkvaktmästare Lennart Björk var milt sagt upprörd över vad som hänt. Av det prydliga yttre han visat upp vid tidigare förhör fanns ingenting. Håret stod på ända, skjortan hängde utanpå byxorna och på fötterna hade han ljusblå plasttofflor.

”Var är Mirja? Hur är det med henne? Det här är fruktansvärt!” Han trängde sig förbi poliserna och in i köket och omfamnade Mirja och ömsom kysste henne på pannan, ömsom smekte henne över håret på ett sätt som gjorde Maria något förbryllad. Lite väl kärvänligt hyresvärd och gäst emellan, kan man tycka. ”Du måste säga till polisen som det är, Mirja. Berätta för dem”, vädjade han.

”Jag förstår inte vad du menar.” Mirja såg på honom med uppenbar förvåning.

”Att din man misshandlar dej!” sa han så högt och tydligt han kunde. Han såg upp och sökte bekräftelse på att Maria lyssnat och förstått. ”Eller hur? Du kan inte ta mer nu. Du måste anmäla honom.”

”Var har du fått det ifrån?” Mirja fick lätta ryckningar i överläppen. Det såg ut som om hon skulle börja gråta, eller kanske skratta. Maria kunde inte bedöma vilket.

”Jag har själv hört honom säga att han tänkte slå ihjäl dej!”

”Javisst, det säger han flera gånger om dagen. Gunnar kanske skulle ha lust att banka till mej ibland, men vid närmare eftertanke är det inte värt besväret. Jag är vältränad och skulle banka tillbaka. Han har aldrig någonsin slagit mej, Lennart. Jag blev överfallen av en främmande man. Maria Wern kan intyga att Gunnar sov som en gris och inte lyfte ett finger ens för att hjälpa mej. Han orkade ta sej till kylskåpet, sen var batterierna slut. En öl och sen gick han och la sej igen." Mirja skrattade torrt.

"Jag skulle vilja prata med dej i enrum." Maria Wern tog resolut Lennart Björk avsides och ledde in honom i arbetsrummet. Hon knäppte på den bandspelare hon hade i sin portfölj och noterade personuppgifter, tid och plats.

"Du kommer inte att tro det. När jag satt i bilen på väg hit såg jag Frida Norrby. Hon stod och såg på ruinen av sitt hus. Jag hade så ohyggligt bråttom hit, så jag hann inte stanna och se efter, men jag kan nästan gå ed på att det var hon. Kläderna och håret var desamma. Den långa kjolen och håret uppsatt i en lös knut och en stor brunspräcklig kofta över axlarna. Jag trodde inte att hon levde."

"Ett ögonblick." Maria vidarebefordrade uppgiften till larmcentralen. En patrull skulle ge sig ut och leta vid kyrkan omedelbart.

"Men mest ser man det på hållningen. Frida står ofta lätt bakåtlutad med händerna i sidorna. Det måste ha varit hon, eller också spökar hon. Det fanns gatlyktor, men det är ändå inte mycket man ser uppe vid kyrkan."

"Har du gjort några andra iakttagelser nu under natten?" frågade Maria och flyttade bandspelaren närmare. Han talade verkligen tyst. Det kan vara ett maktmedel i sig att låta alla andra känna sig dumma för att de inte hör och tvinga dem att flytta sig närmare och anpassa sig.

"Jag tänkte, om det nu var Frida, var har hon då hållit hus? Hon måste ju ha haft mat och tak över huvudet. Alla vet ju att polisen letar efter henne. Var har hon hållit sej gömd?"

"Det skulle vi också väldigt gärna vilja veta. Du la inte märke till något annat på vägen hit eller innan dess? Vaknade du av telefonsamtalet från Mirja?" undrade Maria utan att släppa honom med blicken när han nervöst fingrade på en kulspetspenna han hade hittat på skrivbordet. Han tryckte av och på den gång på gång tills

Maria med en gest bad honom att sluta. Det var så irriterande. Hela karln var irriterande och om han inte höjde rösten och talade ur skägget snart så var risken överhängande att Maria, som inte sovit en blund under natten, skulle få ett utbrott. Knipa honom så han skrek som en stucken gris. Hon frossade i den tanken.

”Jag vaknade när hon ringde.”

”Vad har du för förhållande till Mirja Fredlund? Jag kunde ju inte undgå att iaktta er när du kom hit.”

Lennart Björk hade antagligen inte väntat sig att behöva besvara frågor om sitt privatliv. Han öppnade munnen, men ljudet hade helt ebbat ut.

Maria upprepade sin fråga.

”Jag ser inte att det har med saken att göra!” bet han av.

”Det har det, tro mej.”

Lennarts röst hade åter sjunkit till en viskning. ”Hennes man … Jag trodde i min enfald att hennes man fått veta om oss … att han tänkte slå ihjäl henne för vad vi gjort. Men han verkar ju helt akterseglad. Kan det här stanna oss emellan?” Han tog av sig glasögonen och torkade sig i ögonen med baksidan av näven.

”Jag kan inte lova det. Men jag ser heller ingen anledning att sprida det i onödan.” Maria kunde inte låta bli att tänka på Mirjas hälar som fått en plötslig uppryckning. Erika hade haft rätt. Nu kanske det fanns anledning att hålla efter dem, om det fanns någon som ville kyssa damens vrister. Yeak! Hon försökte mota bort de bilder som dök upp i huvudet.

”Det skulle betyda katastrof om det kom ut. För henne. Jag älskar henne verkligen, men hon kan inte lämna sin man. Han skulle inte klara sej utan henne, säger hon. Men jag tror mest att det är hon som inte kan vara av med vissa fördelar.” Han såg frågande på Maria för att kontrollera om hon också tyckte att Gunnar behövde en ledsagare för att inte gå under. Men Maria kommenterade det inte. Hon var polis och inte familjerådgivare.

"Du och Ingrid var ett par för länge sen, har jag hört ryktas."

"Va fan är det här?" Lennart visade en ilska Maria inte trodde honom kapabel till. Plötsligt var rösten stark och tydlig.

Maria svarade i samma tonläge. "Det här är ett polisförhör i en mordutredning. Vi försöker förstå varför ett antal kvinnor i Roma blivit mördade eller nedslagna av en okänd gärningsman. Det kan tänkas att det är samme förövare och vi tänker ta reda på vem och varför. Du och Ingrid var alltså ett par. Vem var det som gjorde slut? Vad hände?" Maria stålsatte sig inför reaktionen och svaret lät inte vänta på sig.

"Det angår dej förihelvete inte!" Lennart var högröd i ansiktet. Han knöt sina nävar hårt och Maria övervägde ett ögonblick att kalla på Mirja, men avstod. Hon borde inte resa sig från golvet. Med flit hade Maria placerat sig själv närmast dörren med Lennart innerst i rummet så hon lättare kunde ta sig ut om han blev aggressiv. Något hon gjorde reflexmässigt efter många år i tjänsten. Under hans hårt kontrollerade yta hade hon anat en vrede redan vid första förhöret. Den överdrivna vänligheten och leendet som aldrig nådde ögonen. "Det har ingenting med morden att göra", sa han trött. "Låt bli att plåga mej mer. Det som är gammalt och glömt mår bäst av att få vila ifred."

"Var det hon som gjorde slut?" Maria valde att låta saklig. Medömkan kunde upplevas som ett hån.

"Ja. Och du har säkert hört hela den vidriga historien av Mirja om barnet, som Ingrid ..."

"Jag vill höra din berättelse."

"Ingrid ville inte behålla det fast det var långt gånget. Hon ville inte ha ansvar för ett barn, vara upphov till ett barns lidande, sa hon. Det kom så plötsligt. Först gladde hon sig åt det, men sen lånade hon hem en kateter från sjukhuset och spolade bort det. Hon blödde förfärligt, men vägrade åka in till sjukhuset. Vi begravde den lilla uppe vid kyrkan. Intill muren."

Maria tänkte på de kvarlevor av ett litet barn man funnit i Fridas hus. Erika hade daterat det till järnåldern. Ett märkligt sammanträffande.

”Visste någon mer om det här?” Maria tänkte på Signe.

”Ingrids fostermor, Signe, hittade de blodiga kläderna. Hon hade så gärna velat få ett barn i huset, men efter det här blev Ingrid väldigt sjuk. Hon bröt med mej och vägrade träffa folk. Det tog över ett år innan hon kunde arbeta igen. Och så berättade jag det för Mirja, jag tyckte att jag var tvungen att redovisa det om vi skulle ha ett liv tillsammans. Var det av henne du fick veta det?” sa han helt förkrossad. ”Svara mej, var det Mirja som berättade det för dej?”

Maria nickade. På festen hade Mirja berättat vad hon fått veta i förtroende.

Lennart slöt sig och teg. Tystnaden blev sprängfylld av det outtalade. Maria kunde se skiftningarna i hans ansikte. Han blev mycket blek och käkarna bets samman med en smäll.

”Jag skulle aldrig ha litat på henne. Hon var full förstås. Full och omdömeslös och snacksalig. Mitt livs största sorg blev en kaka till kaffet på ert lilla kafferep i natt. Det är för sorgligt att man inte kan lita på någon. När jag får tag i henne så jävlar ...”

Maria såg på honom och funderade. Sina egna reaktioner måste han själv ta ansvar för. Maria hoppades att hon inte skulle behöva ångra sitt beslut att förhöra honom innan de andra kom. ”Efter Ingrid har du levt ensam vad jag förstår?” fortsatte hon när han verkade ha lugnat sig något.

”Ja, och hon med tills Simon Bergvall flyttade hit till Roma. De försökte hålla det hemligt, men i ett så här litet samhälle får man snart veta det. Vi pratar Gun i charken nu. Det finns väl inget hon inte är underrättad om. Tänk vad hon måste ha frossat i min olycka när hon fick reda på det här.” Han öppnade och knöt sina nävar i rastlös vrede. ”Fy faan!”

”Nästa viktiga fråga, jag har ställt den förut och jag ställer den igen. I vilket förhållande stod du till Camilla Ekström?”

”Hon var min hyresgäst, precis som Fredlunds.” När han sagt det kom han på att det lät som ett erkännande av att han haft en affär även med den unga flickan. ”Nej, inte så. Jag har ingenting att göra med hennes död. Ingenting. Jag träffade henne knappt. Hyrespengarna betalade hon in över nätet. Jag förstår vart du vill komma, men jag är oskyldig.” Han lutade huvudet i armarna och kröp ihop. Maria som nyss känt sig så irriterad på honom fick lust att lägga armen om honom för att trösta, men avstod. Det här var inte rätt tillfälle.

”En sista fråga. Hur väl kände du Frida Norrby och hennes man?”

”Varför i all världen undrar du det? Helge var min granne. Vi träffades ibland och umgicks som grannar gör.”

”Vad gjorde ni när ni umgicks?” Maria lät frågan falla lätt som en fjäder. I det senaste samtalet från Erika hade hon fått veta att Helge dött i en mycket ovanlig svampinfektion, *aspergillus flavus*, även kallad mumiesjuka. Samma sjukdom som likt en förbannelse drabbade den arkeolog som öppnade faraos grav. Han hade blivit obducerad eftersom dödsorsaken varit oklar och man hade häpnat över resultatet. Som en notering i kanten hade det stått att han själv försökt behandla sig med silverjoner. Vilket stämde bra med Gun i charkens iakttagelser att både Frida och Helge köpt niovoltsbatterier i en anmärkningsvärd omfattning.

”Han var historieintresserad och det är jag med, mest talade vi om hembygdshistoria”, tillade han blygsamt.

35

Lennart Björk steg in i bilen för att köra den korta biten hem. I det svaga gryningsljuset såg han de vita skuggorna sväva under träden innan han slog på strålkastarna. Munkarna närmade sig i sina vita kåpor. Vad ville de honom? Lägga kransar på känslans kyrkogård? tänkte han grumligt. Mirja hade svikit honom. Så lite hade närheten varit värd för henne. Den förtroliga stunden efter att de älskat var helig för honom. Det är först när man verkligen älskar någon man känner ett behov av att sanningsenligt redovisa sina gamla kärlekar. Kanske gör man det för att förstå och kunna relatera till det fantastiska som händer just nu. För henne var det ingenting. Efter förhöret, som kommit så oväntat, var han matt och skakig. Många av de tankar och känslor han brottats med och lyckats begrava hade nu släppts upp till ytan igen. Tanken på Ingrid motade han bort direkt. Det smärtade fortfarande för mycket att tänka på henne och det som hänt. Omedvetet tryckte han ned gaspedalen som om han genom att förflytta sig fysiskt skulle komma ifrån det som gjorde så ont att minnas. Men tankarna på Ingrid återkom. Varför hade hon inte bara kunnat ta emot den lycka de fick? Varför var hon tvungen att straffa sig själv och förstöra allting så abrupt? Om hon hade fött barnet skulle det ha drabbats av en fruktansvärd olycka, hade hon sagt. Barnet skulle bli bärare av den nedärvda smutsen och skammen. För honom hade tankarna varit helt obegripliga och han hade bagatelliserat dem. Ingrid, som annars var så förnuftig, så genomklok och realistisk, kunde inte mena det hon sa. Om han bara hade anat hur bottenlöst djup hennes svärta var. Inte förrän han såg blodet, hade han förstått att hon menade allvar.

Lennart körde så fort att han med knapp nöd kunde styra genom kurvan och parkera utanför huset. Han touchade ena grindstolpen. Men det bekom honom inte att det blev en repa i lacken på hans annars så välvårdade bil. Kroppen var åderlåten på all kraft. Han orkade inte ens ta sig ur bilen. Ingrid var död. Mirja hade svikit honom på ett oförlåtligt sätt och resten av livet verkade fullständigt meningslöst och outhärdligt. Ge mig en enda anledning att fortsätta leva nu, sa han till sin bild i backspegeln. Tanken skrämde honom, för det fanns inget svar. Det som varit meningen med alltihop hade rasat som ett korthus för en vindil från ett öppet fönster. Mirja skulle antagligen aldrig lämna sin debile man, inte så länge han finansierade hennes drömmar om en lyxig vård- och spa-anläggning. För henne var det en större passion att vara vd än att uppleva fysisk närhet. Och ändå kunde han inte svika henne. Han älskade henne till vansinne. Den lena huden, lekfullheten och att han kunde ge henne njutning bortom all sans. Han hade aldrig varit med om något liknande. Hon kunde konsten att ge sig hän helt och fullt och få honom att känna sig som världens bäste älskare. Till och med i denna förtvivlade stund blev han hård när han tänkte på det. Ekonomiskt var det rent vansinne. Om han hjälpte henne skulle han förlora på alla sina tidigare spekulationer och markköp och ändå kunde han inget annat göra.

Lennart slöt ögonen och funderade på vad han själv hade haft för ambitioner i livet och fann att de varit väldigt få. Kärlek: en kvinna att älska eller åtminstone kunna leva med utan för stora eftergifter. Ett intressant arbete. Där hade livet också lagt krokben för honom. Han hade egentligen velat studera arkeologi på universitetet, men betygen räckte inte till, och då hade han hankat sig fram på diverse ströjobb i stället och läst latin på egen hand. Vänskap: den enda vän han egentligen haft sedan han slutat skolan var Helge och den vänskapen bestod i att de var grannar och delade gräsklippare och hade samma intresse för bygdens forntid. Vid femtiofem års ålder borde man ha uppnått fler av sina drömmar än så.

Men å andra sidan, hur många av dem som får sina drömmar uppfyllda blir lyckliga för det? Hur många av dem kan hantera sin lycka? Frida och Helge hade inte heller klarat att leva tillsammans. Fast de älskade varandra så mycket hade de gjort varandra illa. Varför gick Helge till Signe i Möllebos för att utgjuta sitt hjärta mitt i natten när han hade det så bra hemma? Så obegripligt och ett sådant slöseri med lyckan. En decembernatt hade Frida knackat på och frågat om Helge var där. Lennart hade inte vetat vad han skulle svara. Om Frida ringer är jag hos dig, hade Helge sagt och han hade motvilligt gått med på det. Men när hon stod där utanför dörren, så ledsen och orolig, hade han berättat som det var. Helge är hos Signe. Vad skulle han annars ha gjort? Vad som hände sedan hade han aldrig fått veta. Men något mycket vackert gick i kras den natten. Det såg han på dem båda två när han råkade dem. Från den stunden dog deras ständiga smeksamhet. Hennes hand på hans arm, hans hand på hennes kind, hans lätta kyss på hennes hår när han gick förbi. De gick inte ens bredvid varandra längre efter den natten. Och sedan höll sig Helge allt mer hemifrån. Han blev en nattvandrare och vad han hittade i mörkret behöll han för sig själv. Efter begravningen hade Lennart försökt ta reda på vad Helge visste. Frida ville han inte blanda in, så med den nyckel han hittat på en spik i Norrbys uthus gick han in och letade när Frida var ute. Men i Helges skrivbordslådor fanns ingenting.

Innan dess hade de delat många tankar. Redan första veckan då Norrbys flyttade in i den lilla gula stugan hade Helge gjort sig ärende in och när han upptäckte att de hade ett gemensamt intresse för det förgångna blev det allt oftare. Han berättade om de barnlik man funnit öster om kyrkan när militären grävde bränsleförråd under kriget. Allt som grävts fram hemligstämplades och lades i ett militärt arkiv och glömdes bort. Först hade Helge trott att det var barn som dräpts nyligen och blivit alldeles utom sig. Men när de talade om saken hade Lennart kunna lugna honom med att det var barn som offrats vid Alltinget på järnåldern för att skörden skulle bli riklig. Men Helge hade liksom aldrig slutat älta det. Han längtade så efter barn och Frida fick inga och bara tanken på att man i forntiden offrat barnens liv för något så osäkert som en guds välvilja plågade honom svårt. De var människor precis som vi, sa han ofta. Var går gränsen för vad en människa kan göra i blind fanatism?

Tillsammans hade de nattetid utforskat Guldåkern nordost om Kungsgården och de andra åkrarna med metalldetektor och funnit mängder av mynt och viktlod. Lennart hade dem fortfarande i sin matkällare i ordentligt märkta lådor. Mest var det arabiska mynt från vikingatiden, mynt som rimligen måste ha kommit Sidenvägen från kalifatet, volgabulgariska mynt och bysantinska mynt och så kallade Hedebymynt som egentligen var smycken med hål i. Under vikingatiden gick rutten för handeln med kalifatet via Hedeby i Tyskland och vidare till Birka, den stora handelsmetropolen. Det var alla överens om. Men var låg Birka? Låg det verkligen på Björkö i Mälaren som vi lär våra skolbarn att det gör? Det var det som sysselsatte Helge natt som dag.

”Åttio procent av de arabiska mynt som hittats i Norden har man funnit på Gotland, och fler mynt tillkommer oavbrutet”, hade Helge berättat. ”En enda skatt från Roma ger mer silver än man funnit från Birkas tid i hela Adelsö socken tillsammans. Världens hittills största silverskatt, Spillingsskatten, fann man på Gotland. Den innehöll 14 000 mynt. I Stale i Rone hittade man 6 000 mynt. På Björkös Birka hade man funnit ynka 605 mynt sammanlagt.” Det hade Helge kommit fram till efter att ha räknat fynden på Historiska museets hemsida. Kunde det vara så att Birka, Ansgars

Birka, som Adam av Bremen och historikern Rimbert talar om, egentligen låg på Gotland?

”Och i så fall, hade UNESCO då utnämnt Birka i Mälaren till världsarv på fel grunder?” Helge hade knappt vågat tänka tanken. Birka på Björkö var en tidig stad, javisst. Men knappast en handelsmetropol av Gotlands storlek.

Lennart hade kontrat. Det kunde ju vara så att bara själva handelsutbytet skett på Björkö och att handelsmännen sedan for hem med sitt silver och grävde ned det. Senare i Visby hade man inte heller funnit annat än spridda mynt. Men Helge ville inte lyssna på det. Tillsammans hade de suttit med kartor långt in på nätterna och tittat på vattenvägarna. Inloppet till vattenvägen mot Birka skulle enligt Adam av Bremen börja med en vik i norr. Därefter skulle färdvägen vara blockerad med hinder på en lång sträcka. På Björkö vetter den större viken med brygga åt väster, några smärre spår av bryggor finns i norr. Men ingen besvärlig vattenväg, som historikern skriver. Bara öppet hav. På Gotland däremot ligger Kappelshamnsviken i norr, den kallades till och med Norrvik, och den fortsatte före landhöjning och utdikningen i en kanal ned mot Lärbro. Kanske rullade man båtarna på stockar den besvärliga vägen mot Tingstäde träsk och därifrån kunde man ta sig ända ned till Roma Kungsgård, en sträcka fylld av lämningar efter bryggor som varit i funktion samtidigt. I träsket hade man funnit resterna av en båt, Krampmacken, som sedan rekonstruerades och med den kunde man ta sig ända till Istanbul i ett senare försök. Helge hade gång på gång kommit med kopior på kartor han hittat i gamla militära arkiv för att ytterligare förtydliga hur landet låg före utdikningen.

”När historieberättare på uppdrag av kungen ville finna en respektingivande bakgrund för Sverige som stormakt kunde inte Gotland räknas in, eftersom det inte var svenskt under vikingatiden”, menade han. ”Svenskarna ville ju ha en glamourös historia att blicka tillbaka på. Kanske var Gotland rent av ett frihandelsområde.”

Lennart Björk öppnade till sist bildörren och steg ur. Morgonvinden var sval och strök tätt runt hans magra kropp, kröp innanför den tunna fladdrande skjortan. Han huttrade. Tanken på att ensam krypa ned i den säng han andra och lyckligare nätter delat med Mirja gjorde ensamheten ännu ensammare. Det tar tid att visa sitt naknaste jag för någon. En tillfällig kropp är bara en kropp. Det är förstås lättare att stänga av en p-rulle än att äta frukost med någon man inte känner. Fast jämfört med att älska med någon man älskar på riktigt är allt annat bara nödproviant. När Mirja kommit tillbaka den här sommaren hade han börjat hoppas att livet ändå kunde bli vackert ... Så hade Camilla flyttat in. Kanske finns det spår i hjärnan som lever sitt eget liv i evolutionens och fortplantningens tjänst och vill sprida riskerna i stället för att känslomässigt förlora sig till en enda kvinna. Han ville det inte och ändå hade han helt förgapat sig i Camillas ungdom och skönhet. Fast han visste att det var en omöjlig fantasi fick filmernas kvinnokroppar hennes unga vackra ansikte och det välkomnande leendet var bara hans. När Mirja började vackla i sina känslor hade han nästan omedvetet hämnats genom att tala om Camillas ungdom och persikohy. Nu fanns hon inte längre att längta efter. Lennart drog igen dörren efter sig, men han orkade inte låsa den. All kraft var slut och han ville bara sova, sova bort resten av sitt löjliga liv.

Men minnena ville annorlunda. Helge brukade sitta på köksstolen vid fönstret och suga på sin snugga och kisa på honom genom röken. Lennart sjönk ned på stolen mitt emot, precis så som de suttit innan Helge bröt kontakten. Tillsammans hade de frågat runt i bygden och letat gamla ortsnamn. Helge hade funnit att Björke socken som gränsar till Roma tidigare hette Birka socken och att den hage, Björkhage, som breder ut sig i anslutning till Kungsgården på kartan från 1646 kallades Birkhage. Det Birka Ansgar besökte skulle ligga nära Uppsala, enligt historikern Adam av Bremen. I Sjonhem backe nära Roma hade de hittat ett Uppsala, precis som det fanns ett sjuttiotal andra Uppsala och en mängd Birka utspridda över hela Sverige innan ortsnamnen ändrades. Birka betyder antagligen bara handelsplats, hade Helge kommit fram till. Det viktiga är att veta var det Birka Ansgar besökte låg.

"Det riktigt märkliga", sa han eftertänksamt, "... är att Gotland, som var en så betydande handelsmetropol under den här tiden, inte nämns alls. Gotland liksom fattas i historien. Det är en ren omöjlighet att historieskrivare som Adam av Bremen och Rimbert skulle ha tigit om en plats som var så central för silverhandeln runt Östersjön. Såvida de inte talade om just den platsen hela tiden och kallade den Birka. Då stämmer det plötsligt, om Gotland var det Birka Ansgar kom till för att kristna hedningarna. Den plats historikerna skrev om."

Helge hade suttit där vid fönstret och stirrat ut i mörkret och stoppat om sin pipa. Det är indicier, många och svåra att förbise, men det är indicier. Inga bevis. Vad krävs för att Gotland ska få sin rättmätiga plats i historien? Vad skulle vara ett oemotsägligt bevis för att Roma var Ansgars Birka? Medan natten blev till gryning hade de noggrant gått igenom de texter som de gamla historikerna skrivit om Ansgar. Helge hade varit helt besatt av att hitta det slutliga beviset. Så kom hans död plötsligt och oförklarligt efter en tid då han varit matt och yr och dålig i magen. Frida kunde inte förklara vad han dött av så att det gick att begripa. Hon sa att det var av längtan till det dystra och svåra, att det anfrätt hans sinne tills han dog av svaghet.

Men innan dess, innan Helge drog sig inom sig själv, hade de suttit natt efter natt just här vid köksbordet och diskuterat hur sentida historiker tolkat de gamla dokumenten och slutligen hade de funnit det ... att det fynd som behövdes för att slutligen bevisa var Ansgars Birka låg var en biskopsgrav.

Helge förklarade det på sitt noggranna och omständliga sätt, själv hade Lennart mest lyssnat. Ansgar missionerade i Hedeby och följde sedan Sidenvägen till Birka. Dit kom han omkring år 829. Landets konung, Björn, gav honom sin tillåtelse att predika om Vite Krist. Det byggdes en träkyrka. Kort därefter seglade Ansgar tillbaka till Bremen och blev missionsärkebiskop, det vill säga påvens sändebud i hednaland. När Ansgar sedan återvände år 852 eller möjligen 853 efter tjugo dagars seglats var träkyrkan bränd och han fick rådet att fara hem igen.

”Det stämmer också!” hade Lennart själv inflikat. I Kulstäde, någon kilometer från Kungsgården, låg den första kyrkan på Gotland. Det var en träkyrka och den brändes. Med lottens hjälp lyckades Ansgar få sin sak prövad i tinget och därefter fick han tillåtelse att predika igen, eftersom den kristna guden hjälpt så många i sjönöd. Ansgar återvände hem och dog 865.

”Sen börjar det bli riktigt intressant!” Helge hade sett ut som ett barn på julafton när han serverade det som kunde bli det slutliga beviset. ”Ansgar efterträddes av biskop Unni som ville besöka hela sitt stift. *Trons dörr stod nu öppen bland hedningarna.* Unni for först till Danmark och sen till Birka. Året var 935. Han lyckades åter kristna folket på Birka och dog strax efter och blev begravd på Birka! Fattar du vad det innebär!” Helge hade inte kunnat sitta stilla på stolen. Lennart kunde se honom för sin inre syn när han gick av och an över köksgolvet och gestikulerade och gjorde cirkelrörelser med pipan i luften för att understryka det han sa.

”Fattar du vad vi har här? Biskopens huvud avskiljdes och skickades till Petersdomen 936, men resten av biskopen ligger begravd på Birka. Det gäller bara att hitta honom. Mannen utan huvud.”

Och efter det samtalet var kontakten bruten. Vad Helge funnit på sina irrfärder efter det, visste han inte. Men Lennart hade börjat köpa upp mark i Romatrakten. För en dag kanske det skulle komma att bli mycket värdefull jord.

Vad skulle han ha gjort för att hålla vänskapen vid liv? Skulle han ha ljugit Frida rakt upp i ansiktet när hon letade efter sin man? Nu när Lennart tänkte på det, vilket offer han gjort för sanningens skull, kanske det inte hade varit värt det.

36

I samma stund som Lennart Björk for till Mirja såg Frida Norrby ut över de förkolnade resterna av det som en gång varit hennes hem. I sin enfald hade hon trott att hon skulle kunna finna något av de välbekanta gamla tingen som kunde visa att hon levat där. Någon kär gammal sak av det hon ärvt från mor eller mormor, en tråd bakåt i tiden. Bara något litet hon kunde ta med sig. Det är märkligt så beroende man är av en plats som är hemma, hur anspråkslös den än är. Efter alla dessa dagar på flykt visste hon det. Man måste känna sig hemma någonstans för att man ska få ro i sin själ.

Månen lyste upp skorstensmuren, det enda som fortfarande stod upprätt. Resten var högar med förkolnade brädor och bråte under lager av kletande svart sot. Hon hade bett Joakim att stanna till en stund innan de begav sig till kyrkvaktmästaren, för att be honom tyda latinet. Bara en liten stund och han hade motvilligt gått med på det. Med en sorgsen suck satte sig Frida bredvid honom i bilen igen.

”Är det så klokt att snacka med den där Lennart Björk egentligen?” Joakim släppte koncentrationen framåt och såg frågande på henne. ”Du sa att Helge och han var dödspolare och träffades varje dag närapå och sen var det ingenting alls. Tvärt slut. Det kan vara värre än om de inte känt varann alls, fattar du. Dödspolare som blir fiender, blir dödsfiender. Skratta du, jag menar för faan allvar. Om man haft en nära polare så kan det vända tvärt och man hatar varann för en skitgrej fast ingen vill det. Lika mycket som man gillat varann kan man hata varann.”

”Nej, nej – det tror jag inte om dem. De var inte osams. Bara uttråkade. Helge ville hellre vara för sej själv. Lennart Björk är inget muntert sällskap, inte i längden. Om man pratar med honom mer än en halvtimme så brukar han komma fram till att han nog vill dö, och dö ska vi alla göra i sinom tid, men det finns ingen anledning att skynda på det.”

”Då ställer jag klockan på mobilen när vi pratar med honom så att den piper efter tjugofem minuter. Då slipper vi slutklämmen när han pratar om att han ska dö.” Joakim log bistert och svängde utan förvarning av på en liten grusväg. ”Vi ställer bilen här så syns den inte från vägen. Orkar du gå eller ska jag bära dej som en lammunge över axlarna?”

”Inte ska du behöva ädsla med mej på det viset. Jag reder mej. Vad fick du det ifrån, med lammungen?”

”Jag såg det på ett bokmärke du hade.”

”Det fick jag när jag konfirmerade mej, jag hade det i min handväska. Har du varit i min handväska?” Fridas blick var inte nådig.

”Jag var tvungen att se om du hade råd att betala hyran och det hade du. Vilken bank har du rånat? Det var ju tjugotvå tusen.”

”Jag vill ha uppsikt över mina pengar.”

”Men tjugotvå tusen! Tänk om någon skulle råna dej.” Joakim blev helt bestört bara han tänkte på det. ”Fattar du vad farligt.”

Frida nickade tyst för sig själv. Det begrep hon och det var bland annat därför hon behövde hjälp av den unge mannen. Hon behövde hans ungdomliga styrka och han behövde någon att lätta sitt hjärta för så att han slapp vara så inarg. När han berättade vad han trodde att folk tänkte om honom var det så att man kunde baxna. Alla var ute efter att testa honom eller sätta dit honom eller sätta sig på honom, det visste han utan att ha det minsta bevis för det. Hela vägen från stan hade de diskuterat vad man kunde veta och inte veta om vad folk tänker tills Joakim blev så uppretad att han höll på att köra i diket. Sedan hade han varit tyst och funderat den sista milen för att slutligen vid korsningen till Dalhem säga:

”Vad sjukt om du har rätt.”

Bättre erkännande än så skulle hon inte få.

”Om du är tankeläsare vill jag att du berättar vad jag tänker nu. Du får tre gissningar, inte mer”, hade hon sagt när de kom fram till Roma kyrka och det hade han naturligtvis inte kunnat gissa. Han hade chansat:

”Du är förbannad på mej för att jag är otrevlig och säger emot. Du tycker att jag är värdelös för att jag inte klarade plugget.” Frida skakade på huvudet.

”Då chansar jag på att du vill ur och pinka.”

”Fel igen.” Frida förklarade att hon ville stiga ur bilen för att hämta något, vad som helst som tillhört henne, ur branden. Vad som helst som kunde kännas som hemma. Och nu när hon inte funnit det ville hon gråta, för det betydde att hemma inte längre fanns annat än i den lilla väska hon packat och det var inte mycket till hem. Och i det hade Joakim rotat och det var faktiskt som hemfridsbrott.

Det rasslade i gruset när de gick vägen fram mot kyrkvaktmästarens hus. Det lyste där inne, men bilen var borta. En bil hade passerat bakom Fridas rygg när hon stod vid ruinen av sitt hus, men hon hade inte hunnit vända sig om i tid för att se efter vem det var. Konstigt nog såg dörren inte ut att vara riktigt stängd. Hade han givit sig av i sådan brådska att han inte ens hunnit stänga dörren ordentligt?

”Om mina grannar hade blivit mördade skulle jag aldrig lämnat min dörr på det här sättet. Jag vet att jag slarvat ibland i stan, men aldrig att jag hade gjort det här ute efter vad som hänt”, sa Joakim.

”Han kanske inte har någon att vara rädd för”, svarade Frida kryptiskt.

”Hur menar du nu? Tror du att det är han som har mördat dem eller tror du att han inte bryr sej om ifall han är levande eller död?”

”Säg det du! Det är inte gott att veta. Men det kan vara värt att fundera över varför han inte har låst dörren när alla andra har skaffat dubbla lås och vapen av rädsla för mördaren.”

”Då går vi väl in och väntar på honom då, om du är helt säker på att det är en bra idé.”

”Du vet, jag ska snart dö ...”

”Jag vet det och om du säger det en gång till bankar jag ned dej personligen. Jag vet att du inte tänker dö nyfiken. Så du får väl säga till när du fått veta det du ska och det är dags att gräva en grop.” Han funderade en stund och ett stort flin bredde ut sig i hans ansikte. ”Om vi hittar det du söker när vi gräver efter kartorna kunde ju du ta den gropen när den blir ledig. Så slipper vi belasta kyrkogårdsförvaltningen med det.”

Frida skrattade gott. Han hade humor, pojken.

Efter en stunds diskussioner beslutade de sig för att vänta en trappa upp, mest för att kyrkvaktmästaren inte skulle vända i dörren och rusa iväg av skräck när Frida visade sig vara återuppstånden från de döda. På övervåningen kunde de sitta bekvämt och ändå gömda bakom trappan till vinden.

”Jag hoppas han inte blir borta hela natten ... om du sover en blund nu så kan jag sova sen, eller också får vi sova med ett öga i taget.”

”Det är lugnt. Jag kan hålla mej vaken. Du, jag undrar en sak. Varför kan du inte bara fråga dem som jobbar på Länsarkivet om de kan tyda latinet? De är säkert mycket bättre på det än din granne. Morsan känner en som jobbar där. Han kan allting.”

”Det är en myndighet. De skulle bara ringa polisen. Lennart kommer inte att ringa polisen, inte om jag berättar vad han har i sina dunkar i källaren när de kommer hit. Sätter du näsan i vädret, Joakim, så känner du att det luktar finkel.”

”Att han gör sej besvär med det när det bara är att ta en skåpbil och tanka upp den i Tallinn.”

”Han är nog lite konservativ på den punkten”, skrattade Frida. ”Och sen har han flera lådor med annat stöldgods med, sånt som skulle ha passat på museum.”

Eftersom Joakim lovat att vara vaken slöt Frida ögonen och makade sig tillrätta i fåtöljen bakom trappan. Hon hade vänt den så att hon skulle kunna se genom spjälorna när kyrkvaktmästaren kom in genom ytterdörren. När man blir gammal är tröttheten ens största fiende, tänkte hon. Tiden är så kort och man vill hinna med så mycket. Det gäller att hålla sig vaken och inte förslösa sin tid. Storögd hade Joakim sett på när Frida tillverkade silverjoner med hjälp av batterier och silverstavar och sedan drack den skimrande vätskan. Det hade hon lärt sig av Helge när han kom till Möllebos. Han klarade sig så länge han höll på och dog när han kom in på sjukhus, menade hon. Är du en häxa, hade Joakim frågat, eller är du bara knäpp? Vad svarar man på sådant? Vi är väl knäppa var och en på sitt vis, tänkte Frida. Det viktiga är att man själv vet vem man är och vad man vill. Allt måste inte förklaras för andra. Faktum var att hon själv mådde så mycket bättre efter den här kuren. Magen var inte längre i olag. Bara magen sköter sig som den ska är livet drägligt på äldre dar. En fast och jämn avföring är en gudagåva. Frida slappnade av i kroppen och lät tankarna flyga som de ville. När de talat med Lennart Björk skulle de bege sig till Möllebos. Där hade polisen tagit bort avspärrningen nu, så det gick att gräva på den plats som Helge markerat på kartan. Om hon bara kunde begripa vad det var de grävde efter.

Lennart skulle förstås bli förvånad att se dem. Det var en del av taktiken. Det enda han behövde göra var att uttyda vad som stod på kolteckningen. Sedan skulle de ge sig av. Han skulle vilja följa med för att få se vad de grävde efter. Så mycket enklare det skulle ha blivit om de kunnat gräva tillsammans. Men då måste de säkert veta att han gick att lita på. Finns det överhuvudtaget någon man kan lita på?

Sedan Helge dog hade Frida känt att någon förföljde henne. Saker i huset hade blivit flyttade. Någon hade varit inne i Helges arbetsrum efter hans död och rafsat runt i hans skrivbordslådor. Och efter det att hon hämtat kuvertet i bankfacket hade någon bränt ned hela huset. Antagligen för att röja både henne och kuvertet ur världen. När Frida kom hem med taxin från Hunninge den natten hade hon inte vågat gå in, för dörren till Helges arbetsrum stod lite öppen. I stället hade hon krupit ihop i vedboden och plötsligt hade hela huset stått i lågor. Om hon legat inne i huset och sovit skulle hon ha varit chanslös, men försynen ville annorlunda. Hon var fortfarande vid liv. Men den som tände på fick gärna tro att hon strukit med. Det gav lite andrum. Och sedan dog flickungen Camilla. Frida hade sett henne genom fönstret. Hon hade tryckt sitt lilla söta ansikte mot fönsterrutan för att se det ingen fick se, de sorgliga benresterna av ett litet barn. Hon hade stirrat rakt in i sorgen. Men det var inte bara den gången. Hon hade varit en olidligt nyfiken liten människa. Frida var övertygad om att hon också varit inne i huset och sett kartorna, för bredvid dem på köksbordet hade någon tappat ett äppelskaft och Frida hade inte ätit äpplen på länge. Det hade inte magen tålt. Vilka hade Camilla berättat det för och vad var det som var så farligt att säga? Att Frida var ute och grävde efter något? Barnskelettet? Kartorna? För vem kunde det vara farligt? Vem var beredd att mörda och mordbränna för att det som fanns i jorden skulle stanna kvar där?

Frida kunde inte låta bli att tänka på Signe. På hur livet skulle ha varit om de blivit vänner på riktigt. En bortkastad vänskap. Frida tyckte inte att hon hade så stor skuld i det själv. De hade båda älskat Helge och Signe hade aldrig förlikats med att hon drog det kortaste strået. Så mycket roligt de kunde ha haft tillsammans alla fyra om inte den där bitterheten hade funnits. Man kunde ha tyckt att Signe på äldre dagar skulle ha mattats av något i sitt hat, men inte ens efter Helges död hade hon funnit ro. Det var grymt att berätta om järnåldersbarnet i jorden, så att Frida skulle tro att Helge fått barn med någon annan. Så ondskefullt och utstuderat. Varför behövde hon vara så elak, var det en moteld när den egna plågan blev övermäktig? Ingrid hade gjort sig av med ett barn och grävt ned det av rädsla för vad Signe skulle säga. Det var i alla fall vad ryktet sa. Precis som stressade suggor biter ihjäl sin avkomma för att själva kunna överleva ett annalkande hot. Var det sant? Kunde det vara det som låg bakom Signes sjuka utspel? Ett upprepande av det mest smärtsamma för att försöka förstå och fördela skulden? Signe hade knutit allt så hårt till sig av rädsla för att annars bli lottlös. Antagligen var det det som skrämde bort Helge en gång i tiden, att hon var alldeles för påflugen och alltför inriktad på sig och sitt. Precis så som hon alltid varit. En stor egoist, tänkte Frida. Och ändå fanns det något hos Signe hon kunde tycka om, en vass och intelligent humor. Ett fantastiskt sätt att få saker uträttade snabbt och effektivt. Hon sparade sig aldrig när det gällde arbete. Mer energi än hjärna, hade Helge sagt, men i det hade han fel. För det var absolut inget fel på Signes förståndsgåvor. Bara på hur hon valde att bruka dem.

När Frida kommit så långt i sina tankar kände hon Joakims hand på sin arm. Hon slog upp ögonen.

”Jag tror han kommer nu. Det är en bil på väg hit.”

Frida skärpte hörseln till det yttersta och snart hörde hon det också. En bil kom i hög fart och bromsade ljudligt in på gruset. Sedan hände inget mer. De väntade, men ingen bildörr öppnades eller stängdes som man kunde förvänta sig. Joakim smög tyst över golvet fram till fönstret. På långt håll hördes Bibbi Johnssons hund skälla.

”Björk sitter kvar i bilen. Han bara sitter där och blundar. Det ser ut som om han pratar för sej själv. Det hörs inga ljud ens när hundfan är tyst, inte hit upp i alla fall. Annars brukar man kunna höra basgången från musiken om radion är på. Det verkar som om han har sommat där ute. Han rör sej inte ur fläcken. Jo nu, nu kommer han. Undrar vad han gjort ute mitt i natten?"

"Jag stiger inte fram förrän han har kommit upp för trappan. Du väntar där bakom mej."

"Okej. Han kommer in nu … men det går väldigt långsamt."

De hörde honom inte stänga ytterdörren. Med hasande steg tog han sig ut i köket. Där blev han sittande på en stol. Olidligt länge. Frida tyckte att han ömsom mumlade för sig själv, ömsom gnydde eller till och med skrattade till en smula. Var han berusad? Så äntligen fattade kyrkvaktmästaren tag om räcket på ömse sidor och liksom drog sig upp steg för steg som om ansträngningen var honom nästintill övermäktig. Var han sjuk eller bara oändligt trött? Frida väntade med att stiga fram tills han var ordentligt uppe. Hon ville inte att han skulle falla ned för trappan och bryta nacken av sig i blotta förskräckelsen.

"Frida Norrby!" Hennes uppenbarelse hade samma effekt på honom som hon tänkt. Han tog sig åt bröstet som för att skydda sig från den onda anden. "Så jag såg rätt, du lever?" Han föll ned med en duns i soffan. "Vad gör du här mitt i natten?"

Frida kunde inte låta bli att skratta. "Jag är de förflutna jularnas ande och jag har kommit för att tala förstånd med dej, Björken. Du är girig. Var har du varit?" kontrade hon.

"Mirja Fredlund har blivit nedslagen och polisen är där. De letar efter dej, Frida!"

"Så de trodde inte jag dog i branden då?"

"Först trodde vi det och blev alldeles utom oss. Men de hittade inte dina kvarlevor. Varför har du hållit dej undan, förstår du inte att vi varit oroliga? Var har du varit någonstans?"

"Säg det du. Nu är jag här och jag vill visa dej en sak som Helge höll på med. Jag hittade den här avskriften i bankfacket och jag undrar vad den kan betyda. Det står att han själv tog den efter kriget 1949 i ett arkiv." Frida vecklade ut det svärtade papperet framför honom och i det svaga månljuset från fönstret kunde han läsa VNI EPS. ”Det ser ut som det kunde ha stått skrivet på en gravsten.”

”V är U och strecket över N betyder att det är dubbeltecknat. EPS har ett streck över sej vilket betyder att det är en förkortning för Episcopus. Det står Unni Biskop! Vid alla helgon! Vet du var gravstenen finns?” Lennarts händer darrade när han höll upp papperet mot ljuset för att se bättre. Underlaget till svärtan måste ha varit lätt skrovlig med smala sprickor här och var som från ett stenblock.

”Jag letar, men jag vet inte vad det är för något.”

”Har du visat det här för någon mer?” Lennart Björks ögon smalnade och hans andhämtning blev tung. ”Har någon annan sett det här?”

”Nej, det är bara vi.” Frida nickade mot mörkret där Joakim stod, men Lennart Björk märkte inte gesten. Hans fingrar slöt sig plötsligt runt Fridas hals med en styrka hon inte trodde honom mäktig. Hon fick inte luft. Hans blick var vild och vanvettig av girighet och vrede och något mer som liknade gråt. Även om Mirja var en sådan som svek, skulle han aldrig svika henne. I den stunden var han beredd att offra sin framgång för hennes.

Luft. Frida fick ingen luft. Det sprängde i lungorna. Hon försökte riva honom, men kom inte åt. En skarp ringande ton i öronen. Hörseln svajade av och an mellan tystnad och hög volym. Sedan blev allt svart.

37

Frida Norrby såg trädkronorna rusa förbi utanför bilfönstret. Smärtan i halsen var svår. Varje gång hon svalde gjorde det ont. Hon försökte lyfta sina armar. Det gjorde också ont. Träden försvann och himlen blev till ett grått täcke, då och då avbrutet av telefontrådar. Hon försökte vrida på huvudet en aning. Smärtan fick det att flimra för ögonen. Varje sättning och rörelse i bilen gjorde ont. Där i framsätet satt Joakim. I backspegeln såg hon hans ansikte inom en ram av mörkt lockigt hår. Han såg sammanbiten ut.

”Han försökte strypa mej”, viskade Frida. Rösten ville inte lyda henne. Hon var inte säker på att Joakim hört henne förrän han svarade.

”Jag slog ned den jäveln. Sparkade honom tills han inte rörde sej längre.” Hans röst var hård och så annorlunda.

”Men du dödade honom väl inte?” Frida kände oron som en snara om halsen. ”Han blev liggande, men du dödade honom inte?”

”Jag vet inte.” Svaret var isande hårt. Ögonen i spegeln fladdrade svarta och ängsliga. ”Jag vet faan inte.”

”Men rörde han sej inte alls då? Andades han inte?” Frida kvävde en snyftning i handen. Magen knöt sig i kramp. Det fick inte vara så, han fick inte vara död. Joakim hade inte gjort det med flit. Han hade varit tvungen. Men det fick inte vara så, det kunde inte få vara så hemskt!

”Jag vet inte, säger jag ju. Jag hann inte kolla efter. Polisen kunde komma när som helst. De fanns ju i närheten. De söker igenom området efter mördaren. Jag tyckte att jag hörde en bil ute på vägen just när jag slog till honom. Vi var tvungna att ge oss iväg. Det var faan bråttom!"

"Jag kan inte förstå hur han kunde göra så mot mej. Vi har varit goda grannar i alla tider. Han tänkte döda mej, Joakim", sa Frida. Hon behövde få upprepa sig och få Joakims bekräftelse för att förstå det ofattbara. Hon grät. Grät så att hon ulkade. Det var så overkligt och oväntat det som hänt. Det tog tid att förstå. "Han tänkte faktiskt döda mej!" upprepade hon gång på gång för sig själv.

"Det var ju därför jag var tvungen att slå ned han!"

"Fick du med dej texten vi visade honom?" Frida mötte Joakims blick i spegeln. Han skakade på huvudet.

"Kolteckningen blev kvar." Joakim såg den framför sig, just uppvikt liggande på bordet den stund när smockan for genom luften. "Den blev kvar."

"Då måste vi tillbaka och hämta papperet. Stanna bilen!"

"Aldrig i helvete. Jag mötte en polisbil nyss. Om Björk lever kan han ha ringt polisen. Jag måste fixa ett annat ställe åt dej att bo på. Jag dumpar av dej hos Ubbe. Om polisen kommer hem till mej har vi aldrig setts, fattar du?"

"Jag har i alla fall kuvertet med kartorna i min väska. Har Ubbe körkort?" frågade hon hoppfullt. "Jag tänkte han kunde köra mej så att jag kan gräva vidare."

Joakim gjorde en släng med huvudet som Frida tolkade som ett ja. Just nu kände hon sig mera hemlös än någonsin. Joakims lägenhet hade blivit riktigt trevlig sedan hon städat den ordentligt.

"Jag tvättade upp ett par strumpor och hängde dem över badkaret hos dej. Du kanske skulle ta ned dem så polisen inte tror att du är en sån där karl som klär ut sej till fruntimmer när mörkret faller på." Frida kunde inte låta bli att dra på mun mitt i allt det hemska. Hon kunde se Joakim framför sig, han skulle bli en sagolikt vacker och högrest kvinna.

”Transvestit, heter det. Ubbe säger att man ska bejaka sina kvinnliga sidor … han är en kärring!”

”Jag är också en kärring.”

”Nej, inte du. Du är ingen kärring, Frida. Du är en … Faan där var det en polisbil till. Lägg dej ned igen och dra filten över dej! Nu gör du som jag säger för en jävla gångs skull. Det vimlar av poliser här. De har spärrat av där borta. Helvete. Håll i dej nu! Vi får ta vägen över Vall och Träkumla.”

Joakim gjorde en djärv sväng och knäppte på radion. ”Vi måste höra om de säger något!”

”… ett nytt dåd i Roma. Vid tvåtiden i natt blev en kvinna brutalt nedslagen i sitt eget hem sydöst om Roma kyrka. Enligt uppgift fanns polisen redan på plats när det skedde. ’Utan polisens hjälp hade jag varit död nu’, säger kvinnan i en kommentar till Ekot. Kvinnan har förts till sjukhus med lindriga skador. Läget anses stabilt. Och nu över till vädret …”

”Ska vi köra över Stenkumla i stället? Den vägen är ännu mindre. De hinner inte spärra av överallt mitt i natten.”

”Vem i helvete?” Joakims mobil ringde. ”Det är dolt nummer så det kan inte vara morsan.” Han svarade.

”Ja, det var från polisen. Vi är i din lägenhet och söker dej för ett nytt förhör. Det har hänt saker här i natt som vi vill diskutera med dej. Var befinner du dej nu?”

”Jag slaggar hos en kompis … Ni behöver inte hämta mej, jag kommer in till polishuset så fort jag fått kläder på mej”, sa Joakim och avslutade samtalet och plockade batteriet ur mobilen. ”Annars kan de spåra var vi finns.”

”Polisen, vad ville de?”

”Det är kört. De har säkert hittat dina förbannade strumpor. Ingen av mina tjejer skulle ha såna på sej. Det är förihelvete tantstrumpor av värsta sort! Varför kan du inte bara ha normala strumpor som man har nu för tiden. Nu fattar de ju att du bott hos mej.

De kommer att tro att jag haft dej som gisslan eller något. Om du dör nu och jag får skulden förlåter jag dej aldrig!"

"De tunna strumporna som unga töser har håller inte och så syns åderbråcken. Du ... om det ändå är kört kan vi lika gärna fara till Möllebos och gräva, eller hur? Om vi kör över Väte ... På Möllebos gömmer vi oss i höet. Det har jag gjort i flera dagar och tjuvmjölkat korna. Du kan få spenvarm mjölk till frukost."

"Jag döör. Det kan inte vara sant!" Joakim gjorde en grimas av oändligt lidande.

"Förr eller senare får polisen tag på oss och då är det bättre att vi har hittat den där biskopen innan dess. Det kan nog ses som en förmildrande omständighet om vi kan visa upp ett resultat i sanningens tjänst. Och rättvisan tenderar alltid att bli mer rättvis när teve och tidningar riktar strålkastarna på ärendet. Vet du, jag tror jag har räknat ut det. Biskop Unni dog på Birka. Han begravdes utan huvud. Du, om han ligger begravd här i Roma så är vi på Birka nu. Då är Roma Ansgars Birka! Men varför får ingen veta det? Varför vill Lennart döda mej hellre än att sanningen kommer ut?" Frida blev tyst en stund och funderade. "Helge måste ha velat att det skulle komma ut. Vem vinner och vem förlorar på det? Om Birka handelsplats låg i Roma och det blev berömt skulle priset på marken här stiga. Det kanske finns fullt med silver i backen här. Vet du, Lennart försökte köpa mitt hus och Bibbis mark suktade han också efter. Men nu har han gjort en kovändning. Nu vill han inte att sanningen ska komma fram alls. Visst är det konstigt?"

"Mot Möllebos. Du är en sann gambler, Frida. All in, alltså. Okej, vi kör till Möllebos och gräver efter huvudlösa biskopar, jag har ändå inget annat för mej i väntan på att bli insydd." Joakim gjorde en tvär sväng med bilen.

"Mina inälvor flög just ut genom fönstret – min mage var beredd på att vi skulle åt andra hållet", sa Frida och stönade högt.

De hade inte mött någon bil på småvägarna och det kändes lite lugnare nu. Joakim försvann i egna tankar. Efter en stund sa han: ”Jag var på skolresa till Birka när jag var liten. Det konstiga är att man litar på vad de lär en i skolan. Man ifrågasätter inte det. Det är liksom sanningen. Historia är historia och det är sant.”

”Det är väl med historia som med annan vetenskap. Det är bara preliminära antaganden i väntan på nya rön. Dagens sanning blir morgondagens myt. Fattar du vad avhandlingar det har skrivits som måste harmoniera med tidigare avhandlingar för att disputanden inte ska hamna i onåd. Att ifrågasätta fakta som gjort opponenten till professor är mycket modigt och mycket dumt om man vill överleva i den akademiska världen, det sa alltid Helge.”

”Men vad var Björkö egentligen då? Varför finns alla gravar där?”

Frida letade i minnet. Någon gång hade hon hört Lennart och Helge prata om det när de satt på träbänken under köksfönstret en sommarkväll.

”En liten stad. De kanske inte ens bodde där på vintrarna för de hade inte egen mat, den köpte de utifrån. Helge var inne på att kungen hade sin hird där när han bodde på Adelsö, ett militärt fäste helt enkelt. De pratade om att gravarna på Björkö innehöll mycket vapen och ibland hela hästar i stridsrustning och att det fanns förhållandevis få barngravar. Sällskapsdamerna tilläts nog inte behålla de nyfödda.” Frida huttrade till och blev sedan tyst och tankfull. De närmade sig Möllebos.

”Var ska vi göra av bilen? Om någon ser bilen vet de ju var vi är.”

”Vi kör in den i ladan och gömmer den i höet.” Frida hoppades att Signe inte skulle vara vaken. Då kunde det bli problem. Stora problem. De måste ta bort telefonen som stod nere i hallen. Signe hade ingen mobiltelefon. I Ingrids rum fanns det en telefon till och kanske en i Signes sovrum. Men det måste väl finnas ett enklare sätt att se till att Signe inte meddelade sig med någon än att leta telefoner i hela huset? De måste få arbeta ostört för att hinna gräva färdigt innan det blev ljust.

”Är det rätt plats, tror du?” frågade Frida.

”Vem fan bryr sej?” svarade Joakim surt.

Och det var just det som var frågan, tänkte Frida. Vem var det som försökte stoppa dem?

Resten av sitt liv skulle Frida med ett förstulet litet leende minnas den min Signe Nilsson hade när hon blev inlåst i det stora skafferiet i köket på Möllebos. Där fanns visserligen allt hon kunde behöva inom räckhåll. Efter att hon tröstätit sig igenom alla burkarna kunde hon sätta sig på en hink om det så krävdes. Det var inte så att det gick någon nöd på henne. Inte alls. Hon såg bara så urbota dum ut när hon lyftes ur sin säng och plötsligt blev nedsläppt i sitt skafferi, utan att riktigt vara vaken. Och när hon sedan, just innan Frida stängde dörren, begrep vad som höll på att ske hade hon skrikit och gapat som en barnunge som fått rumsarrest.

När morgondimmorna runt kvarndammen lättade tog Joakim ett sista spadtag. Frida skakade på huvudet. Här låg han då inte, biskopen utan huvud.

”Vad gör vi nu?” Han kisade mot solen som letade sig igenom molntäcket som en strålkastare mot den glittrande vattenytan.

”Det finns två ställen kvar att gräva på, Atlingbo kyrka och abbotens hus på Kungsgården.”

”Kungsgården vimlar av folk.”

”Vi ger oss inte ut förrän det blir natt igen. Vi kanske hinner båda ställena om alla vindar står oss bi. Nu tycker jag vi tar igen oss en stund.”

”Jag måste kolla vad de säger på radion.” Joakim sträckte på sig och blev med ens mycket allvarlig. Tanken på Lennart Björk fick det att vända sig i magen på honom. Han skulle inte ha slagit till honom så hårt, inte flera gånger. Men det hade inte gått att hejda vreden. Gång på gång hade han slagit tills den äldre mannen rullat ned och låg orörlig vid foten av trappan nere i hallen. Han hade inte vågat säga till Frida hur illa det var. Som om hon läst hans tankar svarade hon.

”Det var inte ditt fel, Joakim. Det var inte ditt fel.”

38

Maria Wern satte på teven i personalrummet:
”I natt vid tvåtiden hittades en kvinna nedslagen i sin trädgård i Roma. Från polisens sida befarar man att detta kan vara ännu ett dåd av kvinnomördaren i Roma. Vi har kommissarie Tomas Hartman på plats för en kommentar. Hur ser läget ut?”

”Vi försöker säkra tekniska bevis, men kan ännu inte säga om det är samma gärningsman som vid de tidigare dåden.”

”Det sägs att kvinnan blev nedslagen med en spade?”

”Det är inget jag kan bekräfta.” Hartman var fåordig. Reportern gav sig inte.

”Vad har ni funnit för teknisk bevisning, kan du precisera det? Stämmer det att hon blev nedslagen med en spade? Har man hittat några fingeravtryck? Vem misstänker ni i nuläget? Det måste ju finnas någon misstänkt? Tycker du inte att allmänheten har rätt att få veta det?” Frågorna smattrade aggressivt. Om reportern verkligen hade velat veta vad polisen hade att säga skulle hon ha ställt en fråga i taget och sedan lyssnat in svaren. Det här var bara en uppvisning.

”Vi har en hypotes som vi arbetar utifrån. Redovisar jag den för dej, redovisar jag den också för mördaren. Under tiden som vi arbetar behöver vi få hjälp av allmänheten med upplysningar; vilka iakttagelser som gjorts under natten, men också vid de tidigare tillfällena när gärningsmannen slagit till.”

”Vad har du att säga till dem som inte vågar bo kvar i Roma? Vart ska de ta vägen? Tycker du att allmänheten ska nöja sig med en så knapphändig bild av ert arbete?"

"Tills vidare, ja. Av spaningstekniska skäl."

Kameran zoomade in reportern. "I det lilla samhället Roma på Gotland är paniken total. Fönstren gapar tomma när husen lämnas öde. Människorna flyr in till stan och man befarar en våg av inbrott i det övergivna samhället. I somliga hus har flera familjer flyttat ihop och det talas om att man plockat fram vapen ur gömmorna för att kunna försvara sej. Vi ska snart få träffa familjen Enoksson där man tillsammans med de två närmaste grannarna gjort upp vaktturer för att möta kommande hot under natten. 'Vi tvekar inte att ta till vapen', säger Mats Enoksson till Nyheterna."

Maria Wern stängde av teven och gick ut för att möta Hartman när han kom från presskonferensen som hållits i polishusets konferensrum. Om det hade dragit ut längre på tiden skulle hon ha tvingats avbryta dem. Vakthavande hade skickat ännu en patrull till Roma.

"Det är ett nytt larm från Roma", sa hon så snart de kommit utom hörhåll för de andra. "En man har fallit ned för en trappa. Han är medvetslös och på väg in till lasarettet. Misshandel kan inte uteslutas. Grannen Bibbi Johnsson hittade honom på golvet. Det är kyrkvaktmästaren, Lennart Björk. Jag hörde honom dagen efter kvinnomorden, minns du honom?" Maria reagerade själv på att hon sa det … kvinnomorden. Medias förhastade slutsatser riskerar snabbt att färga den neutrala utredning man strävar efter att hålla och gör att man utesluter andra motiv. Nu hade Lennart Björk blivit nedslagen ett stenkast från Mirja Fredlunds torp. Det var ett undantag från regeln att det bara gällde kvinnor. Maria funderade på om hon på något vis skulle ha kunnat förhindra det. Efter förhöret hos Mirja hade de skiljts åt och risken för att han skulle råka illa ut var inte större än för någon annan, särskilt inte om man tänkte sig att gärningsmannen bara var ute efter att straffa kvinnor.

"I vilket skick är han nu? Går det att höra honom direkt?" Hartman såg med ens mycket gammal och sliten ut. Att sitta i direktsändning kräver sin man. Så fort det lugnade sig kanske han skulle nappa på kursen i mediaträning. Konsten att säga ingenting eller bara det man vill på ett förtroendeingivande och artigt sätt.

"Nej, de hör av sej från sjukhuset om han vaknar upp."

"Är det så illa?" Hartman drog handen genom sitt yviga hår och reste ragg. "Då föreslår jag att vi far till Roma och tar Erika Lund med oss för att så snabbt som möjligt få en bild av det som hände."

Maria biföll. "Eriksson och Haraldsson är redan där. En avspärrning har upprättats. Snart är hela socknen inslagen i blåvita band."

"Vad hade Bibbi Johnsson att säga om saken?" Hartman ögnade igenom sina mejl, loggade ut och stängde av datorn. Maria räckte honom jackan. "Hittills har hon suttit på första parkett varje gång det händer något."

"Hunden började skälla vid fyratiden i natt. Hon hörde en bil som rev igång och gick upp för att gå på toaletten. Genom sitt köksfönster såg hon då en man som bar en stor säck eller något liknande i famnen. Mannen lämnade kyrkvaktmästarens hus. Sen startade en bil en bra bit bort, men hon såg den inte. Eftersom det lyste genom den öppna dörren fattade hon misstanke. Björk skulle aldrig lämna sin ytterdörr på det sättet. Hon hakade ned sin pappas gamla hagelgevär från väggen. Han sitter tydligen på hemmet, men har kvar sin vapensamling hos Bibbi." Maria skakade olustigt på sig. Tanken var skrämmande. Rädda människor är farliga människor och har de vapen i handen kan vad som helst hända. Hon fortsatte. "Bibbi tog hagelbössan, men gick inte hem till Björk förrän tre timmar senare. Hon hade svårt att besluta sej för hur hon skulle göra. Man kan ju inte störa folk mitt i natten, sa hon. När hon kom dit vid sjutiden låg han medvetslös nedanför trappan. Hon hade ingen mobil med sej utan ringde från hans telefon i köket. Det kan vara bra för Erika att veta när hon letar fingeravtryck."

"Vad säger poliserna på plats? Har de hittat något?"

"Det ser ut att ha varit bråk på övervåningen. En omkullvält stol, en piedestal med en blomma har vält. Det finns blodspår på en matta i övre hallen. Vi får veta mer av Erika." I samma stund kom Erika Lund gående. Maria bekräftade att de var redo att ge sig av och tillsammans begav de sig mot bilen.

"Jag hoppas att de inte klampat omkring där inne. Det räcker fint med att Bibbi Johnsson tassat omkring och lekt privatdetektiv på andra ställen. Jag vet ännu inte vem som släppte in henne i Camilla Ekströms stuga. Det var fingeravtryck överallt." Erika såg mulen ut. "Det är ett rent helvete att få fram tekniska bevis när alla klafsat runt och satt märken."

"Hon var till och med ute i Möllebos strax efter att vi spärrat av. Först på plats. Hon kom på cykel. Hur hon fick veta vad som hänt vägrar hon att svara på. Hon är så otroligt nyfiken, den människan. Lyssnar hon på polisradion månne?"

Hartman satte sig i baksätet. "Skam att säga var det jag som släppte förbi henne så att hon kom in i Camilla Ekströms stuga. Hon är ett proffs. Jag var chanslös. Jag försökte fylla dörröppningen med min breda bringa så att hon inte skulle komma förbi. Då fick hon ett utbrott och började gråta och slängde sig om min hals. Vad gör man? Jag kunde inte låta henne falla ihop på golvet, eller hur? Sen smet hon snabb som en iller in för att leta nyheter. Huvudet gick som en pendel. Jag fattar fortfarande inte hur. Det var en total rockad. Konsten att göra en Bibbi är underskattad."

"Då finns det säkert inte en enda vrå inne hos Björk som hon inte redan satt sina kletiga fingrar på." Erika sparkade till en sten så att det sjöng i bilens navkapsel när den träffade.

Utanför avspärrningen vid Lennart Björks hus hade människor samlats trots den tidiga timmen. Sorlet av upprörda röster trängde sig på redan innan polisen öppnat bildörren. När Hartman banade väg åt sina kvinnliga kollegor blev det alldeles tyst. Man väntade på ett klargörande. En enda begriplig mening om den förbannelse som hade drabbat socknen. Men han hade inget att säga dem. Inget för att lugna deras oro. Allt sådant skulle ha klingat falskt och skapat än mer rädsla. Det fanns inga garantier för att det inte skulle upprepas kommande natt eller natten därpå. Och som om inte det skulle vara illa nog, när de öppnade dörren befann sig Bibbi Johnsson där inne sittande i trappan där Lennart Björk nyss fallit ned. Hon satt inkilad mellan två poliser med en påse chips i näven. Erika Lund svor högt.

”Vi tog henne när hon hade klättrat in genom ett fönster på baksidan.” Eriksson tryckte ned Bibbi Johnsson igen när hon tänkte resa sig upp.

”I vilket syfte?” undrade Hartman som fann situationen en smula förbryllande. ”Vad skulle du göra här inne?”

Bibbi Johnsson knep ihop munnen och ögonen för att stänga honom ute.

”Om du inte tänker berätta det för oss måste vi utgå från att du ville förstöra bevis.” Erika borrade sin blick i hennes och steg hotfullt nära. ”Begriper du vad jag säger? Vi får ta med dej till stan för förhör om du inte säger vad du tänkte göra.”

”Det angår er inte. Det var en sak mellan Lennart och mej. Han har något som är mitt och då har jag rätt att hämta det.”

”Vad tänkte du hämta?” Hartman var tålmodig, men det hördes på rösten att han var nära att förlora fattningen. Det fanns något i den här kvinnans barnsliga trulighet som fick honom att tappa greppet. Egentligen hade han lust att ruska om henne ordentligt där hon satt med framskjuten haka, plutande mun och sina surt hopknipna ögon.

”Ett uppläggningsfat”, sa hon efter en stunds betänketid. ”Ett blåvitt. Han lämnar aldrig tillbaka det han lånar. Han har faktiskt haft det ända sen midsommarafton i fjol.”

”Och du tyckte att tidpunkten var den rätta att hämta det nu när han blivit svårt misshandlad?” Maria kunde inte hålla sig längre. Här låg Lennart Björk på sjukhuset och svävade mellan liv och död, och människan hade mage att ta sig in i hans hem för att ta tillbaka lånade saker.

”Och sen har jag något på hans kontor med … Om jag bara får hämta det så ska jag inte besvära er mer.” Bibbi laddade in en näve chips, reste sig med hjälp av båda händerna runt ledstången och fick en ond blick av Erika när hon satte nya fettmärken på trappräcket.

”Eriksson, ta med dej henne ut i bilen så får ni fortsätta prata där. Vi måste jobba nu.” Hartman fick en uppgiven min till svar från sin kollega. Eriksson hade verkligen ingen lust att fortsätta dividera med Bibbi Johnsson.

”Jag har laglig rätt att hämta det som är mitt”, ropade hon från dörren och försökte ta sig förbi sin vakt. ”Ni har ingen rätt att hindra mej!”

Erika Lund suckade tungt när Haraldsson kom med en bunt brev i handen. Utan handskar, inte ens en tygbit som skydd för nya fingeravtryck.

”Det kan tänkas vara de här hon ville ha. Kärleksbrev”, förtydligade han. ”Så urbota fånigt som de är formulerade förstår jag att hon inte ville att någon skulle läsa dem. Hör här …”

”Låt bli allting och gå ut. Rör ni en enda sak till här inne ger jag upp och far tillbaka till stationen där jag kan göra nytta!” Erikas röst dånade genom huset.

”Vi går ut allihop”, sa Hartman.

”Jag undrar vad det här kan vara?” Maria stod på övervåningen över den svärtade avskriften från gravstenen med båda händerna på ryggen. ”Är det någon av er som läst latin?”

Hartman hejdade sig i dörren. "Jag gick faktiskt latinlinjen, men det är länge sen nu." Utan att röra trappräcket gick han upp till Maria på övervåningen och lutade sig över kolteckningen. Han letade efter sina glasögon i kavajens innerficka och fann dem. "Jag är inte helt säker, men min fru Marianne är en fena på latin." Han tog upp mobilen, konfererade med sin fru och sa slutligen: "Vi får det till Unni Biskop."

"Unni Biskop? Undrar om det är något viktigt?" Maria kunde inte erinra sig att hon någonsin hört talas om honom.

"Då tycker jag vi sätter dej på att kontrollera den saken. Det låter inte särskilt nutida. Undrar om Unni är ett förnamn eller ett efternamn?"

"Okej, jag får fundera på hur jag ska gå vidare med det. Känner just inga kyrkohistoriker." Under andra omständigheter hade Lennart Björk varit en person Maria kunde ha haft glädje av att tala med. Vem skulle hon fråga nu? Tankarna fick flyga fritt medan hon med ett förstrött öra lyssnade på Hartman och Erika.

"Bibbi Johnsson såg en man komma ut genom dörren här. Han bar en stor säck eller ett bylte. Vad kan det ha varit? Sen hör hon en bil starta, men hon ser den inte."

"Vi har ett vittne som såg en man köra upp från grusvägen bakom det här huset." Haraldsson hade just kommit in igen och hörde Erikas sammanfattning av läget. "Det var en ensam man i en vinröd Toyota Carina. Han körde mot Visby."

Hartman sökte i minnet. Haraldsson förekom honom:

"Joakim Rydberg har en Toyota Carina. Efter att Mirja Fredlund blivit överfallen i natt sökte vi kontakt med honom. Men han har ännu inte infunnit sej på stationen som vi kom överens om. Jag checkade det just med vakthavande."

"Då lyser vi honom omedelbart." Hartman tog upp sin mobil.

"Vakthavande nämnde en sak till som var lite märklig." Haraldsson log brett. "Det fanns tjocka gammaldags damstrumpor på tork över badkaret i Joakim Rydbergs badrum. Beige tantstrumpor från förra seklet. Och underkläder i blöt i en hink. Alltså laxrosa tantunderkläder som man antingen klär ut sej i eller som man har om man är mycket gammal.”

”Frida Norrby! Han kan ha tagit henne som gisslan.” Maria hade funderat mycket på den gamla damen och önskat och hoppats att hon var vid liv.

”Varför i all världen då? Varför skulle han hålla henne gömd?”

”Det vet vi inte, men vi vet att de har träffats. Han skjutsade ju henne i taxi natten då de båda kvinnorna mördades. Kunde vittnet ge något signalement på mannen i bilen?” Hartman kände livsandarna återvända. Äntligen något att gå på.

”Lång, mager och mörk, enligt Bibbi. Det andra vittnet kunde bara säga att det var en man något över medellängd.”

”Skulle Frida Norrby alltså ha bott i grabbens lägenhet hela tiden? Då bör det ju finnas en del spår att säkra. Vi kanske skulle gå ut med en efterlysning där vi säger att de troligen påträffas tillsammans.” Erika, som blött upp blodfläcken på golvet för att få med sig DNA, reste sig mödosamt upp med handen på ryggen. ”Man blir inte arbetslös precis. Vem får jag skjuts med till stan?”

”Jag blir kvar här”, sa Maria. ”Jag tror att Gunnar Fredlund kanske kan berätta för mej vem biskop Unni var.”

39

”Jag dricker det inte. Aldrig i helvete!” Joakim stirrade på Fridas bortvända rygg där hon satt på den trebenta pallen och lät mjölken strila ned i en plåtburk. Bara lukten från djuren fick honom att storkna.

”Sjåpa dej inte. Det förstår jag väl att du är svulten. Du ska se att livet blir bättre när vi har ätit kvällsmat.”

”Så faan heller. Jag kanske har slagit ihjäl någon. Vi är efterlysta. Snuten är efter oss. Min farsa är efter oss. Min morsa är vansinnig. Jag sköter inte mitt jobb på taxin. Och här sitter du och mjölkar kor, ditt pucko. Det är faan det värsta jag varit med om.” Han dunkade huvudet mot sina öppna handflator gång på gång som för att få bort mardrömmen. Det kändes som att han ville skrika åt Frida Norrby som inte verkade kunna hetsa upp sig över någonting alls. Har man levt i drygt åttio år är man väl härdad, tänkte han.

”Då kan det väl knappast bli värre, eller hur? Bara bättre lite undan för undan. Det blir mjölk och skorpor. Det får duga om vi inte ska låna lite smör av Signe.”

”Du är ju fullständigt från vettet. Har du överhuvudtaget någon genomtänkt plan eller jobbar du bara på känn? Vad har du tänkt att vi ska göra åt det här?”

”Bara det blir tillräckligt mörkt tar vi oss till Atlingbo och letar efter biskopens gravhäll. Tänk om ändå Helge hade skrivit ordentligt så man slapp gissa vad han menar. Jag skulle så gärna vilja slutföra det han påbörjade.”

”Ja, om inte snuten tar oss innan dess. Tanten i skafferiet skriker som en galning. Det hörs ända ut på gården. Om någon kommer förbi ... jag tycker att vi borde ha tystat henne bättre.”

”Det ordnar sej ska du se. Det finns en kagge med gotlandsdricka där inne och när hon gapat sej torr i munnen kommer hon att söva sej själv.”

Joakim skakade sitt mörka lockiga hår. Läget såg inte särskilt ljust ut just nu.

”Hur ska vi ta oss dit då? Bilen är ju lyst. Vi kommer ingenvart.”

”Haha, det var roligt sagt.” Frida skrattade. ”Ni ungdomar har så bråttom. Hur tror du de gjorde förr i världen när de inte hade bilar? Min mamma tjänade piga uppe i Stenkyrka och gick sex mil fram och tillbaka för att hälsa på sina föräldrar i Fröjel och under tiden virkade hon lakansspets och stickade strumpor, medan hon gick alltså.”

”Och dem fick du ärva?” Joakim garvade högt och det blev till ett gemensamt skratt fast de inte skrattade åt samma sak.

”Det kan tänkas. De var hållbara för hon stickade med björntråd. Såna strumpor görs inte nu för tiden. Vad jag vill säga är att vi har hela natten på oss att promenera till Atlingbo. Det är ingen brådska. I mörkret syns vi inte och jag hittar vägen som i min egen ficka.”

”Förklara igen, varför ska vi gräva i Atlingbo? Och hur vet du exakt var du ska gräva?”

”Det finns en triangel på kartan som vi pratade om tidigare. Den första punkten är Kulstäde i väster, där Gotlands första träkyrka låg ...”

”Ska vi gräva i Kulstäde med?” Joakim suckade tungt. Den här mardrömmen såg aldrig ut att ta slut.

”Nej, det har Helge redan gjort och det gav ingenting alls. Sen har vi kyrkan i söder som punkt två. Atlingbo var en mycket gammal tredingskyrka, kanske den äldste. Där kan de ha begravt biskop Unni.” Frida förlorade sig i funderingar.

”Den tredje punkten då?” sa Joakim otåligt.

”Den tredje punkten finns i öster. Det är abbotens hus på Kungsgården. Det kan ha varit Ansgars lilla stenkyrka som folket lät stå kvar när han kom till Birka en andra gång efter att de återgått till sina gamla gudar. De här tre punkterna bildar en triangel. En symbol för den heliga treenigheten.” Mjölken strilade i takt med orden. Frida vände lite på huvudet för att se om han hängde med. ”Fast det bodde aldrig någon abbot i abbotens hus, skriver Helge bakpå kartan. Det hittade de på efteråt och år 1936 öste Flygförvaltningen betong över hela stenflisgolvet. Vad nu det skulle vara bra för. Men det märkvärdigaste av alltihop är vad som ligger inuti triangeln. Kan du gissa det du?” Frida sänkte rösten så att den blev låg och konspiratorisk.

”Berätta!” Joakim var ivrig som ett barn att få höra slutet på sagan.

”Håll i dej nu då. Där ligger Björke eller Birka socken. Helt inramad.”

Joakim dunkade näven i ladugårdsväggen så att den ko Frida mjölkade spratt till och mjölken skvätte. ”Och vad är det med det?”

”Precis så som den här triangeln skär upp marken utesluts den gamla kultplatsen där Alltinget låg och där man dyrkade de gamla gudarna. Triangeln står för kristet land och det utanför är hedniskt. Det är så man ryser. Visst är det spännande? Nästan som Da Vinci-koden.”

”Du kanske får en kick av det här. Men det får inte jag”, sa Joakim som sjunkit ned i sin undergångsstämning ordentligt nu. ”Kan vi inte bara lägga ned? Jag mår faan så dåligt.”

”Skitprat”, sa Frida. ”Är du en kärring?”

I skydd av mörkret gick de landsvägen mot Atlingbo kyrka. Vinden låg på från öst och Frida svepte sjalen tätare runt huvudet. Medan de gick berättade hon för Joakim om gamla tider. Hur det varit att tjäna piga hos herrskapsfolk och hålla lorten av dem. Att man fick niga och säga titel och efternamn.

”Jo du, jag har till och med tvättat sidenkondomer åt herrskapsfolk. Dem fick man gömma under en handduk så de inte blev till allmän beskådan när de hängde på tork.”

”Sidenkondomer, hur säkra var de?”

”Lika säkra som en fläsksvål under en sten vid fullmåne”, fnittrade Frida. ”Kloka kvinnor brukade stoppa upp en skiva citron i stället.”

När Frida träffade Helge hade hon varit barnflicka och lönen hade bestått i ett eget rum med radio och fri kost så att hon inte låg sina föräldrar till last.

”Sex år har jag gått i skolan. De hade inte råd att låta mej läsa vidare. Det fanns inte pengar till det.”

”Jag har nog också bara gått sex år. Sammantaget alltså”, sa han fundersamt.

”Men du fick möjligheten serverad, din sorkpas. Det är skillnaden. Jag ville läsa, men fick inte fast jag hade läshuvud. De hade bara råd att låta min bror gå i skolan. Han fick ta realen.”

”Så orättvist.” Joakim skymtade nu kyrkan.

”De hade inte råd och han var sork. Han skulle bli familjeförsörjare och jag skulle bli försörjd om jag bara lyckades bli gift. Fast jag hade bättre läshuvud än han. Jag lånade hans böcker tidigt på morgnarna och läste i dem när han sov. Stryk skulle du ha som inte tar vara på dina möjligheter att få studera!”

”Det lyser i kyrkan. Vad gör vi nu då?” frågade Joakim och undvek helt hennes utläggning om studier.

”Vi har gott om tid. Vi väntar tills de har gått hem.” Frida slog sig mjukt ned på marken och lutade huvudet mot ett träd och blundade en stund. Hon verkade ha en förbluffande förmåga att sova korta ögonblick och sedan återkomma med full energi. Joakim kände sig allt mer uppjagad och osäker på om tanten var riktigt normal. Allt kanske bara var fantasier sprungna ur en sjuk hjärna, utan förankring i verkligheten.

”Men då kanske vi inte kommer in?” protesterade han.

”Jodå, det tror jag vi gör om vi vill, men vi behöver inte komma in i kyrkan för vi ska gräva ute. Koret på den gamla stenkyrkan under den här byggningen låg i öster. Under mitten av femtiotalet grävde de fram den gamla kyrkan och hade det funnits något där hade de hittat det. Jag vill att vi gräver utanför väggen på kyrkans östra sida. Där låg koret och precis där har Helge satt ett kryss.” Frida höll upp kartan och visade med sitt krokiga finger. ”En sak som är lite rolig med den här kyrkan är att den har ett hagioskop i södra muren. Vet du vad det är? Det var inte alla som fick vara i kyrkan, inte om de ansågs som orena eller hade misskött sej eller inte hörde till den rätta tron, då fick de sitta i det här bönerummet som i en skamvrå.” Hon hejdade sig en kort stund. ”Nu släcker de lyset. Vet du, Joakim, jag kan inte låta bli att tänka på Björken. Jag är så tacksam att du räddade mitt liv och samtidigt hoppas jag att det inte blev för illa med honom, för din skull önskar jag det. När Björken tog tag i mej så tog jag tag i honom. Han kanske trodde jag tänkte dräpa honom.”

”Du är över åttio år. I så fall blev han rädd för ditt spöke.” Joakim log motvilligt. ”Om han var död skulle de ha sagt det på radion eller hur? Läget ansågs vara stabilt. Undrar vad det kan betyda … om det är stabilt dåligt eller stabilt bra. Tyst … nu kommer de ut.”

På långt avstånd såg de kyrkobesökarna lämna lokalen. Joakim stödde sig på spaden när han reste sig. De väntade ut den sista besökaren innan de gick dit kartan visade. I kväll var det molnigare än föregående natt. Då och då försvann ljuset, men Joakim grävde på i rask takt tills han blev trött i armarna. Då tog Frida över med en energi som förvånade honom, sedan byttes de av igen.

”Det verkar inte finnas något alls här. Det är bara muren och jorden och inget mer. Inte en sten. Inget.” Joakim var färdig att ge upp, men Frida tyckte att de skulle ned en meter till så att det blev klokt gjort.

”De kommer att se att vi har grävt upp hela baksidan”, invände han. ”De kommer att undra, fattar du inte det?”

”Det spelar ingen roll, bara vi hittar vad vi letar efter. Då kommer den nyheten att ta all uppmärksamhet och allt annat kommer att vara glömt.”

”Men hur vet vi att det är han, biskop Unni, och inte vilken blåbärsplockare som helst? Jag menar, benknotor ser likadana ut oavsett om de sitter på en biskop eller en bonde.”

”Så sant, så sant.” Frida vilade en stund på spaden medan hon försökte erinra sig vad Helge skrivit. ”För det första har han inget huvud, det skickades till Bremen så de skulle veta att han var ordentligt död och att det inte bara var ett rykte. Sen bör han ha en biskopsring på sej. Vi får hoppas att det finns en inskription på den. Helge ansåg att det borde vara en ametist infattad i ringen. Det står det bakpå kartan … om man lägger manken till och försöker tyda hans kråkfötter. Han pratade med en lärd man på Uppsala universitet om ringen. Det finns anteckningar från det samtalet. Han måste ha suttit i telefon när de talades vid, för då gjorde han alltid streckgubbar som han hängde. Helge tyckte inte om långa samtal och om folk inte kom till sak så hängde han dem. Sen får vi hoppas på att hitta en gravkalk, i bästa fall, det fick män av så stor betydelse ta med sej i graven. Och kanske rent utav en biskopskräkla med skaft av silver eller elfenben.”

”Vad dog han av då, biskopen?”

”Det vet man inte. Han kanske blev sjuk eller föll av hästen eller kanske stenade de honom. Så gjorde de med många av de präster som blev kvar efter Ansgars irrfärder i Danmark och Sverige.” Frida vilade på spaden och tog sig åt ryggen. ”Jag tycker vi ger oss nu. Jag trodde ändå inte riktigt på att det var här han låg. Det troligaste är att han finns på Kungsgården, i abbotens hus. Det kan vara så att klostret kom att grundas på gammal kristen mark. Där Ansgar haft sitt kapell förut."

"Och det säger du nu!" Joakim svor en lång ramsa. Frida såg lugnt och överseende på honom, fast hans utbrott skulle ha fått många jämnåriga att darra.

"I morgon blir det Kungsgården. Det börjar ljusna nu, så vi hinner inte med abbotens hus i natt. I morgon natt gräver vi i Roma."

40

Maria Wern loggade ut från datorn och gnuggade sig i ögonen. Det fanns en del information om biskop Unni på nätet. Enligt vissa källor låg han begravd i en av två gravar utanför Husaby kyrka i Västergötland tillsammans med Olof Skötkonung. Inget som verifierats, tvärtom var det inte många som höll på den teorin längre. Enligt en annan legend stod hans kvarlevor att finna på Åland där man funnit ett gammalt gravkors på kyrkogården i Sund. På Öland hade man funnit en handelsplats i Köpingsvik av Hedebys storlek och även den så kallade biskopsskatten med ett relikkors från Adam av Bremens tid och en del intressanta ortsnamn. Sedan fanns det en träff med information från Klinte hembygdsförening om Hunninge gård där man varje år har en samling vid ett träkors på samma plats som ett kors från tiden för de första kristna. Ett stycke av det gamla korset fästes på det nya för att traditionen skulle gå vidare, men träbiten försvann sedan spårlöst. Från den platsen går Biskopsgatu, en stig genom skogen bort till Lojsta. Kanske var det den vägen biskopen färdades för att komma till Fardhem, en av de tidigaste kyrkorna. Maria drog ut kopior på det material hon hittat och sökte upp Erika, som tagit en snabbtitt på de fingeravtryck man funnit på pappersarket med texten VNI EPS. Erika hade först vägrat komma med något preliminärt utlåtande alls, fast hon hyste ett stort intresse för fingeravtryckstolkningar och inte stod experterna långt efter. Sådant ska skötas av de som verkligen kan det, sa hon. Ett fingeravtryck måste stämma på minst tolv punkter för att vara signifikant. Men när de lirkat lite med henne råkade hon kasta ur sig att hon kunde offra sin högra hand på att Frida Norrby och Joakim Rydberg satt sina märken på det, men det fanns också en tredje person. Kanske Fridas man, han ägnade mycket tid åt att forska i sin hembygd. Det skulle i så fall kunna bevisa att Joakim och Frida varit hos Lennart Björk. När det gällde vittnets utsago stämde signalementet väl in på Joakim Rydberg. Han hade haft en stor säck eller annat bylte i famnen. Det skulle också kunna vara en människa. Lennart Björk var ännu inte i skick för ett förhör, så det var omöjligt att veta om något saknades i hans hem.

Maria satt just och kollade på nätet för att hitta mobilnumret till Gunnar Fredlund när hon fick samtalet från Visby lasarett.

Det gällde inte Lennart Björk. Det var en sköterska från avdelningen dit Per Arvidsson förts för vidare rehabilitering. Han ville tala med henne nu, om hon kunde komma till sjukhuset. Maria blev sittande orörlig och stirrade in i datorns svarta skärm. Samtidigt som lättnaden att få se honom igen fick henne att jubla inombords kom rädslan för vad han skulle säga. I det ögonblick de träffades skulle framtiden vara bestämd. Tiden i ovisshet var slut och sedan fanns det bara två vägar att gå; ett liv tillsammans eller var för sig.

Maria berättade för Hartman om telefonsamtalet så snart hon råkade honom.

”Jag måste få ledigt och gå dit nu.” Hon såg oron i hans blick, en kort sekund, innan han skärpte till sig och log sitt godmodiga leende som betydde att allt skulle bli bra. Maria lämnade över materialet om biskop Unni och gjorde en kort sammanfattning. Vi har inte råd att låta någon ledtråd gå förlorad, hade Hartman sagt. Även om biskopsspåret känns långsökt just nu kan det finnas något vi bara inte begriper ännu. Det är bättre att göra saker ordentligt från början så slipper man ångra sig sedan.

När Maria steg in genom sjukhusentrén blev hon alldeles matt. Benen bar henne steg för steg fast det kändes som hon inte hade kontroll över sin egen kropp. Varför hade han ändrat sig och ville träffa henne nu? Vad skulle hända om hon mötte Pers fru? Det här var Rebeckas arbetsplats så det vore inte alltför otroligt. Du får inte under några omständigheter störa honom, hade Rebecka sagt. Varför ville hon inte att de skulle ses? Vad tänkte Per säga om framtiden? Vågade hon hoppas på något alls när han inte velat ha kontakt med henne på hela den långa tiden han legat på Karolinska?

En sköterska mötte henne i dörren och gick före in på en stor ljus sal. Maria höll blommorna hon köpt krampaktigt i sina båda händer, utan att veta om hon gick till ett bröllop eller en begravning. Det luktade sjukhus. Kaffe, rengöringsmedel och urin. Per satt hopsjunken med ryggen mot dem i en stol vid fönstret. Det röda håret låg i feta stripor. Han reste sig inte upp. Han vände inte ens på huvudet när de kom in på salen.

"Du har besök, Per." Sköterskans ansikte speglade inga känslor. Leendet var mekaniskt och yrkesmässigt. Hon ställde ned några små gula muggar med medicin. Maria önskade bara att hon skulle gå. Försvinna fort ut ur rummet så att de blev ensamma med varandra. Så länge sköterskan var kvar måste Maria tänka på vad som var passande. Den vita rocken och de självsäkra rörelserna fick henne att krympa ihop till en liten flickunge – rädd för skolsysters spruta. "Du har besök", sa sköterskan igen. Nu i lite skarpare ton. Han rörde sig fortfarande inte och Maria fick för sig att han kanske inte kunde röra på huvudet. Att han ville se henne men inte kunde flytta blicken. Hon la ifrån sig blommorna på sängen och tog rummet i ett par kliv. Satte sig ned på huk framför honom i det trånga utrymmet mellan hans stol och fönstret. Hon tog hans ansikte, så stelt och utan mimik, mellan sina båda händer, sökte hans blick, som långsamt återvände från sina irrfärder utanför rutan.

"Det är Maria." Hon vände frågande sitt ansikte mot sköterskan och såg … medlidande. Sköterskan öppnade och stängde munnen som om det var något hon ville säga men inte visste hur. Per är inte sig lik, hade Rebecka sagt. Men kroppen verkade vara hel. ”Vi klarar oss själva, du kan gå nu.” Maria härdade inte ut längre med sköterskan i rummet. Hon var i vägen. ”Jag säger till om det är något.” Maria visade med en gest att hon hade sett ringklockan. När sköterskan försvann var också hon lättad. Det kunde Maria tolka in i hennes kroppsspråk, hastigheten, det korta leendet. Det fanns ingen ansats att stanna en sekund längre än nödvändigt i den förtvivlade stämningen. Maria vände hela sin uppmärksamhet mot Per. ”Ser du mej?”

”Ja, Maria.” Han grät och hon kastade sig om hans hals. Tårarna rann och blötte ned henne.

”Varför har du inte hört av dej, du kunde ha ringt? Jag har varit så fruktansvärt orolig. Förstår du inte det?” När han inte svarade utan bara stirrade tomt framför sig greps hon av en stor rädsla som blev till ren ilska. ”Du kan inte göra så här mot mej! Se på mej. Se på mej då! Vad är det för fel på dej? Jag trodde du var döende, eller förlamad!”

”Operationen lyckades. Jag har inga fysiska fel. Jag är bara så in i döden trött. Jag vet inte vad jag vill eller känner. Jag hade hoppats att det skulle gå över, men det gör det inte”, mumlade han grumligt.

Maria kramade om honom igen. ”Jag vet vad jag känner. Jag älskar dej. Jag vill leva med dej och jag har längtat och väntat.”

”Det går inte, Maria. Det går bara inte.” Hans röst var oändligt sorgsen.

”Varför?” viskade hon. ”Älskar du mej inte längre? Har du ångrat dej?” Hon ville inte hjälpa honom att formulera det hemska. Hon hatade sig själv för att hon pressade honom, men hon måste få veta.

”Det är så svårt. Jag känner ingenting alls. Inte ens när mina barn kommer hit. Det är bara besvärligt och jag önskar att de ska gå igen så att jag får sova. Jag får aldrig sova. Jag vaknar hela tiden. Det är den här jävla ångesten."

"Jag finns ett telefonsamtal bort och jag väntar på dej tills du vet vad du vill." Maria strök honom över skäggstubben på kinden som ännu var våt. "Jag älskar dej och finns för dej."

"Du fattar inte!" Hans röst var så olik den hon var van vid, hans ögon fäste inte i hennes. Det kändes som om det var en helt annan person och det skrämde henne, men hon tänkte inte smita.

"Vad är det jag inte fattar?"

"Det är inte rätt. Jag kan inte hålla dej kvar när jag inte vet vad jag känner och vill. Det är slut! Jag orkar inte med din kärlek, orkar inte ta ansvar för din olycka. Jag har nog med min egen. Låt mej vara ifred. Jag orkar inte med några förväntningar eller krav. Gå, snälla."

"Är det vad du verkligen vill? Att jag ska gå nu?"

"Ja. Det vill jag." Han lät blicken vandra till tavlan ovanför sängen utan att möta hennes bestörtning.

"Rebecka då? Fortsätter ni tillsammans?"

Han svarade inte, det var som om han stelnat mitt i rörelsen. Som om all energi han hade var slut och bara skalet lämnats kvar.

"Svara mej, jag tycker att jag har rätt att få veta. Är ni fortfarande gifta, ja eller nej?"

"Ja, och jag orkar inte göra något åt det heller. Förlåt mej, Maria, snälla, förlåt mej. Jag vill bara göra det jag tror är rätt."

Maria böjde sig fram och kysste hans panna. Försökte kyssa hans kind, men han vände sig bort.

"Vad får du för hjälp med din ångest?"

"Bästa tänkbara. Min fru är ju läkare." Han skrattade kort och glädjelöst. "Medicinen hjälper mej inte, jag mår bara dåligt av den."

"Om du ändrar dej, om du någon gång längtar efter mej vill jag veta det. Jag älskar dej och jag tar ansvar för det själv." Maria log, men leendet blev bara en snabb rörelse över läpparna. "Lova att du hör av dej om du orkar."

"Gå nu! Gå härifrån!" Han blundade och viftade bort henne med en yvig handrörelse.

41

Först när Maria lämnat salen och kommit utom hörhåll lät hon gråten komma. Hon tänkte inte belasta honom med sin sorg. En mor med en liten son vid handen passerade i korridoren och Maria vände sitt ansikte in mot väggen. Hon måste försöka skärpa sig tills hon fick vara ensam. På något sätt måste hon hjälpa honom. Man kan inte lämna sin älskade i helvetet även om han ber om det. Utan att tänka efter om hon ägde modet knackade Maria på dörren till Rebeckas arbetsrum och steg in fast lampan lyste röd. Som tur var satt hon ensam vid sin dator.

”Jag väntade att du skulle komma förr eller senare ... Okej, nu har du sett honom.” Rebecka såg med ens mycket sliten ut. ”Jag ville bespara er det. Honom och dej. Han ville egentligen inte att du skulle se honom i det här skicket. Samtidigt hade han dåligt samvete för att du hoppades på att det skulle bli något mellan er.”

”Jag är vuxen. Vad kan vi göra för att hjälpa honom?” Maria sjönk ned på stolen framför Rebecka. Hon tänkte inte lämna honom i sticket. Inte förrän hon visste att allt som kunde göras för honom var gjort.

”Han har fått elchocker.”

”Elchocker?” Maria var tvungen att försäkra sig om att hon uppfattat det rätt. ”Varför?”

”Medicinerna hjälper honom inte. Elchockerna är det enda som biter. Just nu mår han bättre. Jag ser att du inte tror mej, men de sista månaderna har han inte varit ur sängen, inte ens pratat med mej – inte velat leva alls." Rebeckas röst sjönk till en viskning. "Vid skottlossningen klarade han sitt liv med en hårsmån. Han borde vara överlycklig att han lever, men i stället önskar han sej döden. Det är verkligen en paradox."

"Vad händer nu? Vad kan vi göra?"

"Vi har försökt allt, det förstår du väl? Nästan allt. Det finns en mycket duktig terapeut och läkare som är expert på svårbehandlad depression. Han utför djupelektrodstimulering. Det har visat sej vara effektivt. Men dyrt. För dyrt för landstinget."

"Kan någonting vara för dyrt när det gäller att rädda en människas liv? Kan man överhuvudtaget tala om pengar då?" Maria kände vanmakten och vreden rusa genom blodet.

"Det finns bara en påse med pengar. När skatten sänks blir det mindre pengar till dem som verkligen behöver hjälp. Det har öppnat ett spa- och rehabiliteringscenter, Björköbrunn, på Björkö i Mälaren. Terapeuten, Philip Murman, arbetar heltid där. Det finns läkare dygnet runt. Miljön är den bästa tänkbara för avkoppling. Kruxet är att det kostar 30 000 i veckan."

"Du skojar!"

"Per kan behöva vara där ett par månader. Han har inte hur mycket pengar som helst, även om vi säljer huset. Fastighetspriserna har sjunkit så det går nog jämt upp med skulden om vi säljer nu."

"Men du tror att Philip Murman skulle kunna hjälpa honom?" Maria var beredd att offra allt, bara han blev bra ... bara han kunde må något bättre. Oavsett om det var en gräddfil att köpa sej hjälp. Nöden har ingen lag.

"Det finns förstås inga garantier. Men jag kommer inte på någon som är mer kompetent. Per har provat allt vi känner till och ingenting hjälper."

"Jag kan belåna mitt hus. Vi delar lika." Maria tvekade inte en sekund.

"Jag har inte de pengarna. Tyvärr. Innan Per blev skjuten hade jag redan bestämt mej för att skiljas. Jag vill inte offra allt jag har på det här. Förlåt mej, men jag har precis investerat i ett nytt liv, med en ny man."

"Hur kan du vara så jävla krass? Om det här är hans chans att överleva? Han är dina barns far."

"Chansen är liten. Jag har offrat tillräckligt. Hur mycket tror du att jag har kunnat arbeta de här månaderna han har legat på sjukhus?"

"Vi kunde ha hjälpts åt." Maria hade svårt att acceptera Rebeckas hårda hållning. Hon kunde inte mena det, hon kunde inte bara låta honom vara i det skick han nu befann sig om det fanns en möjlighet till bot. Om han var djupt deprimerad fanns också risken att han skulle vilja ta livet av sig.

"Han ville inte släppa in någon i det här, han skäms över att ha fått en psykiatrisk diagnos. Han kommer att flyttas till psyk i morgon. Jag har försökt få honom att förstå att det kan hända vem som helst, men det är lönlöst. Han ville som sagt bespara dej det här. Han skulle inte heller gå med på att du offrar det du äger och har. Men jag ville ge dej chansen att bestämma det själv, nu när du har kommit hit och sett hur det är."

"Du hoppades på att jag skulle komma och vara beredd att betala."

"Ärligt sagt, ja. Du älskar honom ju." Rebecka lyfte på skrivbordsunderlägget och tog fram en broschyr i sobert grått och grönt. "Läs och hör av dej till mej sen så hjälper jag dej med kontakter och annat."

"Jag ska höra med banken i eftermiddag för att få veta hur mycket jag kan få låna." Maria kände sig alldeles skakig när hon tänkte på hur mycket pengar det kunde handla om. "Finns det ingen hjälp han kan få av landstinget? Något bidrag?"

"Inte för att köpa en extern tjänst på det viset. Han står i kö till landstingets psykolog, men väntetiden är lång. Jag har kontrollerat alla möjligheter till skadestånd, men det kan inte betalas ut förrän man kan bedöma graden av invaliditet. Det är svårare att få ut något för psykiska men än för fysiska skador som kan konstateras med röntgen. Och det är nu han behöver pengarna."

"Hur många är det som dör på väntelistan?" Maria kunde inte låta bli att ställa frågan. "Hur många dödsfall räknar man med när budgeten läggs?" Jag håller på att bli en bitch, tänkte hon för sig själv. Och det här är bara början.

42

Efter mötet med Rebecka återvände Maria till IVA-avdelningen där Lennart Björk låg. Hon såg en skymt av hans ansikte och stannade till. Han hade bandage om huvudet och båda benen i högläge. En sköterska hjälpte honom att dricka vatten genom ett sugrör. Muggen skakade och han hade svårt att lyfta huvudet. Maria gick fram till sköterskeexpeditionen, presenterade sig och förhörde sig om Lennart Björks hälsotillstånd. Det var av största vikt att man så snart som möjligt kunde förhöra honom. Sköterskan var tveksam. För detta behövdes klinikchefens medgivande. I avvaktan på att han skulle bli klar med ronden blev Maria sittande i väntrummet. Det fanns en trave tidningar på bordet. Förstrött började hon läsa i ett glassigt månadsmagasin. På mittuppslaget fanns ett bekant ansikte. En strålande vacker och leende Mirja Fredlund stod under ett grönskande träd med Mälaren som bakgrund. Hon höll stolt upp en ritning i sina händer. ”Björköbrunn, en vision som blivit verklighet”, lydde rubriken. I januari i år stod anläggningen färdig. Riksantikvarieämbetet hade lagt ut Birka på Björkö och Hovgården på Adelsö i Mälaren på entreprenad. Kontraktet löpte på trettio år och entreprenaden omfattade både den publika delen och drift och underhåll av fornlämningar och byggnader. Entreprenören måste ha både resurser och kunskaper att utveckla besöksmålet, menade man.

Maria läste vidare. *”Jag satsar på kvalitet”, säger Mirja Fredlund, vd och delägare i Björköbrunn. ”Birka har i dag cirka 45 000 besökare årligen. I stället för att öka antalet besökare vill vi ge varje gäst en speciell* *upplevelse. Den fantastiska naturen och den forntida historien kommer att bli ovärderliga ingredienser i den brygd som skänker läkedom och välbefinnande på Björköbrunn och Hovgårdens Spa-center. Alla, både sjuka och friska, ska känna sig välkomna, sedda och kunnigt behandlade. Vi kan erbjuda en mängd olika restauranger, ett lyxigt shoppingcentrum med kvalitetsvaror, hantverk och flärd där säljarna är klädda som på 900-talet – även om priserna är något modifierade", säger hon med ett skratt. "Förutom bad i Mälaren kan man njuta av bassänger både inom- och utomhus med doftande örter och välgörande massage."*

"Innebär det att allmänheten stängs ute från öarna?" var reporterns nästa fråga. *"Är det en lyxanläggning så kommer väl vanliga människor inte att ha råd att besöka ön?"* Maria vände snabbt sida för att läsa fortsättningen.

"Inte alls, men vi har höjt avgiften något. Man får vad man betalar för och vi vill att besökarna ska ha det allra bästa. Platsen är ett världsarv och vår ambition är att förvalta det på bästa sätt. Birka är en handelsplats där människor sen urminnes tider bytt varor och tjänster. Det är en tradition vi vill hålla vid liv. Vi önskar att många utländska besökare ska komma hit med värdefull valuta. Världsarvet är det starkaste argumentet i vår marknadsföring. Det kommer att finnas guidade turer som tidigare, men med en lite mera exklusiv utformning där besökaren får känna sej som en del av historien."

Mirja Fredlund ler kryptiskt, mer än så tänker hon inte avslöja.

Maria vek ihop tidningen och kände en hand på sin axel.

"Du hade sökt mej." Klinikchefen tog i hand och hälsade. "Vi kan gå in till Lennart Björk nu."

"Vad kan du säga om hans skador?" frågade Maria och smusslade med sig tidningen i sin väska när klinikchefen hälsade på en kollega.

"Allt går inte att förklara med att han ramlade ned för trappan. Vi har låtit sjukhusfotografen ta en del bilder. Polisen kan få kopior."

"Vad säger han själv om saken? Har han kunnat berätta vad som hände?" undrade Maria.

Klinikchefen skakade på huvudet. De gick in på salen och Maria slog sig ned på en stol vid sängens huvudända. Lennart Björk slog upp ögonen. Till Marias lättnad verkade han klar och redig och kände omedelbart igen henne.

”Polisen”, konstaterade han.

”Ja, hur mår du?” Maria såg ut över landskapet med sladdar och slangar och apparater hon inte hade en susning om vad de var till för att mäta.

”Man har mått bättre. Jag blev nedslagen och sen tydligen utsparkad för trappan. Det minns jag inget av. Jag hade tur, kunde ha brutit nacken. Fast lite ankommen är man nog. Det är inte vem som helst som kvalar in på IVA. Två brutna ben och en hjärnskakning som heter duga. Jag mår illa bara jag rör på huvudet.”

”Kände du igen den som gjorde det?”

”Frida Norrby. Du tror förstås att jag yrar, men hon var helt galen.”

”Det låter onekligen lite besynnerligt.” Maria försökte se henne framför sig. Frida, en späd liten gumma, om än ganska senig, ger sig på en välväxt femtiofemåring och lyckas sparka ned honom för en trappa. ”Är du säker på att hon var ensam?”

”Hon kom emot mej på ett hotfullt sätt och jag sträckte upp händerna för att hålla henne ifrån mej. Hon är så kort. Jag tror att jag fick tag om hennes hals och då skrek hon.”

”Kan du minnas vad hon skrek?” Maria höll andan i väntan på svaret.

”Hjälp mej, Jakob – eller något sånt. Och sen minns jag inget mer än smärtan. Och jag faller ihop på golvet. Skyddar huvudet, tror jag.”

”Kan hon ha sagt Joakim?”

”Ja, ja det kan hon”, sa han tankfullt medan han med en grimas försökte ändra ställning.

”Hur är det nu, har du mycket ont fortfarande?”

”Nu får jag sprutor, utan dem vore det olidligt.”

Maria kunde mycket väl tänka sig det. ”Vi hittade ett pappersark på bordet hemma hos dej. Det låg på hallbordet på övervåningen. En kopia av en inskription. VNI EPS. Säger det dej något?”

”Frida hade den med sej. Det är bara galenskap alltihop. Fantasier. Hon rör ihop saker och kommer fram till egna sanningar som det inte finns några historiska belägg för. Helge, hennes man, var likadan. Han blev tokig av alla sina funderingar. Den där kolteckningen har han säkert ritat själv någon sömnlös natt och sen lämnat i arv i sitt bankfack.”

”Varför tror du att han förvarade den i ett bankfack? Sa han det? Visste du att den fanns?”

”Chansade bara på det.”

”Ingrid hade hand om Frida och måste ha hört en del av hennes funderingar, Camilla Ekström var närmaste grannen och kan också ha sett eller hört en del. Och båda är döda nu. Vad tänker du om det?”

”Jag tror att det är Frida, galningen, som slagit ihjäl dem. Hon ensam eller med hjälp av den där Joakim. Hon skulle ha blivit intagen på ett hem för länge sen. Det är farligt att ha så sjuka människor boende i områden med vanliga människor. Det kanske kan tyckas humant. Men är det det egentligen … när man lämnar dem ensamma med sina demoner?”

”Vad skulle det innebära om Helge verkligen hittade Unnis grav här på Gotland?”

”Det gjorde han inte. Det var bara månsnack. Han söp en hel del och när han hade sina perioder fick han inte vara inne för Frida, då sov han här i mitt uthus eller i Signes lada i Möllebos. Det var väl så han fick lunginflammation och dog.”

Maria nickade tankfullt i hopp om att han skulle fortsätta sin utläggning. Hon erinrade sig vagt att Helge dött av en svampinfektion, *aspergillus flavus*, mumiesjuka. Erika hade sagt att den var extremt ovanlig. Man måste vara mycket nedsatt i allmäntillståndet eller väldigt exponerad för att råka ut för den. Till exempel genom att andas in stoff från döda kroppar som i en gravkammare. Maria upprepade sin fråga. ”Men om vi leker med tanken då. Om Helge verkligen hittade biskopens grav, vad skulle det då ha för betydelse?”

”Jag tror inte att jag har tillräcklig kunskap att uttala mej om det. Jag är bara en vanlig enkel kyrkvaktmästare och extraknäckande taxichaufför. Det finns de som studerat på universitet och som kan ge dej ett bättre svar.” Han slöt ögonen för att visa att han inte orkade prata längre. ”Jag har ont, behöver få en spruta nu med en gång. Ring på syster åt mej, är du snäll.”

Maria gjorde som han sa och någon minut senare sov han tungt. Hon beslutade sig för att fara direkt till Roma och prata med Gunnar Fredlund. Hon meddelade vakthavande det.

Regnet sköljde över asfalten när Maria körde ut ur stan. Blågrå och tung hängde himlen som en tältduk över Follingbomastens pinne. Genom vindrutan kunde hon höra måsarna skrika när de cirklade lågt över land och letade mat. Tankarna var hos Per. Det gjorde henne så förtvivlat ledsen att han inte hade velat släppa in henne. Men även om det gjorde ont kunde hon inte lämna honom i det helvete han befann sig i, inte om hon hade en chans att kunna hjälpa honom. Rebecka hade visat på en utväg. En möjlighet att kanske återerövra honom från dödsriket och få honom tillbaka som den man han var innan han blev skjuten.

Björköbrunn, ett glassigt privat vårdcenter för den som har råd. Maria försökte komma ihåg allt hon läst i tidningsartikeln och broschyren. Det skulle finnas en möjlighet att bosätta sig där när man blev gammal och behövde få hjälp. Ett mycket exklusivt vårdboende. Där hade landets ledande experter samlats. Utbudet var mental träning, behandling av utmattningsdepressioner och posttraumatisk stress, stod det i broschyren. Mirja Fredlund kunde vara nyckeln till ett nytt liv för Per. Tanken var omtumlande. De var ju faktiskt vänner, eller i alla fall bekanta. Maria skulle kunna vädja till henne om förtur, få henne att förstå hur viktigt det var för Per att få hjälp, att hans liv hängde på det. *Ju förr han får hjälp, desto större chans har han*, hade Rebecka sagt. Möjligheten hade öppnat sig som en skänk från ovan. När hon ändå skulle prata med Gunnar Fredlund om biskop Unni kunde hon samtidigt tala med Mirja om möjligheten för Per så fort som möjligt. Ändå kände Maria ett styng av dåligt samvete. Var det att utnyttja sin roll som polis för att skaffa sig fördelar? Hon slog bort tanken. Mirja var inte misstänkt för något. Hon hade till och med blivit nedslagen mitt framför ögonen på Maria. Gunnar var inte heller misstänkt, han skulle bara höras upplysningsvis som expert på historia. Om hon då, liksom i förbigående, nämnde sitt eget ärende, sitt mest brinnande behov, skulle det väl inte vara så farligt? Det gällde ju Pers liv.

43

När Maria körde upp på grusplanen utanför Fredlunds hus såg hon att det lyste i sovrummet. I det gråmulna skumrasket tonade ljuset i blått och Maria gissade att Gunnar satt vid datorn. Det regnade kraftigt och hon blev kvar en stund i bilen i väntan på att det skulle stilla sig något. Under tiden ringde hon upp Erika Lund för att fråga om man kunde säga något om fingeravtrycken på den spade Mirja Fredlund blivit nedslagen med. Erika var som vanligt obenägen att lämna ut uppgifter innan de var fullt verifierade. Men när det gällde spaden stämde de väl med de fingeravtryck man tagit på Gunnar Fredlund som jämförelse. Spaden hade alltså inte blivit avtorkad som järnspjälan som varit mordvapnet när Ingrid dräptes och plåtsaxen som använts vid tillverkningen av metallkilarna i dörren till bastun. Erika kunde också berätta att hon funnit spår av blod på spadens blad. Mirja Fredlunds blodgrupp. Du borde inte gå in själv, du måste vänta på förstärkning, sa Erika precis när Maria stängde av telefonen. Varför? Det var väl den naturligaste sak i världen att Gunnar Fredlund grävt med sin egen spade. Det var ju därför man behövde fingeravtrycken som kontroll, eller hur? Hon funderade vidare kring utredningen. Om det var Frida Norrby som dräpt dem i ren galenskap, skulle hon då ha sinnesnärvaro nog att röja undan spåren efter sig? Anta att det är som vi var inne på tidigare, att hon blivit senil och drabbats av förföljelsemani, hade Erika sagt. Det är inte helt ovanligt. Då skulle hon kunna vara rätt förslagen och ändå fylld av vanföreställningar om att alla är ute efter henne och vill henne ont.

Maria struntade i att vänta längre och rusade genom regnet. Det var Mirja som öppnade dörren iklädd en alldeles för stor kaffefläckad morgonrock. Maria gissade att hon lånat den av sin man.

”Kom in, du blir ju alldeles genomvåt.” Mirja såg på Maria och skrattade åt hennes hår som låg klistrat i stripor över ansiktet. Utanför störtade regnet ned från en öppen himmel. ”Kom du för att hämta tröjan du glömde kvar?” Mirja väntade inte på svar utan fortsatte in i huset. ”Gunnar, vi har besök, du kanske kan slita dej en stund från datorn nu så sätter jag på lite kaffe?”

Maria slog sig ned vid köksbordet och spanade ut genom regnet bort mot Lennart Björks hus. Mirja blev stående med kaffekannan i handen och såg ut hon med. ”Lennart ringde från sjukhuset alldeles nyss”, sa hon. ”Tack och lov att han lever. Ni har ingen aning om vem som slog ned honom? Själv säger han att det var Frida Norrby, men det har jag svårt att tro. Fast å andra sidan trodde jag inte att min egen man skulle banka ned mej heller. Du kanske skulle masa dej hit, Gunnar, och berätta själv vad du gjorde? Med en sån make behöver man inga seriemördare. Eller hur, Gunnar?”

”Berätta du. Det är du ju så bra på”, morrade han från sitt arbetsrum.

”Jag skulle gärna vilja att du berättar det själv.” Maria blev med ens allvarlig. Gunnar kom ut i bar överkropp och på bröstkorgen hade han ett stort blåmärke, antagligen efter mässingsljusstaken Mirja slagit honom med. Det här var en viktig bit i mordutredningen och hon hade halkat in på den mera av en slump. Om Gunnar slagit ned sin fru på fyllan borde de omedelbart ha ringt och meddelat polisen det när han nyktrade till och begrep vad han gjort. Så att de kunde stryka överfallet ur utredningen.

”Det är ju inte precis något man är stolt över. Jag var för fan full”, sa han när han dunsade ned vid köksbordet. Maria undrade om det var ett normaltillstånd. Han verkade inte vara nykter nu heller och klockan var inte ens tolv på dagen. Men hon behöll sina funderingar för sig själv.

”Du var asberusad och hörde ljud … och skulle absolut ut och spela superhjälte. Klubba ned mördaren och komma i tidningen.”

”Förihelvete kvinna! Får jag berätta själv?”

”Ja, ja.” Mirja höjde avvärjande sina händer i luften.

”Jag gick upp för att pinka och hörde ljud. Jag har ingen aning om vad jag gjorde ute, egentligen.”

”Det är precis så det brukar vara”, bröt Mirja in. ”Man blir faktiskt rädd. Han vet inte vad han tar sej till, fattar du vad farligt? Jag vägrar sova i samma rum när han är full. Det vill säga … vi sover aldrig ihop.”

Gunnar protesterade lamt. Antagligen var det sant.

”Berätta från början”, uppmanade Maria honom.

Gunnar gav Mirja en anklagande blick. ”Om bara hon där håller käft!”

Han drog stolen närmare bordet och harklade sig. ”När jag tog cykeln för att möta dej tänkte jag hela tiden på mördare och att jag inte kunde låta min lilla Mirja gå ensam hem. Det är nog därför det sen följde med mej i tanken när jag somnade. Jag hörde alltså främmande ljud och gick till försvar. Jag fick för mej att mördaren försökte slå ihjäl oss, så det var i självförsvar jag slog ned min egen fru med spaden. Sen vet jag att jag tänkte, här ligger hon och har blivit nedslagen och då blev jag så rädd att jag sprang in igen. Sen somnade jag om tills jag hörde andra ljud och då var ju du här och sen kom det flera poliser.”

”Och du är helt säker på det, att det var du som slog ned henne? Du kom ju inte ihåg det först.”

”Jag var ju full. Jag minns att jag högg tag i spaden. Den stod vid vedbodväggen. Nej, jag drömde inte. Och så bara klippte jag till.”

”Kolla blåmärket. Det var han jag träffade med ljusstaken. Tur att du inte slog ihjäl mej, Gunnar. En jävla tur för dej, du.”

Maria kontaktade Hartman via mobilen och meddelade honom den nya vändningen i utredningen. Gunnar var ångerfull och villig att anmäla sig själv. Som den vanedrinkare han var behövde han inte särskilt lång tid på sig för att nyktra till. Efter den formella anmälan var klar ställde hon samma fråga till Gunnar Fredlund som hon nyss givit Lennart Björk, inbakad i några väl valda meningar om Roma som historisk bygd.

”Efter Ansgar kom biskop Unni till Birka. Han dog där och hans huvud skickades till Bremen. Vad skulle det innebära om man hittade Unnis grav på Gotland?”

Gunnar såg först ertappad ut, sedan log han brett. Antagligen smickrade det att få frågor inom sitt gebit. ”Det skulle förstås innebära att Birka, Ansgars Birka, den stora handelsmetropolen, låg just här. Kanske till och med i Roma.”

Gunnar fick ett snabbt hårt ögonkast av Mirja.

”Men så är det naturligtvis inte”, sa hon snabbt. ”Så kan det ju inte vara. Alla vet att Birka ligger på Björkö. Det är vetenskapligt underbyggt. Hur kan du ens komma på en så befängd idé?”

”Vad skulle det innebära för Björköbrunn och Hovgården Spacenter om Ansgars Birka låg på Gotland?” fortsatte Maria lugnt. I den stunden insåg hon att hon inte skulle kunna be om en plats åt Per innan mordutredningen var klar. Det var ett outhärdligt svårt val. Skulle hon kunna se på sig själv med respekt, skulle andra kunna lita på henne i fortsättningen om hon skaffade sig fördelar i tjänsten? Hur hon än gjorde skulle det bli fel. Måtte det lösa sig för Per ändå, på något annat mirakulöst sätt. Det måste finnas andra vägar.

”Varför säger du så? Finns det några som helst belägg för det?” Mirja var mycket upprörd. ”Är det Frida Norrby som säger det. Hon är ju senil, det vet alla.”

”Min hustru och jag har investerat allt vi har i den här anläggningen, men inte bara vi. Det finns fler finansiärer. Lennart Björk till exempel. Vi har flera intressenter som gått in med kapital för att starta ett exklusivt äldreboende på Björkö och vi jagar hela tiden nya sponsorer vars varumärken har något att tjäna på att bli förknippade med världsarvet. Det skulle betyda ekonomisk katastrof om våra finansiärer drog sej tillbaka på grund av ett illvilligt rykte. Det faktum att Björkö är ett världsarv är högst väsentligt ur marknadsföringssynpunkt."

"Precis – ett falskt rykte är det", fortsatte Mirja. "Jag hoppas innerligt att den vimsiga kärringen inte kontaktar någon tidning som tror på hennes vanvettiga sagor. I nuläget är anläggningen nästan fullbokad och det är många som står i kö till äldreboendet. Det sjuka är att om man skulle kräva skadestånd för förtal så har den gamla stollan inga pengar att betala böter med, inte ett öre sen huset brann ned. Hon kan gå runt och sprida sin dynga hur mycket som helst. Så ser samhället ut! Det finns ingen rättvisa! Ingen som skyddar oss mot slöddret. De borde låsas in, fattar du det?"

Maria kände vreden rusa genom kroppen. "Vem som helst kan bli sjuk. Du eller jag." Maria tänkte på Per och den skam han kände för sin depression. En stor del av sjukdomens plåga består i omgivningens reaktion.

Mirja fick något nytt i blicken. En intensitet som krävde full uppmärksamhet. "Jag har hört att du känner Per Arvidsson väl." Det gick inte att ta miste på vad som dolde sig bakom leendet när hon fortsatte. "Hans fru har vädjat till mej om en plats på Björköbrunn. Om jag förstod henne rätt så har du också ett intresse av att han blir frisk. Oj, där trampade jag visst på en ond tå", skrattade Mirja när Maria förlorade orden och ansiktet. "Vi kan säga så här. Om du gör ditt bästa för att få tyst på det förvirrade talet om biskopar utan huvuden så ska jag ordna en plats åt din älskade, jag lovar. Tjänster och gentjänster, du vet. Det är så det fungerar här i världen."

Marias svar kom utan att hon hann tänka efter, det skedde med omkoppling i ryggmärgen. ”Jag ska noggrant notera ditt erbjudande i förhörsprotokollet. Försök till bestickning … eller hur ska det tolkas?”

Efteråt, när Maria Wern satt i bilen in mot stan, ältade hon sitt beslut. Kanske skulle hon komma att ångra det resten av sitt liv, men i stunden var det självklart. Någonstans fanns hederskänslan inpräntad. En polis måste ha högre moral än andra, yrkesrollen innebär att man värnar om lagen. En omutbarhet där man hellre avstår fördelar än blir inblandad i sådant som kan vara kriminellt. Ibland är priset omänskligt högt. Kanske borde hon ha gett avkall på sin moraliska övertygelse för att rädda Per? Bara denna enda gång. Det kunde ju vara som Mirja sa, att Frida Norrby var en galning som lyckats värva ännu en vilsen själ på sin vansinnesfärd. Vad skulle då omutbarheten vara värd? Och stoltheten?

Regnet hade upphört och solen letade sig igenom det uppsprickande molntäcket. Maria ringde Hartman för att meddela att hon var på väg in och fick då veta att Joakims före detta flickvän, Stina Haglund, kommit in med en anmälan om misshandel. Det såg ganska mörkt ut nu för den unge mannen. Maria knäppte på radion lagom för att få höra efterlysningen av Frida Norrby och Joakim Rydberg för säkert femte gången sedan i morse. Signalement, fordon och … *vi ber allmänheten iaktta största försiktighet då vi inte kan utesluta att den unge mannen är beväpnad.* Maria undrade om de fått in nya uppgifter eller bara tog det säkra före det osäkra. Rädda människor är farliga människor, om det vittnade inte bara Gunnar Fredlund när han slog ned sin egen fru. Mängden vapen i omlopp var verkligen ett problem. I samma stund ringde Jesper Ek.

”Jag vet att jag inte borde kontakta dej när jag är avstängd från min tjänst, men jag är så orolig för Joakim. Det är hemskt att tänka på att han är gömd någonstans och känner sej jagad och rädd. Jag tror inte att han är skyldig, kanske för att jag hoppas på att han inte är det. Jag vet att han varit våldsam några gånger, men jag tror inte att han skulle kunna mörda."

"Har han kontaktat dej?" frågade Maria rakt på sak. Joakims odds blev inte bättre för att han höll sig undan.

"Nej, men jag vet att han har väldigt ont om pengar. Det kan tänkas att han kommer hem till mej om han blir helt pank igen. Vad ska jag säga till honom då? Vad har han för chanser att slippa fängelse? Svara ärligt, Maria, vad ska jag säga till min grabb?"

"Att du älskar honom för att du är hans pappa och att du är ledsen för att du gått miste om tid med honom, det är din roll just nu. Du är hans pappa, Jesper, inte polis. Det är därför du har blivit bortkopplad."

"Och om det var din grabb, vad skulle du göra då?"

"Då skulle jag vädja till honom att komma fram ur sin håla och berätta vad han vet för att straffet ska bli lindrigare. Han kan inte hålla sej gömd hur länge som helst och är han utan pengar är risken för nya brott överhängande. Försök få honom att prata. Blir det fängelse ska jag göra allt jag kan för att han ska få komma till ett hyfsat ställe där de faktiskt kan hjälpa honom."

"Han kommer tycka att jag sviker honom."

"Inte om du ber honom göra det för hans egen skull."

"Maria, det är något mer jag vill berätta. Säg inte det här till någon, det måste stanna oss emellan."

"Jesper, du min goaste vän, jag kan inte ge dej ett sånt löfte. Det vet du lika väl som jag."

"Jag säger det ändå och så får ditt samvete bestämma vad du ska göra med det. Jag vet att Joakim har misshandlat sin mamma. Jag frågade henne om blåmärkena och då berättade hon hur det var. Han måste få hjälp med sina vredesutbrott. Hon misstänker att han tagit av hennes Rohypnol. Du vet hur det läkemedlet fungerar tillsammans med alkohol? Det är därför han ballar ur. Egentligen är han en fin pojke. Det kunde ha blivit så bra ... om jag bara ..."

Maria hörde att Jespers röst inte längre bar.

"Jag är så ledsen för din skull, Jesper, så ledsen." Hon kände maktlösheten. "Jag finns här om du vill prata, jag kan lyssna."

44

Joakim Rydberg satt insvept i en filt och tittade på en fluga som surrade fastkletad i ett spindelnät. Allt mer uttröttad förde den sin dödskamp, medan spindeln bidade sin tid. Det var så han själv kände sig just nu. Polisen väntade. Han sprattlade som en galning för att komma ifrån och Frida var nätet som höll honom fast. Han var fortfarande inte säker på om hon var tokig eller mycket klok eller kanske en blandning av båda. Just nu sov hon och snarkade invirad i sin sjal som en kokong färdig att snart kläcka nya idéer om biskopar utan huvuden. Joakim iakttog flugan och funderade på hur det skulle vara att vara död. Borta ur tiden, utan att känna något alls. Slippa all jävla skit. Ibland tänkte han att det var en förbannelse uttalad över hans liv. Den onda fen måste ha jobbat på BB natten då han föddes. När ingen såg hade hon höjt sitt spö över honom och uttalat eden som gjorde honom ond. Hennes hemska skratt ekade ibland i hans huvud. Någon sorts förbannelse måste det vara. För när allt var bra, när allt kändes fint, var han tvungen att förstöra det. Fast han inte ville det. Det fanns en starkare makt han inte kunde stå emot. Redan när han var liten och hade en kaninunge hade det blivit så. Den var så söt och han klappade den först så mjukt, så mjukt och sedan blev fingrarna arga och klappade hårdare och hårdare tills kaninen vred sig för att det gjorde ont och den blev rädd. Och då blev han arg på den och klämde åt ännu hårdare. Och senare när han var ihop med någon fin tjej fungerade det ett tag tills han tyckte för mycket om henne och höll på att bli fast. Då var han tvungen att förstöra det genom att ta för hårt i henne eller dissa henne eller knulla runt ... helst med hennes bästa väninna så att hon fick reda på det. Om man är ond för att man fått en hemsk förbannelse över sig går det inte att komma undan, då måste man leva upp till den. Allt det där hade han berättat för Frida och hon hade lyssnat utan att döma. Hon bara hummade för sig själv och försökte att förstå hur han tänkte och hjälpte honom fortsätta när han kom av sig för att det blev för genant. Och när han hörde sig själv berätta förstod han ju hur vansinnigt det var. Alltihop. Då ville han bara slippa från allt det jävla elände han gjort sig skyldig till alldeles i onödan. På sätt och vis var det mycket mer skrämmande att det varit i onödan, tankespöken, än om det hade funnits en mening med allt det hemska.

”Vill du ha lite äppelgottar och gråpiggar?” frågade Frida när hon vaknade till. Han kikade ned i papperspåsen och såg att hon menade torkad frukt. ”Det är mycket dumt man gör i livet ... för att slippa bli sårad. I alla år trodde jag att Helge längtade efter Signe. Men jag frågade honom inte för jag vågade inte höra svaret. Det tigandet förstörde vår lycka.”

”Det är precis som när man drar undan handen för att inte bränna sej på en platta som är för varm. En reflex liksom”, konstaterade Joakim och sneglade på Frida. Hon var klarvaken och hennes bruna ögon glittrade i månljuset.

”Men gjort är gjort. Man måste kunna förlåta sej själv och gå vidare.” Hon svepte sjalen om axlarna på nytt och knöt på sig kängorna.

”Är det dags att vi ger oss av till Kungsgården nu? Klockan är nästan tre och det är riktigt mörkt.” Joakim hade känt sig rastlös länge nu.

”Precis. Nu är det dags. Jag hoppas vi har någon timme på oss att gräva innan det ljusnar för mycket. Det är så öppet när man ska ta sej allén upp till Kungsgården. Man syns på långt håll och då är det bra om folk sover. De tror förresten att vi åker bil, tur att vi hittade Signes gamla cykel."

"Det skulle vara rent kränkande att bli tagen av polisen för att ha skjutsat dej på cykel. Jag kan tänka mej att åka dit för vad som helst utom det. Olovlig färdtjänst på cykel eller vad heter det?" Han kunde inte låta bli att skratta högt åt hela situationen. Om någon berättat att han skulle gräva efter en huvudlös munk, dricka fisljummen komjölk och skjutsa en åttioårig kärring på cykel hade han garvat dem upp i synen. Nu var det dessvärre så den skruvade verkligheten såg ut.

Joakim hjälpte Frida upp på pakethållaren på den cykel de hittat i ett uthus. Pakethållaren var bred och det gick bra att skjutsa gumman på den.

"Ta bort dynamon ur hjulet, vi ska inte ha något lyse på. Är vi olagliga ska vi vara det med besked, inga halvmesyrer."

"Nej, det är klart. Ska man göra något kriminellt ska man helst kunna leva på det resten av sitt liv. Det ska vara en tillräcklig stöt för att det ska ge respekt. Det ska ge berömmelse och pengar. Att vara ännu en av de som misslyckades med att råna Riksbanken är inget att sträva efter." Joakim trampade på och hoppades att Frida skulle klara av att klamra sig fast tills de kom fram. Själv hade han nog med att styra och hålla i spaden. "Om de tar in dej på något senilhem så kommer jag och hälsar på dej, Frida. Och när jag blir insydd på kåken får du hälsa på mej."

"De kanske kunde låta oss sitta inne ihop, på samma inrättning. Fast de säger att fängelsematen är lite dyrare och finare än den de har på hemmet, så jag får väl se till att missköta mej ordentligt för att hamna på rätt ställe."

"Det finns inga mixade fängelser. Då skulle du hamna på ett kvinnofängelse, Frida."

"Hu vale, nej det vill jag inte. Det är ett öde värre än döden. Tänk dej att inte se en endaste karl till i hela livet. Det är elakare än dödsstraff. Så var det förr på sjukhemmen, manliga och kvinnliga avdelningar. I som här inträden låten hoppet fara."

"Vem vet, det kanske är så fortfarande att de delar på män och kvinnor, och då är det ju egentligen ingen skillnad mot att sitta på kåken på livstid."

Joakim höll i cykeln och hjälpte Frida av när de kom fram till parkeringen. De började gå mot abbotens hus. Inte på gruset, för det knastrade förskräckligt, utan på det daggvåta gräset där fyrklövern växte intill klostermuren. Någon gång för länge sedan kanske munkarna hade roat sig med att plantera in just fyrklöver för att få tur och sedan hade turen liksom frösått sig själv in i framtiden, tänkte Frida och plockade ett par stycken och stoppade i förklädesfickan. Hon hoppades innerligt att turen skulle stå dem bi. Att Helges hela strävan skulle ge resultat. När de kom fram till den lilla oansenliga byggnad som kallades abbotens hus där man förvarat saltad fisk i bristande respekt för historien, visade hon kartan för Joakim.

"Om vi tänker oss att Ansgars gamla stenkyrka låg här så är det inte säkert att det är den vi ser. Det finns troligen gamla murar under de här, precis som i Atlingbo. Då är det inte säkert att den nya kyrkan hamnade alldeles ovanpå, skriver Helge här. Han tänkte sej att biskopen blev begravd i koret som borde ha legat i öster. Då blir det precis här på kartan."

Joakim stack spaden i jorden.

"Lovar du att det här är sista stället?" frågade han och skyfflade på med ny energi. "Vad gör vi om vi hittar honom då, biskopen? Får man överhuvudtaget gräva efter döingar hur som helst?"

"Vet inte. Men om vi hittar honom hade jag tänkt att jag kunde sluta mina dagar sen, men nu är jag inte riktigt säker på det. Jag tycker att vi har haft så trevligt ihop, så det är egentligen inte någon brådska med att komma i jorden längre."

Joakim log med hela ansiktet, men visste inte riktigt vad han skulle svara. Det kändes bara stort och varmt i bröstet. Han backade ett par steg och grävde vidare. Gropen djupnade och breddades och plötsligt slog spaden i något hårt.

"Det känns som sten." Och efter ytterligare några tag: "Det är sten under hela gropen. Hoppas det inte är någon jädrans betongplatta."

"Försiktigt nu. Det kan vara graven." Frida satte sig på huk bredvid Joakim och började gräva med händerna.

"Jag menar, *om* vi hittar biskopen, vad gör vi då? Ska vi bara konstatera det och sen gräva ned honom igen för att du ska kunna dö i lugn och ro?"

"Nej, då vill jag få komma i tidningen. Det är inte mer än rätt. Folk runtikring här skulle bli stolta om de visste vilken fin historia de har. Roma skulle bli ett nytt turistmål och då skulle det ösas in penningar för att gräva ut platsen runt Kungsgården. Och då stiger priset på min tomt fast huset har brunnit ned och då säljer jag den och så får jag kanhända en liten slant över att resa jorden runt för innan jag går hädan. Följer du med mej då?"

"Javisst, om jag inte sitter på kåken. Vem tror du brände ned ditt hus då?"

"Jag har funderat på det, på vem som tjänar mest på att vi inte hittar biskopen. Jag tror att det måste vara ... Tyst, det kommer någon! Hör du, det är någon som går på gruset på andra sidan huset. Tryck dej mot väggen och stå alldeles stilla."

"Han kommer hitåt. Han tigger stryk den jäveln." Joakim kände rädslan rusa genom blodet. Han var beredd att slåss.

"Du håller dej lugn! Vi kan behöva hans hjälp om vi ska få upp stenbumlingen. Klappar du till honom med dina stora nävar har vi ingen nytta av honom alls. Det begriper du väl?"

Gestalten kom fram i månljuset och de kunde se hans ansikte.

"Va fan är det här? Jag ringer polis! Det här är en kulturminnesskyddad plats. Det går inte att ha en örtagård här när folk stjäl som galningar." Simon Bergvall tog ett par kliv och var framme hos dem på stunden. "Men vad är det ni gör?" Han stirrade ned i gropen och Joakim tände ficklampan för att visa honom. Då fick han syn på Frida Norrby som en vålnad från en annan tid. Han kände igen henne från bilden i tidningen och grabben också. Det måste vara dem de efterlyst. Iakttag stor försiktighet, hade de sagt på tevenyheterna. Mannen kunde vara beväpnad och farlig. Simon överlade med sig själv. Bäst att ligga väldigt lågt tills han fick en möjlighet att larma. Om han spelade ovetande och hjälpsam ...

"Så bra att du kom", log Frida. "Vi behöver ett handtag. Om du och Joakim tar tag på samma sida och liksom bänder upp stenblocket så det tippar över kan vi gräva vidare sen."

Simon tänkte protestera. Det här var definitivt olagligt, men Joakims jackficka putade oroväckande. Kanske en pistol. Han såg stark och vältränad ut. En arg ung man. Bäst att göra som de sa.

"Ta i då, vi har det. Ta i lite till." Joakim pressade på av alla krafter och Frida gjorde också så gott hon förmådde. Ett tag såg det ut som om blocket skulle falla tillbaka och det svarta gapet skulle sluka dem alla tre, men så gav det vika och föll tungt mot ena kanten.

Joakim flåsade av utmattning. "Håller du ficklampan, Frida, så gräver vi."

"Försiktigt nu, använd bara händerna. Biskopen får inte komma till skada."

"Om han inte har något huvud, har han redan kommit till skada", sa Joakim torrt.

"Jag tror inte att man får göra så här." Simon Bergvall kände en stor olust. Han ville verkligen inte medverka till gravplundring.

"Du är tyst och gräver!" morrade Joakim. "När vi är klara kan du ringa polisen och tidningen, men just nu jobbar vi. Fattar du?"

"Där, där ... Jag såg något som glimmade till." Frida lutade sig fram över gropen. Joakim följde hennes blick. Försiktigt borstade han bort jorden från den skeletthand som burit biskopsringen i över tusen år. En guldring med en stor lila sten där infattningen var slipad i sex faser. Joakim tog av den och putsade den mot sina byxor. Frida lutade sig fram med ficklampan. Hennes hand skakade. ”Ser du något?”

”Det är bokstäver.”

”Vad står det, Joakim? Kan du se det?” Fridas röst var bara en viskning.

Långsamt läste Joakim bokstav för bokstav. ”VNI EPS. Är det han?”

”Ja, det är han”, sa Frida och hennes runda rynkiga gumansikte strålade i ficklampans sken. ”Vad står det på stenen då? Det står väl något på gravstenen?”

45

Under färden hem till Visby var Maria knappt närvarande vid ratten. När den vita Saaben framför henne plötsligt bromsade in och gjorde en vänstersväng var hon en hårsmån från att braka in i bakändan på den. Samma sak hände vid en omkörning då hon inte såg den Audi som befann sig i döda vinkeln. Tankarna var på annat håll. Först hos Per, sedan hos Mirja. I det pussel med tusentals bitar som mordutredningen utgjorde höll ett mönster på att formas. Det fanns ett motiv.

När hon senare på kvällen åter besökte Per hade hon hoppats att han skulle vara vaken. Men han sov som en död på de tabletter han fått och hörde henne inte. De små aluminiumbitar som kapslat in pillren låg kvar på bordet som en hög med fiskfjäll. Det hade behövts många och starka tabletter för att knocka en man som Per. I den uppgivenhet hon kände just då hade hon varit beredd att göra Mirja Fredlund till viljes, bara hennes älskade Per fick bästa tänkbara vård. För Pers skull var hon nästan beredd att begå mord. Tanken var ohyggligt skrämmande. Vilka blir vi när de viktigaste värdena i livet hotas? Hälsan och själva livet. Den friske har tusen önskningar, den sjuke fattas blott ett. Vad finns det för motkrafter som får oss att ändå bete oss civiliserat i de flesta fall? Hoppet om ett rättvist fungerande samhälle där alla får bästa tänkbara vård? Maria kysste sin älskade på kinden. Han luktade sur svett. Säkert hade personalen erbjudit sig att hjälpa honom med hygienen och lika troligt var det att han vägrat ta emot hjälp. Skjortan stank av ångest och orenhet. Med gråten i halsen tog sig Maria hem till huset på Murgatan. När natten kom svek henne sömnen. Tankarna på Per varvades med funderingar kring utredningen. Så nära en lösning. Den fanns där allt tydligare. Maria ringde upp en omtöcknad Haraldsson och kontrollerade några detaljer angående en borgensförbindelse. Han i sin tur hade fått ringa upp en bankman mitt i natten. Sedan satte hon sig i bilen och for mot Roma. Det fanns ett motiv och hon hade alldeles nyss vid Pers sjukbädd fått känna hur starkt det var. Så starkt att hon nästan givit efter för Mirjas erbjudande om förtur och hjälpt till att mörka sanningen. Varför skulle Maria vara den enda att känna så? Ibland är det det enklaste, det mest uppenbara man inte ser som utgör motivet. Man ser det inte som kriminellt, för det ligger så nära det vi alla skulle göra för att värna om vårt eget och våra närmastes liv. Maria stannade till vid vägkanten och ringde Hartman. Telefonen var avstängd, han var säkert i behov av ostörd sömn. Hon fann det högst irriterande nu när hon så väl behövt honom att dela sina tankar med. Lennart Björk hade sina egna motiv att hjälpa Mirja, men han var inte den enda som satsat pengar i hennes företag. Det fanns fler. Plåtsaxen hade hittats i Möllebos uthus. Ingrid blev dräpt där och Signes sorg visste inga gränser … Men vad var det hon sörjde, egentligen? Att bli ensam i sin ålderdom och svaghet.

Maria for genom ett sovande Roma. Under hela vägen från Visby hade hon inte mött en enda bil. Klockan var tio minuter i tre. Det började ljusna en aning. Hon passerade kyrkan, Kungsgården och Romabadet. Långt borta i allén skymtade hon två personer på en cykel, mitt i natten. Men hon brydde sig inte om dem, det fanns viktigare saker att ta reda på. Det lyste i Simon Bergvalls fönster, noterade hon i utkanten av sitt medvetande, utan att fundera vidare på om det hade någon betydelse eller inte. I tanken var hon redan framme.

Det låg ett vitt dis över kvarndammen. I det svaga ljuset från lampan över ytterdörren tog det sig hela tiden nya former och gestalter. Signe hade sett en munk utan huvud sväva över vattnet. Maria steg ur bilen. Ett hjärtskärande skri fick nackhåren att resa sig. Så ett till, ett långdraget jämrande läte. Maria skyndade sig in mot huset. I natten och tystnaden blev ljuden förstärkta. Skornas hårda tryck mot gruset dånade. Hjärtats slag som pressade genom kroppen. Vinden rev i askarna nere vid vattnet så löven rasslade. Och skriket … det fasansfulla skriket ville inte upphöra. Maria följde ljudet in i köket. Det satt en nyckel i skafferidörren. Ljudet kom därinifrån.

”Hjälp, mej! Är det någon där?”

”Jag är här.” Maria öppnade dörren och Signe som stått tryckt mot dörren föll rakt ut med en förskärare i sin höjda hand. Det kom så oväntat. Hon borde ha givit upp. Blicken var galen och vild. Maria väjde undan, men hugget rispade hennes kind farligt nära ögat. Signe höjde handen till ett nytt utfall. Maria fångade upp hennes hand i luften och höll den fast. Det fanns en oanad styrka i den gamlas arm. Maria mötte Signes blick och i den stunden visste de båda var de hade varandra.

”Det är slut nu, Signe.” Maria bände kniven ur hennes hand. När den gamla kvinnan märkte att det inte tjänade något till att göra motstånd föll hon ihop på en köksstol och la huvudet i armarna över bordsskivan. Kroppen skakade. Den klagande jämmern skar Maria i öronen.

”Varför gjorde du det?” frågade Maria fast hon inom sig visste svaret.

Signe lyfte huvudet. Ögonen var fulla av hat.

”Vet du hur hemskt det är att bli gammal och sjuk?”

Förhöret fortsatte följande dag på polishuset. Signe strök försiktigt med fingertopparna över Marias långa ljusa hår. ”Så vacker, så ung och älskad. Så lätt att tycka om ... Har du någon gång funderat på hur det skulle kännas att bli gammal och oälskad? Äcklig, rent av?"

"Känns det så?" Maria väntade på en fortsättning.

"Efter allt jag gjort för Ingrid trodde jag aldrig att hon skulle svika mej så. Jag trodde att hon skulle ta hand om mej så som jag tagit hand om henne."

"Hon var en vuxen kvinna. Hon hade rätt till sitt eget liv. Men det tyckte inte du?"

Bilden av de barn som offrats på Alltinget dök upp i Marias tankar. Barn som utnyttjats för att blidka gudarna. På samma sätt hade Signe offrat Ingrid för att blidka tiden, och få en bättre ålderdom.

"Det var inte meningen att hon skulle dö ... jag blev bara så besviken, så fruktansvärt arg när hon hånade mej. Jag har aldrig hört henne säga så fula saker. Hon ifrågasatte min kärlek. Hon sa att jag förstört hennes liv. Jag sa att jag alltid varit god mot henne, mer än hon förtjänade. Då tog hon sin jävla mobil ..." Signe såg förskrämd ut, mest för att hon hade svurit. Det var inte vanligt att hon gjorde det. "Hon tog mobiljäveln och spelade upp saker jag sagt och jag ryckte den ifrån henne och så for jag ut i trädgården för att slänga den i dammen. Hon kom efter mej och försökte ta den. Då slog jag henne med järnstången, precis som när hon var liten."

"I munkhuset?"

"Utanför. Jag lastade henne över cykeln och körde in henne i stenhuset. Så att ingen skulle se ... Det var inte meningen att hon skulle dö, jag blev bara så arg och besviken. Hon fick inte behandla mej på det viset ... Hon övergav mej när jag behövde henne."

"Och senare samma dag gav Mirja dej ett erbjudande, eller hur? Du skrev på en borgensförbindelse med din fastighet som säkerhet mot att du skulle få bo på Björköbrunns äldreboende i lyx resten av dina dagar."

Signe protesterade, men Maria avbröt henne: "Jag har kontrollerat den uppgiften. Så började Frida gräva och hela projektet kom i gungning. Bara du fick tyst på Frida Norrby skulle din ålderdom vara tryggad. Var det så?"

"Jag vill inte ligga som ett kolli på långvården där personalen är tidspressad till det yttersta. De gör säkert sitt bästa, men de kan inte orka hur mycket som helst på hur få personer som helst. Skulle du vilja bli matad fort, tvättad som nummer 14 av 15 och upptagen i sittande och snabbt ska det gå för sen ska alla läggas igen. Jag vill att någon ska ha tid att prata med mej och jag vill komma ut och se havet varje dag. Jag vill sitta vid ett vackert dukat bord och dricka vin ur kristallglas, även om det blir med sugrör. Jag vill få leva tills mitt liv är slut. Om bara det här sökandet efter biskopen tystades ned så skulle det ordna sej. Mirja var inte inblandad. Hon visste inget. Jag ensam såg till att Camilla teg."

"Vad tänkte du när du stängde in henne i bastun? Var hennes liv mindre värt än ditt?"

"Hon spred farliga rykten. Var och en är väl sej själv närmast. Jag kände henne inte. Näbbig liten nuppa, och så obildad. Hon hade astma, det hördes lång väg. Jag klippte till metallkilarna och tog med dem och en hammare till badet. Det var så enkelt. Antagligen somnade hon bara in. Jag tror inte att hon led särskilt svårt. Det gick nog rätt fort, en kalasdöd jämfört med alla som får ligga i åratal på långvården."

"Där har du väldigt fel!" Maria kände vreden krypa under huden och bli till nålstick i fingrarna. Det Signe gjort mot flickan fick inte förringas. "Hon kvävdes långsamt till döds i hettan. Signe, hör du det?"

Signe viftade med handen i luften som för att vädra ut en obehaglig lukt. "Det var värre med Frida. Fast jag hatar henne för vad hon tog ifrån mej, så kändes det värre när jag tände på hennes hus. För att jag känner henne så väl. Vi hatade varann med ömsesidig respekt, om du förstår?" Signe skrattade torrt. "Jag trodde att hon var med i branden. Hon borde ha varit det." Skrattet fortsatte strävt och ihåligt. I Marias öron lät det ännu kusligare än jämmern. ”Vad kommer att hända med mej nu?” sa Signe.

Maria bet ihop käkarna med en smäll. ”Det är inte min sak att avgöra.” Och det, Signe Nilsson, ska du vara tacksam för. Maria stängde av bandspelaren och lämnade rummet. Hon behövde få luft.

De dagar som sedan följde var fyllda av administrativt efterarbete och en intensiv mediauppvaktning. Maria gick upp i jobbet, men tankarna på Per fanns där så fort hon släppte koncentrationen. En malande oro, som växte när hon inte tilläts träffa honom. I tidningar och teve kunde hon följa diskussionen om Birka. Somliga ville tona ned betydelsen av fyndet av biskop Unni och ansåg att inget ändrats i sak. Birka var en mycket tidig stad med omkring tusen invånare och Gotlands roll hade aldrig ifrågasatts, bara kommit kraftigt i skymundan. En mäktig ö med tjugo tusen välbärgade vikingar som utan överklass levde i en mycket tidig demokrati. Världens största vikingatida silverskatt blev funnen där. Och ständigt tillkommer nya fynd som bevis på handel med hela den då kända världen och på öns överlägsenhet som handelsmetropol. Borde inte det räcka?

Arkeologerna ansåg däremot upptäckten av biskopsgraven som en världssensation, ett fynd som skrev om Sveriges historia. Ett bevis för att makten skriver sin historia i efterhand för att passa politiska syften. Gotland var inte svenskt när historien skrevs och då passade det bättre att handelscentrat låg inom Sveriges gränser på Björkö, än på Gotland.

För Mirja Fredlunds del betydde det en ekonomisk katastrof när Riksantikvarieämbetet granskade hennes planer som inte alls redovisats korrekt och återtog rätten till entreprenad. Finansiärer och sponsorer backade ur projektet. Vårdpersonalen löstes från sina kontrakt och Maria kunde i morgontidningen läsa att den läkare som var expert på svårbehandlade depressioner omgående skulle tillträda en professur på Karolinska. Hon kastade sig på telefonen och ringde Rebecka, som svarade direkt.

"Jag vet, jag hörde det redan i går och jag har talat med min kollega inom psykiatrin. Murman kommer att ta patienter och jag ska göra allt för att Per ska få en plats i den kön. Jag berättade den glada nyheten för honom nyss och han har frågat efter dej. Jag vill att Maria ska komma, sa han. Har du tid?"

"All tid i mitt liv!"

Visby juni 2009

Käre Joakim,

I dag har jag varit på teve och från tidningen kom det en hel drös med folk. Vem kunde tro att den där biskopen var så märkvärdig. De kallar vårt fynd en världssensation. De lärde har uttytt texten på latin och så här stod det: ”Biskop Unni vilar här i Ansgars kyrka i Birka, den som folket lät stå. En kyrkans värderade man ödmjukt nedlagd i enkelt kapell. Herren vare nådig.” Med hjälp av kol-14-metoden har man kunnat fastslå att det verkligen var rätt kropp vi hittade. Fast någon hittelön lär det inte bli. Den enda belöning jag fick var att bli utsläppt från den psykogeriatriska avdelning där jag skulle testas. Nu har jag papper på att jag är klok. Det är inte många som har det. Signe är kvar, de tänker nog behålla henne. Jag hörde att de diskuterade om hon fått hjärnskador och blivit personlighetsstörd på grund av silverförgiftning. Struntprat! Jag tror hon bara spelar apa för att slippa fängelse. Egoism är en sjukdom som är svår att bota. De kommer att få ett rent helvete med henne på hemmet. Stackars töser, vad hon ska plåga dem och hota med anmälan till Socialstyrelsen när hon inte får som hon vill.

Maten var förresten inget vidare. När du skriver om allt gott du får äta på fängelset blir jag rent avundsjuk. På lasarettet fick vi pulvermos och korv. Det är ingen mat när man är van vid stekt strömming och hemlagat potatismos med smör och grädde och så snålar de med efterrätten. När du kommer hem ska jag bjuda dej på ingefärspäron.

Just nu sitter jag och lagar handdukarna du gjort fula hål i när hängarna gått av. Så gör man inte, Joakim! Och sen tänker jag se till att det kommer upp anständiga gardiner.

Var rädd om dej, sorkpas!

Din Frida

P.S. Din pappa kommer förbi ibland och frågar efter dej.

Svartsjöanstalten juni 2009

Tjena Frida,

Hyggligt av dej att ta hand om lägenheten när jag är på semester. Jag kommer att vara bortrest sex månader om jag sköter mej, annars kan det bli nio. Bara för att du inte ska tjata öronen av mej ska jag läsa upp grundskolebetygen och bli en studerad karl. Nöjd nu? Man kan välja på att plugga eller att vara i lagården – och jag har fått nog av kor och lagårdar som du vet. Och sen ska jag gå en fjollkurs och lära mej hantera min vrede. Brottsförebyggande samtal, heter det. Säg det för helvete inte till någon. Jag behöver respekt. När jag kommer hem bjuder jag dej på middag på McDonald's. Du får välja precis vilken meny du vill, för det är du värd. Skojar. Det blir Hamnplan 5.

Kram

Joakim

P.S. Och så hatar jag virkade gardiner. Finns det inget vettigt du kan göra i stället? Hälsa på mej på Ekerö, till exempel. På helgerna får man ta emot besök 13.00–16.30. Och om pappa nödvändigtvis måste med så får han väl det då. Men bara för att du ska få skjuts och slippa resa ensam.

FÖRFATTARENS TACK

Först och främst till min far, den store historieberättaren.

Sedan vill jag tacka:

Bengt och Marie Persson, Anneli Nilsson och Elinor Bogges, Inger Klintlöf för värdefulla synpunkter på det polisiära, logik och korrektur.

Arkeolog Peter Fagerlund för de intressanta teorierna om Roma på 900-talet.

Rolf K. Nilsson för finfina tips.

Arkeologerna Kennet Jonsson och Majvor Östergren om Gotlands silverskatter och om fyndigheterna vid Roma Kungsgård.

Anne-Marie Brattström som varit mitt bollplank under många och långa promenader och en skoningslös kritiker.

Helena Wahlstedt som läst och kommit med förslag jag inte velat vara utan.

Per Ström, tack för dina ingående beskrivningar av biskopsringar. Så märkligt att jag skulle få just dig till bordet på universitetets årshögtid.

Leif Karlsson, Kroumata slagverksensemble, för goda råd och ständig uppmuntran i mitt skrivande.

Annika Bladh, min förläggare på vars omdöme jag alltid litar.

Annika Lindgren, min vän och f.d. redaktör.

Birgitta Winbäck, min f.d. redaktör som fortfarande med varm hand hjälper mig att döda mina älsklingar.

Elin Sennerö, min nya redaktör som gjort ett fantastiskt arbete med denna bok.

Susanna, Göran, Viveca, Malin och ni andra på Norstedts.

Mina agenter på Grand Agency, Maria, Lena och Peter för ett fantastiskt arbete.

Roma Hembygdsförening genom Kalle Palmquist som storsint delat med sig av sin kunskap från förr.

Kjell Norman med sambo på Möllebos som upplät sitt hem som mordplats. (Signe Nilsson har naturligtvis aldrig funnits på riktigt.)

Maud och Odd Norman på Ejmunds gård.

Och sist men inte minst min familj. Tack till Jonas som stått ut med att ha en mor med ena foten i fantasins värld, och stort tack till Josefin och Johanna som delat mina fantasier med vässad penna i hand, och till Erik min livskamrat som rättat mina fel och stöttat mig i medgång och mörv.

Jag älskar Er!

Anna